동촌 지교헌 수필집 · 6

내가 본 미국
꿈꾸는 지평선

The United States of America
The Horizen of Dreams

지 교 헌 지음

한누리미디어

책머리에

이 책에 실린 글은 대체로 미국에서 보고 듣고 느낀 것을 기행문의 형식으로 쓴 것이 대부분이다. 미국은 한 마디로 말하여 매우 큰 나라이다. 강대국을 넘어서 초강대국이라고 일컬어질 만큼 국토가 넓고 인구가 많고 자원이 풍부하고 정치 · 경제 · 군사 등 여러 가지 측면에서 세계에 영향을 미치고 있으며, 세계의 모든 인종을 흡수하여 독특한 인류문화를 창조하고 있다.

미국은 50개 주와 해외 속령(海外 屬領)으로 구성되어 있는데 그 넓이는 936만여 평방킬로미터이고 인구는 약 2억 5천만 명에 이르고 있어서 우리나라 남북한을 합친 넓이의 42.5배가 넘으며, 3.6배가 넘는 인구를 보유하고 있다. 1492년에 콜럼버스(Christopher Columbus,1451~1506)가 아메리카 대륙을 발견한 이래 아메리카 대륙은 유럽 열강의 식민지로 개척되기 시작하였고, 미국은 영국의 식민지가 되었다가 1776년 7월 4일에는 독립을 선언하였고, 1783년에는 파리조약에 따라 독립이 승인되었다.

우리나라는 1845년부터 미국과의 외교관계가 시작되었고 1882년에는 한미수호조약이 체결되어 본격적으로 교류가 이루어지고, 미국의 선교사업과 교육사업이 전개됨으로써 대량적으로 미국문화를 수용하게 되었다. 1945년 광복 이후에는 미국은 대한민국 정부 수립을 도왔으며, 1950년에 발발한 한국전쟁에서는 공산군을 격퇴하는 데 결정적인 역할을 수행하면서 정치 · 경제 · 군사적으로 뗄래야 뗄 수 없는 관계가 되었으며, 오늘날에는 교육 · 문화 · 예술 등 모든 분야에서 교류가 활발히 이루어지고 있다.

미국에 대한 한국인의 관심은 참으로 놀라운 수준에 도달하고 있어서 모든 분야의 교류가 활발할 뿐만 아니라 이민(移民)과 유학(留學)과 관광여행이 대대적으로 이루어져 왔기 때문에 웬만한 사람이면 미국에 다녀오지 않은 사람이 없을 정도이다.

따라서 미국에 관한 모든 정보는 일반화하여 미국에 관한 것이라면 무엇이든 잘 알고 있는 사람이 많다. 그만큼 미국은 우리와 가까운 나라요, 인연이 깊은 나라이다.

나는 미국에 머무르면서 보고 듣고 느낀 것을 적어 보았지만 나의 글이 그 어느 것도 결코 새롭다거나 신기하다고는 생각하지 않는다. 미국에 오랫 동안 머무르고 여행한 사람이 너무나 많고 그들이 많은 것을 보고 듣고 느끼고 많은 사람에게 전해 주었다고 생각되기 때문이다.

여기서 다만 한 가지 분명한 사실을 고백하고 싶다. 앞에서도 말한 것처럼 미국은 참으로 거대한 나라이어서 국토도 넓고 인구도 많고 인종도 다양하며 문화도 매우 복합적이기 때문에 나의 능력으로는 미국이라는 나라가 어떠한 나라인지를 쉽사리 알아차릴 수가 없었다. 다시 말하면 내가 미국에 머물면서 여행한 기간은 너무나 짧고 여행한 지역도 너무나 좁고 체험한 깊이도 너무나 얕다는 것이다.

따라서 이 책에 실린 글들은 '장님, 코끼리 만지기' 에 지나지 않는다. 장님이 코끼리를 만지면서 자기가 만진 것이 코끼리의 모든 것이라고 판단하고 '구렁이 같다, 기둥 같다' 고 말하는 것처럼, 내가 미국에서 보고 듣고 느낀 것은 미국의 어느 한 구석을 보고 듣고 느낀 것에 지나지 않는다는 것이다. 그러나 이러한 작은 것들이 종합되면 큰 것이 되고 전체를 이해하는 데 도움이 될 수도 있다는 사실은 부인할 수 없다. 그리고 어떤 사물이든지 그것을 보는 사람의 시각에 따라 다르게 보일 수도 있어서 반드시 어떤 특정인이 보고 듣고 느낀 것만이 옳고 다른 사람이 보고 듣고 느낀 것은 모두 옳지 않다고 단언할 수도 없기에 사람이라면 누구나 자기가 보고 듣고 느낀 바를 그대로 진실하게 나타낼 수 있다고 믿는다. 한 걸음 나아가서 오늘날의 장님은 결코 '구렁이 같다' '기둥 같다' 고 주장하면서 다투기만 하지 않고, '구렁이 같기도 하고 기둥 같기도 하다' 고 종합하여 판단할 줄 안다고 믿는다.

연구에 바쁜데도 불구하고 원고 정리를 도와준 한국정신문화연구원 한국학대학원 박상준 석사에게 마음 깊이 고마운 뜻을 전하며, 이러한 기행문을 한 권의 책으로 출판해 주신 한누리미디어 김재엽 사장과 직원 여러분에게 진심으로 감사의 뜻을 드린다.

2004. 6. 14

성남시 분당구 이매동에서
청계산을 바라보며 필자 씀

차례

III. 훌륭한 외교관

IV. 미국 역사의 뒤안길

V. 미국사회와 한인사회

〈부록〉 내가 본 프랑스

Ⅰ. 미국으로 가는 길

'자연을 보려거든 미국엘 가라' 는 말이 결코 실없는 말이 아니라는 것을 다시금 깨닫게 된다. 그러나 그 자연은 단순히 보는 데서 그치지 않는 성스러운 자연으로 인류에게 기억되어야 하며 진실로 참다운 진리가 미국과 온 세계에 실현되어야 한다고 믿는다.

1. LA로 가는 길

나는 1987년도에 해외파견 연구교수로 선정되어 중화민국 중앙연구원을 다녀 온 후 8년 만에 다시 해외파견의 기회를 갖게 되었다. 그 동안 몇 차례의 해외여행 경험이 있었지만 마음이 들뜨고 불안하여 일이 손에 잡히지 않았다.

내가 LA를 선택한 것은 UCLA(LA캘리포니아주립대학)가 한국정신문화연구원과의 자매결연 대학교이고, 한국학 프로그램이 있고, 또한 재미 한국인의 윤리의식이나 가치관을 연구하고 싶고, 하와이에서 만났던 한국인 학자가 그 곳에 있는 까닭이며, 특히 코리아 타운에서 생활하는 것이 여러 가지로 편리할 것이라고 생각하였기 때문이다. 더구나 기후도 춥지 않아서 건강에 자신감이 없는 나에게는 안성맞춤이라고 여겼고, 또한 형편이 허락되기만 하면 여러 곳을 여행할 수도 있기 때문이었다.

그런데 그 곳을 다녀 온 몇몇 교수와 상의해 보니 LA보다는 동부에 있는 뉴욕을 권하는 것이었다. 뉴욕에도 스토니 부룩(Stony Brook) 뉴욕주립대학이 자매결연학교이고, 한국학 프로그램이 있으며, 지역의 치안도 양호하여 여러 가지로 유리할 것이라는 것이었다. LA를 권하지 않는 가장 큰 이유는 치안의 불안이었다. LA는 범죄가 많다는 것이었다. 그러나 동부는 동부대로 나에게는 불편한 점이 있을 것 같아서 갈팡질팡하게 되었다.

불안한 가운데 시간은 흐르고 경험 많은 사람들에게 기회 있는 대로 여러 차례 묻고 또 물었지만 나는 당초의 계획대로 LA로 가기로 결심하게 되었다. 나를 안심시켜 주는 말들을 듣고 용기를 얻게 된 것이다. 나를 결정적으로 안심시킨 교수는 남촌(南村) 김경일 박사이었다. 그는 모친(母親)께서 20여 년이나 그 곳에 거주할 뿐만 아니라 여러 가지 연고가 있어서 나의 파견 연구를 적극적으로 도와주려고 주선하기 시작하였다. 그리고 여름에 잠깐 다녀 올 일이 있어서 동행해 줄 수 있다는 것이다. 그런데 더욱 다행스러운 것은 나의 종친(宗親)이기도 한 도영(道榮) 씨를 나에게 소개한 것이다.

도영 씨는 평북 정주군 곽산면 석동에 살다가 조국이 광복되자 초등학교에 다니다 말고 월남하여, 서울에서 고학으로 학업을 마치고 공무원이 되어 봉직하다가 퇴직하여 약 15년 전에 LA로 이주한 분인데 남촌과는 오래 전부터 특별한 친분을 가지고 있는 터였다. 그는 족보에 관하여 알기에는 너무 어린 나이에 고향을 등지고 살다가 이제는 미국에서 영주하고 있는 처지인지라 가승(家乘)을 잘 알지 못하고 《충주 지씨 대동보》에서도 계보를 잘 찾지 못하여 매우 궁금히 여기고 지내오던 차에 우연히 남촌을 통하여 나를 알게 된 것을 매우 기쁘게 여기고 있었다.

잠실에서 처음으로 상면하자마자 나도 몹시 반가웠지만 그도 매우 반가운 모습이었다. 충주를 관향으로 하는 우리들 지씨(池氏)는 단본(單本)이기 때문에 만나기만 하면 유별나게 반가워하는 경향이 있다. 족보에 따르면 충주 지씨는 누구나 중국의 하남성(河南省) 홍농(弘農, 현재의 靈寶)에서 서기 960년(고려 제4대 광종 11년)에 우리 나라에 오셔서 금자광록대부태보평장사의 벼슬을 하신 시조 선의공(始祖, 宣懿公 鏡)의 자손이기 때문이다.

두번째 만나서는 《대동보(大同譜)》를 가지고 그의 계보를 어림으로 따져 보았다. 시조로부터 15世가 되는 조상(演, 贈門下平章事)이 나의 직계 선조와 같은 분이었다. 만일 이것이 맞는다면 그는 군사공 휘덕룡(君事公 諱德龍) 증손 정랑공 휘윤(曾孫 正郎公 諱潤) 손 참의공 휘정안파(孫 參議公 諱正顔派)의 40세손(世孫)이 될 것이고 나와는 45촌(寸) 내외의 친척이 된다. 나는 《대동보》에서 도영 씨의 계보를 적고, 또 《문헌지》에서 참고할 만한 자료들을 복사하고, 나의 화갑기념논문선집 《동양철학과 한국사상》, 《한민족의 정신사적 기초》, 수필집 《질경이와 마디풀》을 그에게 선사하였다. 내가 LA에서 그에게 의지하고 도움을 받아야 한다는 까닭도 있지만 골육지친(骨肉之親)의 인정이 앞서는 까닭이기도 하였다.

도영 씨는 항렬로 따져서 나보다 아래이고 나이도 나보다 2년 연하이기 때문인지 나를 '박사님'이라고 불렀으며 나는 그를 '종친'이라고 응대하였다. 아파트에 들러 나의 처와도 상면하고 잠시나마 이야기를 나누기도 하였다. 그는 토목공학 분야의 전문가로 공무원 생활을 했었지만 국가와 사회와 가정의 윤리에 관심이 깊었다. 분수에 맞지 않는 소비생활이나, 무분별한 외국 풍조의 모방이나, 모든 분야의 부조리와 퇴폐를 걱정하는 것으로 보였다. 그는 아파트를 나서며 주차장을 꽉 메우고 있는 차들을 보며 모두 새차고 고급차라는 것을 새삼스럽게 느끼는 것 같았다. 미국의 승용차들에 비하여 사치스럽게 보이는 모양이었다.

남촌이 나에게 좋은 종친(宗親)을 소개한 것이 참으로 고마웠다. 나는 '해외파견'으로 인한 많은 불안을 씻을 수 있게 되고 무사히 해외 파견근무를 마치고 돌아 온 것을 다행으로 여기며 마치 유길준 선생이 《서유견문록》(西遊見聞錄)을 쓴 것처럼 나는 미국을 무대로 한 견문록을 쓰게 된 것을 영광으로 생각한다. (이 책은 중국을 무대로 한 《장강은 흐른다》에 이어 나의 두 번째의 기행문집이다.) 필자의 문장 가운데 미국을 잘못 본 사실이나 편견으로 말미암은 오류가 발견된다면 독자 여러분께서 주저하지 말고 허물없이 지적해 주시기를 바라마지 않는다.

(1995. 5)

2. 요세미티 국립공원

캘리포니아(California)주는 한국의 세 배나 되고 일본열도와 비슷할 만큼 넓은 면적을 차지한 미국 서부의 중심지역이며, 여기서 가장 큰 도시는 로스앤젤레스(Los Angeles)로 여신(女神)의 축복을 받은 사람들이 사는 땅이라는 전설이 깃들어 있다.

겨울철에나 비가 좀 내리고 봄이나 여름이나 가을이나 거의 비가 내리지 않는 사막이 대부분이지만 록키산맥(the Rockies)의 눈이 녹아 흘러 내리는 강물로 많은 농업용수를 해결한다고 한다. 씨엘라 네바다(Siela Nevada)산맥을 넘으면 가도가도 끝이 없는 광활한 들판이 눈앞에 펼쳐지고 여러 가지 채소밭과 과일밭과 건초(마초) 재배지가 풍경화보다 아름답다.

버스는 캘리포니아주의 중부에 자리잡은 프레스노우(Fresno)시를 뒤로 두고 상쾌하게 달렸다. 프레스노우 지방은 화와이에 살던 한국 교포들이 로스앤젤레스에 정착하기 전에 이주하여 살던 지역이며 미국 서부의 대농경지대로 알려져 있다. 대부분의 국민들이 농업에 종사하며 살던 농업국가의 농민답게 1930년대부터 30여 년 동안이나 이민 1세들이 땀흘려 일하던 곳이라고 한다. 프레스노우대학에서 가장 중요하고 이름난 학과들이 농학계열임은 결코 우연하지 않다.

캘리포니아주에는 6개의 국립공원이 있는데 요세미티(Yosemite)는 로스앤젤레스나 샌프란시스코(San Francisco) 지방에서 많은 관광객이 모여드는 곳이다. 공원 안에서도 사람들이 가장 좋아하는 요세미티 계곡에 들어서면 장군바위, 독수리바위, 면사포 폭포가 보이고 이어서 3단으로 이어지는 요세미티 폭포가 나타난다. 높은 절벽에서 길게 쏟아지다가 잠시 끊기면서 다시 짧게 쏟아지고, 또 다시 끊겼다간 길게 쏟아지면서 흩어지는 물방울로 비를 뿌리면서 무지개를 일으키는 장엄하고도 아름다운 폭포이다. 동판(銅板)으로 조각한 안내문에는 폭포의 높이가 739m나 되며, 세계에서 가장 웅장한 요세미티 최고의 장관(Crowning Glory)이라고 쓰여 있다. 백인들이 이 곳에 드나들기 전에는 인디언들의 천국이었으며 '요세미티'라는 명칭도 아메리칸 인디언(American Indian)들의 부족 이름에서 연유한 것이라고 한다.

인디언들은 본디 몽골족(Mongoloid)에 속하는 아시아인인데 일부는 베링(Bering)해협을 건너 북극에서 정착하고 일부는 북미 · 중미 · 남미에 흩어져 살았다고 한다. 인디언들에 대한 문화인류학이나 형질인류학적 연구가 축적되고 있겠지만 한국인(한민족)과 상통하는 점이 많다고 하니 우리의 혈통에 속하는지도 모른다. 인디언들은 콜럼버스를 비롯한 많은 백인들이 남북아메리카 대륙으로 밀려 온 것을 '발견'이나 '개척'이라고 말하지 않고 '침략'이라고 말할 것이다.

서구인의 안목으로 보면 발견이요 개척이지만, 그들을 맞이하게 된 인디언들에게는 비인도적 침략이요 무자비한 살육에 지나지 않는다. 문화적으로 앞선 자들은 뒤진 자들을 야생동물이나 다름없이 여기고 무자비하게 공격해도 그로 말미암아 응징을 받기는커녕 오히려 영웅적인 행위로 예찬되어 여러 가지 형태의 기념물로 남고 있으니 인류의 역사는 누구 편에 서 있는 것일까. 앞선 자들은 하느님(God)의 피조물이고 뒤진 자들은 마귀의 피조물인가. 하느님은 도대체 어디 계시며 누구 편에서 계신가.

인디언들은 그들의 보호구역(Reservation) 안에서만 거주하는 것이 원칙으로 되어 있다. 만일 이 원칙을 지키면 한 달에 500~600달러의 생활보조비를 받게 되지만 그렇지 않으면 생활보조비를 받지 못하며 아무 곳에도 고용되지 못하여 거지가 되거나 굶어 죽을 수밖에 없다고 한다. 그들은 약탈이나 살인을 싫어하지만 억울하게 피해를 입으면 보복이 강하다고 한다. 부당한 피해에 대한 보복을 정의의 실현이라고 여기는가 보다.

인디언들은 지금 백인의 일정한 보호를 받으면서도 점점 인구가 감소하고 있는데 그 원인 중의 하나가 대마초의 흡연이라고 한다. 대마초의 흡연은 정신적 타락과 육체적 쇠퇴를 초래하여 점점 그들의 멸족을 촉진한다고 한다. 그들은 부족과 부족 사이에 언어가 통일되지 못하여 단결할 수 없고, 분열된 상태에서 점점 쇠퇴하고 멸족의 단계로 치닫는다고 한다. 호피족과 같은 일부의 부족에서는 근면과 저축으로 자녀도 교육하고 있지만 전반적으로 볼 때는 예외에 지나지 않는다고 하니 안타까운 일이다.

버스는 어느덧 버클리(Berkely)대학을 오른 편으로 제쳐놓고 오클랜드 베이 브리지(Oakland Bay Bridge)를 건넜다. 한 때는 세계적으로 휘황한 바람을 일으켰던 히피족(Hippies)의 발원지이기도 한 버클리를 마주보고 있는 샌프란시스코는 후천성면역결핍증(AIDS)을 최초로 미국에 수입한 항구도시라고 한다. 스페인의 옛 풍물이 짙고 서양문화와 동양문화가 함께 어우러진 낭만의 도시라는 이곳에서는 어부의 선창(Fisherman' s Wharf)에서 유람선을 타고 금문교(金門橋)를 돌아 알카트라쯔(Alcatraz)섬을 오른쪽으로 끼고 관광하였다.

이 섬은 일찍이 마피아(Mafia)의 두목 알카포네(Al Capone)가 종신형을 살던 곳으로, 주변의 해역에는 상어가 많아서 탈옥은 거의 불가능하다고 하며, 미국 교도소(United States Penitentiary)라는 간판이 세워져 있지만 실지로는 '알카트라쯔' 라는 말 자체가 교도소(형무소)를 가리키는 말이 되었다. 미국에서는 가장 흉악한 범죄인들만 이 곳에 수용하고 있다는 해설을 헤드폰으로 들으며 사람들은 모두 알카트라쯔로 눈초리를 쏘았다.

귀로에 몬터레이(Monterey) 반도의 세븐틴 마일 드라이브(Seventeen Miles Drive)를 들러 버드 로크(Bird Rock)를 뒤덮은 브라운 페리칸 · 브란츠 코메란트(Brants Cormorant)와 같은 새들과 사나운 소리로 울부짖는 바다사자들을 보았다. 골프장 주변을 돌아다니며 한가로이 풀을 뜯는 노루도 평화로운 바닷가의 풍경을 아름답게 꾸며준다.

캘리포니아의 다른 지역에서는 볼 수 없는 풍경은 나뭇가지에 매달린 이끼였다. 약 8년 전에 타이완의 동서횡관공로(東西橫貫公路)를 달리면서 따우링(大禹嶺)에서 보던 모습과 흡사한 것인데 미처 상상하지 못한 풍경이었다.

(1995. 7)

3. 옐로우스톤 국립공원

델타 에어라인(Delta Airline) 1892호기로 쏠트 레이크 시티(Salt Lake City)를 향하여 온타리오(Ontario) 공항을 떠난 것은 옐로우 스톤(Yellow Stone) 국립공원을 찾기 위한 것이었다.

이 국립공원은 1872년 3월, 의회의 의결을 거쳐 대통령이 서명함으

엘크뿔로 축조한 홍예문

로써 미국 최초의 국립공원이자 세계 최초의 국립공원이 되었다고 한다. 공원 안에는 적어도 300여 개나 되는 온천이 솟아오르는 것이 가장 큰 특징이라고 하며, 호수와 계곡과 폭포가 있고 곰 사슴 엘크(elk) 바이슨(American bison,들소) 등과 같은 야생동물이 많기로도 유명하다.

버스는 뜨거운 대기를 뚫고 유타(Utah)주를 벗어나 아이다호(Idaho)주로 들어서고 있었다. 미국인의 주식이라고 알려진 감자와 밀과 맥주보리가 많이 생산되는 전원은 한가로이 풀을 뜯는 소들과 함께 평화롭게만 보였다. 길가에 보이는 아이다호 주립대학교의 간판을 보며, 캘리포니아의 프레스노우대학교의 농학부가 유명한 것처럼 이 곳에서도 농학부가 유명한 것은 우연한 일이 아니라고 생각되었다.

인디언 추장의 이름을 따서 지어진 포카텔로(Pocatello) 마을에서 일박하고 달리기 시작한 버스는 스프링 쿨러가 시원하게 적셔주는 농장을 세로 지르며 75마일의 시속으로 시원하게 달렸다. 아이다호 훨스(Idaho Falls)라는 마을을 지나 스네이크(Snake) 강과 레인보우(Rainbow) 호수를 지나고 타르그히(Targhee) 국립임야(national forest)를 통과하였다. 국립임야에는 1981년부터 거의 해마다 나무를 심어 온 팻말이 눈에 띄었다. 모든 것이 저절로만 이루어진 것으로 보이는 미국의 자연에는 많은 인위적인 노력이 곁들여지고 있다는 사실을 말해 주는 것이었다. 넓고도 넓은 미국의 땅인지라 사람이 나무를 심는다는 것은 상상하기 어렵기 때문이다.

그런데 그들이 해마다 심은 것으로 보이는 나무들은 모두 인위적인 흔적이 나타나지 않는 것이 신기하였다. 인위적인 것이라면 우선 나무들이 줄을 맞추어 서 있을 텐데 아무렇게나 저절로 나서 자라는 나무들처럼 줄서기는 찾아볼 수 없었다. 그들의 식수 방법은 최대한으로 자연의 모습을 본받는 것으로 보인다.

웨스트 옐로우스톤(West Yellowstone) 마을에 이르니 사람들이 길가에 많이 나와 있었다. 사연을 물어보니 자동차 퍼레이드가 시작된다는 것이었다. 주변을 살펴보니 수백 대의 자동차들이 늘어서 있는데 모두가 작고도 모양이 이상한 것들이었다. 근년에 생산된 것이 아니고 적어도 수십 년 전에 생산된 것이고 값도 매우 비싸다고 한다. 새로운 것을 끊임없이 추구하는 한편으로는 옛 것을 값지게 여기고 보존하려는 마음이 있음을 보여준다.

버스는 공원의 웨스트 게이트(West Gate)를 들어섰다. 가이드는 야생동물에 대한 주의사항을 잊지 않았다. 버스에서 내렸을 때 특별히 조심하라는 것이었다. 아메리칸 버팔로라는 들소(바이슨)는 크기가 밴(뚜껑 덮인 트럭)만큼이나 되며 적어도 300미터는 멀리 떨어져야 하고, 곰은 600미터는 멀리 떨어져야 하며, 사슴도 이따금 공격적인 행동을 벌이기 때문에 멀리해야 한다고 한다.

버스가 꼬불꼬불한 개울을 따라 달리다 보니 불에 타서 말라버린 롯지 폴 파인(Lodge pole pine)의 앙상한 풍경이 나타났다. 이것은 1988년 8월에 일어난 불이 무려 3개월 반이나 타다가 11월 초에 눈이 내려 꺼지기까지 국립공원의 3분의 2에 가까운 숲을 태운 흔적이라고 한다. 불이 나자 당국에서는 자연적으로 발생한 불을 인위적으로 끄는 것은 바람직하지 않다는 이유로 방관하면서 자연적으로 꺼지기를 기다렸으나 당초의 예상과는 달리 너무나 광활한 지역으로 번지고 심지어는 미국의 국보라고 말하는 올드 페이스 홀(Old Face Hall) 여관까지 타버릴 우려가 있어서 36,000여명의 인력을 동원하여 진화하려다가 헛수고에 그치고 결과적으로는 강설(降雪)이라는 자연의 힘으로 진화되었다고 한다. 150미터나 되는 계곡을 뛰어 넘어 번지던 불길은 말라 죽은 숲을 창조해 낸 것인데 이러한 자연적인 산불은 120여 년을 주기로 일어난다고 한다.

거대한 산불은 자연의 생태계를 파괴하기 쉽다. 그러나 그것은 그다지 염려할 것이 아니라고 한다. 일시적으로는 파괴되겠지만 얼마 지나지 아니하여 벌레와 곤충이 생기고 작은 짐승과 새가 모이고 뒤따라 커다란 짐승과 새가 몰려든다는 것이다. 그리고 화재로 인하여 말라 떨어진 나무열매가 한꺼번에 싹터서 자라나기 때문에 특별히 조림할 필요도

옐로우 스톤 국립공원 올드 페이스풀 가이서(간헐천)

없다는 것이다. 자연의 생태계도 너무 조밀해지면 자연자체의 힘으로 도태(淘汰)시키는 현상이 일어나는 것이라고 한다. 말라 죽은 나무는 거의 모두 서있지만 그 일부는 제멋대로 쓰러져서 썩어가고 있다. 멋대로 쓰러져서 멋대로 썩어 가는 것이 자연의 섭리요, 그것을 그대로 두고 보는 것이 미국인의 자연관(自然觀)인 것 같다.

베릴 스프링(Beryl Spring, 緣柱玉泉)이라는 청록색(靑綠色)의 온천을 지나 옵시디안(Obsidian) 절벽을 거쳐 인디언 클리크(Indian Click)와 스완 레이크(Swan Lake)를 지나고 나니 매머드 핫 스프링(Mammoth Hot Spring)이 나타났다. 삭은 계란에서 나는 냄새처럼 훈훈한 유황냄새를 내뿜는 뜨거운 물은 널찍한 유황의 구릉을 창조해 놓았다. '옐로우 스톤'이라는 이름은 이 노란 유황의 구릉에서 연유한 것이라고 생각되었다. 구릉 밑에는 서너 길쯤 됨직한 바위기둥이 서 있었다. 한국의 관광객들이 와서 '남근(男根)바위'라는 이름을 붙였다고 하거니와 남근숭배자가 보면 얼른 합장하고 머리를 조아릴 만한 것이었다.

옐로우 스톤 강이 흐르며 폭포를 이루고 대협곡을 빚어낸 풍경은 애리조나(Arizona)주의 북서쪽 고원지대에 자리잡은 그랜드 캐년(Grand Canyon)을 연상시키기에 충분하다.

아이다호 휠스(Idaho Falls) 마을에서 일박하고 다시 공원으로 달려갔다. 제일 먼저 맞이한 것은 파운틴 페인트 포트(Fountain Paint Pot)였다. 하얀 페인트가 끓어 오르는 커다한 자연의 항아리였다. 주변에는 베릴 스프링에서 본 것과 같은 아름다운 청록색의 뜨거운 우물이 여러 개가 있었다. 이어서 찾아간 곳은 더욱 멋진 화산구릉이었다. 거대한 엑셀셔 가이서(Excelsior Geyser) 분화구를 거쳐 나타나는 그랜드 프리스마틱 스프링(Grand Prismatic Spring)과 오팔 풀(Opal Pool)과 터크와스 풀(Turquoise Pool)의 풍경은 감탄사만을 연발케 하였다. 옐로우 스톤 국립공원에 솟아오르는 모든 분화구의 샘물이 청록색을 띈 맑은 물이지만 그 샘물의 주변은 모두 희거나 노랗거나 불그레한 것도 공통점을 이룬다. 그런데 그 중에도 가장 아름다운 샘물은 그랜드 플리스마틱 스프링이다. 화산 구릉의 제일 높은 곳에서 사방으로 넘쳐 흐르는 맑디 맑은 물은 희고 노랗고 붉은 기슭의 빛깔과 어울려 아름답기 그지없는 커다란 동그라미의 프리즘을 나타내고 있는 것이다.

옐로우 스톤 국립공원에는 볼 것도 많지만 반드시 빼놓을 수 없는 것은 올드 페이스풀 가이서(Old Faithful Geyser)라는 간헐온천일 것이다. 이 간헐온천은 많은 간헐온천 가운데서 가장 유명한 것으로 한 차례에 대략 45,000리터나 되는 물을 65분 간격으로 약 4분간씩 뿜어 올린다. 물은 섭씨 93도의 열탕이고 물 기둥은 36.6~61.8미터나 된다. 물이 불출하는 간격(인터벌)이 정확하고 물 기둥이 웅대함은 보는 이로 하여금 저절로 입을 벌리게 한다. 이러한 간헐온천은 땅 속에 생긴 커다란 공간 속에 열탕이 고였다가 그 압력이 간헐적으로 폭발하여 물을 땅 위로 뿜어 올리는 현상인데 유럽의 아이슬랜드에서도 볼 수 있으나 매우 보기 드문 현상이라고 한다.

나처럼 상상력이 빈약한 사람은 말할 것도 없고 이 세상에 태어났던 그 어느 누구도 상상하지 못하였을 만큼 자연은 아름답고 신비스러운 감정을 느끼게 한다. 자연이란 도대체 무엇이기에 그토록 신기한 풍경을 창조할 수 있을까. 찾아오는 모든 사람을 시인으로 만들고 화가로 만들고 유신론자로 만드는 것이 자연이라 여겨진다. 언제까지나 발길을 멈추어 자연의 신비에 몸을 던지고 때묻은 마음을 씻어내고 싶을 뿐이다. 시인과 화가는 자연의 신비 앞에서 무엇을 할 수 있을까. 자기도 모르는 사이에 붓을 집어던지는 일밖에 없을 것 같다.

포카텔로에서 일박하고 돌아오는 길에는 노루와 여우가 고속도로에서 참변을 당하여 쓰러진 모습이 세 차례나 보였다. 야생동물이 많음을 깨닫게 한다. 길가에 쳐놓은 보호망도 완벽하지는 못한 것 같다.

버스에서 바라보이는 농촌은 평화롭고 물결치는 맥주보리는 풍요롭기만 하였다. 때마침 서쪽 하늘을 수놓은 구름 속에 붉은 햇살을 쏘며 벌어지는 낙조(落照)의 풍경은 또 다시 한 폭의 작품을 이루었다. 그러나 그것은 사람의 작품이 아니고 자연의 작품이고 조물주의 작품이었다. 제 아무리 잘난 시인이나 화가라도 붓을 내어 던지고 가만히 고개를 떨굴 수밖에 없는 작품이었다.

(1995. 8)

4. 세코이아 · 킹스 캐년 국립공원

세코이야(Sequoia) 국립공원은 그 북쪽에 킹스 캐년(King's Canyon) 국립공원과 인접한 대삼림지대로 수천 그루에 이르는 거대한 세코이야 나무가 자라고 있는 것이 특징이다. 캘리포니아주에는 삼림지대가 여기 저기 흩어져 있지만 미국에 자라나고 있는 거목(巨木)의 참 모습을 엿볼 수 있는 곳은 세코이야 · 킹스 캐년 국립공원이다.

차는 로스앤젤레스를 출발하여 5번 도로를 북으로 달리다가 99번 도로로 들어섰다. 끝이 보이지 않는 넓은 들판에 자리잡은 베이커스필드(Bakersfield)를 지나 65번 도로를 달리면서 포터빌(Porterville)과 엑서터(Exerter)를 지나 쓰리 리버스(Three Rivers)에서 하루 밤을 쉬게 되었다. 쓰리 리버스 마을은 공원의 입구에 있으며 크고 작은 바위들이 옹기종기 앉기도 하고 눕기도 한 카위(Kawi)강이 흐르는 조용하고 아름다운 산촌이다. 홀리데이 인(Holiday Inn)에서 여장을 풀고 인디언 식당을 찾으니 마당에는 지름이 두어 길이나 될 만한 커다란 나무토막으로 인디언의 머리 모습을 만들어 세워 놓은 것이 눈길을 끌었다. 도대체 그처럼 큰 나무를 어디서 어떻게 잘라서 운반해 왔는지 궁금하기도 하다.

식당 안에 들어서니 주방 가까운 곳으로는 식사도 하고 맥주도 마시는 자리가 있고 이어서 두 대의 당구대가 있었다. 일행은 천연의 원목으로 만든 크고 둥근 식탁에 다시 한 번 놀라면서 맥주의 거품을 들이켰다. 그런데 마주 보이는 앞 자리에는 젊은 남녀 한 쌍이 커다란 피자를 열심히 먹고 있었다. 도대체 그 사람들은 얼마나 식욕이 왕성하기에 그토록 푸짐한 식사를 즐길 수 있는지 알 수가 없었다. 그러나 정작 나의 눈을 끌게 한 것은 그들의 푸짐한 접시가 아니라 그들의 얼굴이었다. 하나는 금발 벽안의 남자이지만 다른 하나는 검은 머리를 길게 늘어뜨린 아시아인이었다. 가만히 살펴보니 영락없는 인디언 여인이었다.

앗 인디언! 인디언의 초상화가 두어 점 걸려 있을 뿐이고 주인은 백인인데 은근히 실망하였던 나는 인디언 여인이 반가웠다. 그는 말없이 피자만 먹고 있었다. 나이프와 포크를 가지고 두 남녀는 먹기만 하다가 남자는 먼저 일어나 오락 기구에 매달렸다. 그들은 음식을 남긴 채 어디론지 사라지고 고객들은 점점 줄고 있었다. 나는 서너 발이나 되어 보이는 커다란 뱀 껍질이 벽 위에 가로다지로 붙어 있는 것을 발견하였다. 도대체 무슨 뱀이기에 그다지도 굵고 긴지 모를 일이었다. 꼬리 끝에는 움직이는 장치를 설치하였는지 마치 살아 있는 꼬리처럼 이따금 움직이고 있었다. 박키(Baki)나무의 등걸을 끊어다 만든 우람한 식탁과 뱀 껍질이 인디언의 체취가 감도는 분위기를 자아내었다.

구절양장(九折羊腸)이라는 낱말이 무색하리만큼 산기슭을 돌고 돌면서 모로록크(Mororock)에 다다랐다. 멀리 계곡에서 보던 모로록크는 사납게 치솟은 말 모양의 거대한 암석이었는데 과연 오르고 보니 사나운 말 잔등에 오른 기분이다. 돌과 철책으로 만든 난간에 의지하여 꼭대기에 이르니 해발 2,000미터가 넘는 높은 산봉우리들이 사방으로 보이고 멀리는 더 높은 봉우리들이 가물거린다. 가벼운 현기증을 느끼며 발밑에 펼쳐진 계곡을 바라보니 한국의 가을 철에 물든 단풍과도 같은 풍경이다. 모로록크는 거대한 세코이야 나무의 숲을 지켜주는 어영대장처럼 보였다. '모로'(moro)라는 말은 본디 스페인어에서 유래하였다고 하나 그 뜻을 단정하기는 어렵다고 한다. 황갈색이나 적갈색에 회색이

세코이아 · 킹스 캐년 국립공원

나 백색이 뒤섞인 빛깔의 말을 연상시킨다는 뜻으로 붙여진 바위 이름이라는 것이 가장 유력한 해석인 것 같다.

쓰러져 누운 나무를 절반이나 파내고 길을 낸 턴넬 로그(Tunnel log)를 밴(van)으로 통과하고 자동차가 주차할 수 있는 오토 로그(Auto log)를 지나면서 곰이 나타나는 지역임을 알리는 경고문이 자주 보인다. 공원을 안내하는 인쇄물을 보니 세코이야 · 킹스 캐년 국립공원은 곰과 쿠커(미국 표범)의 본고장이라고 하며 사람이 야영이나 산책 도중에 곰이나 쿠커를 만났을 때는 어떻게 해야 하는지 그 행동요령을 상세하게 설명하고 있다.

드디어 세계에서 가장 거대하다는 나무 앞에 이르렀다. 이 나무는 세코이야 공원의 자이언트(Gigant) 숲 속에 자리잡고 있다. 나이는 2,300~2,700살, 높이는 274.9피트(83.8미터)고, 둘레는 103피트, 지구상의 나무 가운데서 가장 몸집이 크고 가장 나이 먹은 나무로서 그의 이름은 제네랄 셔먼 트리(General Sherman Tree)이다.

다음으로 거대한 나무는 제네랄 그랜트 트리(General Grant Tree)

이다. 킹스 캐년의 그랜트 그로브에 있는 이 나무는 나이가 1,800~2,000살이고 높이는 267.4피트(81.5미터)라고 한다. 미국 의회에서는 미국의 크리스마스 트리로 지정하여 사람들은 성체(聖體)를 모신 살아 있는 신궁(神宮)이라고 부른다. 그런데 이 나무들은 모두 수많은 아우들을 거느리고 있다. 비슷한 크기의 아우들을 거느리고 있기 때문에 보통사람의 육안으로는 어느 것이 형인지 어느 것이 아우인지도 분간할 수가 없다. 한 그루로도 오두막집 15채를 지을 수 있다던가.

제네랄 그랜트 트리 옆에는 폴른 모나크(Fallen Monarch, 몰락한 군주)가 있다. 약 100년 전에 쓰러진 것으로 짐작되는 이 나무는 속이 모두 타 버려서 커다란 동굴이 형성되었다. 아무리 키가 큰 사람이라도 뻣뻣하게 서서 거만하게 그 속을 걸을 수 있다. 속이 모두 타버린 것은 우레(雨雷)의 조화로 여겨진다. 쓰러진 까닭은 나무가 죽고 뿌리가 썩었기 때문이다. 80미터가 넘는 높은 나무지만 뿌리는 겨우 3피트 깊이 밖에 내려가지 않고 모두 옆으로만 뻗었다니 그것도 알 수 없는 신비에 속한다. 서 있는 나무들도 적갈색의 말끔한 몸뚱이를 미끈하고 시원하게 하늘로 솟구치고 있지만, 언젠가는 우레를 맞거나 산불을 맞을 수도 있고 아니면 늙고 병들어서 몰락한 군주로 변할 것이다. 공성신퇴(功成身退)의 원리에 따라 3,000년의 영광을 조물주에게 되돌려 드리는 것이다.

해발 14,495피트나 되는 휘트니산(Mt. Whitney)의 높은 봉우리와 함께 하늘을 찌르는 세코이야의 늠름한 모습을 가슴 깊이 아로새겨 본다.

(1995. 8)

5. 그랜드 캐년 국립공원

애리조나주 북부에 자라잡은 그랜드 캐년(Grand Canyon)을 찾는 길은 사막을 헤매는 길이라고 한다. 하기야 캘리포니아주가 모두 사막이고 보니 사막 속에 살면서 사막을 찾아가는 길이 신기할 것도 없다. 서울의 1년 평균 강수량이 2,000밀리미터인데 반하여 LA가 380밀리미터에 지나지 않고 네바다(Nevada)주나 유타주나 애리조나주의 사막들은 200밀리미터 이하라고 하니 좀더 메마르다는 차이가 있을 뿐이다.

관광버스는 LA시와 LA카운티를 벗어나 사막으로 사막으로 달리고 있었다. 화씨 117도나 된다는 뜨겁고 메마른 땅에서 지칠대로 지치면서도 불멸의 생명력을 과시하는 여러 가지 식물 사이에 여호수아(Joshua) 나무가 있다. 고산지대의 사막에서 300년이나 산다는 이 나무는 한국에서도 볼 수 있는 실난초와 닮은 것인데, 태평양에서 불어오는 바람에 섞인 이슬 같은 물방울을 애타게 기다리며 손을 내밀고 자라며, 달밤에 드리워지는 그림자는 마치 기도하는 여인의 모습을 연상시키는 나무라고 한다. 바알스토우(Barstow) 마을에서 윤씨네 식당의 한식으로 점심을 먹고 38,000평방킬로미터나 되는 가도 가도 끝없는 모하비(Mohave) 사막을 달렸다. '사막은 살아있다' 는 제목으로 TV화면에서 보던 사막의 동식물을 되짚어 생각하며 들쥐와 토끼와 방울뱀 등 300여종이나 되는 동물의 세계를 상상하기도 하였다. 시원한 고속도로에 철도가 지나가고 해병대 훈련기지가 나타나더니 건초재배지가 보였다.

버스는 하루종일 달려 네바다주의 라플린(Laplin)시에 도착하여 골드 리버(Gold River)호텔에서 여장을 풀게 되었다. 라플린시는 콜로라도주에서 발원하여 유타주와 애리조나주를 통과하여 캘리포니아만으로 흘러 들어가는 길이 1,360마일이나 되는 콜로라도(Colorado)강을 끼고 급속히 성장하는 관광도시이다. 유람선을 타고 강을 오르내리며 둘러보니 사막에 자리잡은 도시로서는 상상하기 어려울 만큼 화려한 모습이었다. 콜로라도강! 미국에서 가장 높은 록키산맥에 쌓인 만년설이 녹아 내리는 물인지라 듣기만 하여도 시원한 기분을 자아내건만 용광로같이 뜨거운 사막의 열풍에는 너무나 하잘 것 없는 강물이었다. 해가 지고 네온싸인이 휘황하고 때마침 떠오르는 보름달이 강물에 번쩍이는 그림자를 드리우건만 더운 바람은 이어졌다. 나는 어린 시절에 부르던 노래 〈콜로라도의 달밤〉(Moonlight on the River Colorado)을 흥얼거렸다. 왠지 모르는 쓸쓸한 심정을 달래는 기분으로.

콜로라도의 달 밝은 밤은 마음 그리워 저 하늘
콜로라도의 달 밝은 밤은 물결 위에 비치이네.
반짝이는 금물결 은물결 처량한 달빛이여
콜로라도의 달 밝은 밤은 나는 홀로 걸어가네

아침 5시에 출발하여 윌리암스시를 거쳐 드디어 그랜드 캐년에 도착하였다. 평평한 들판만을 달려왔기 때문에 그토록 엄청난 계곡이 나타나리라고는 짐작하기 어려웠건만 그랜드 캐년은 눈 앞에 펼쳐지고 말았다. 우리는 해발 2,000m 이상이나 되는 고원에 있었고 계곡의 깊이는 평균 1,600미터나 되며 너비는 16,000미터요 길이는 440,000여 미터

그랜드 캐년 국립공원

나 되고 넓이는 1,008평방마일이 된다. 5개의 기후대가 함께 있으며 13개의 지층이 보이기 때문에 지질학자와 동식물학자가 모이고 연간 관광객은 무려 500여만 명이나 된다고 한다. 계곡의 서쪽에서 동쪽으로 흐르는 콜로라도강은 때로는 홍색으로 때로는 녹색으로 때로는 청색으로 변한다고 하며 계곡이 가장 아름답게 보일 때는 황혼이 깃들 무렵이라고 한다. 존 웨슬리 파웰(John Wesley Powell)이 처음으로 조사하여 지질학회에 보고함으로써 온 세상의 주목을 받게 된 이 계곡에는 사람의 생각으로는 도저히 상상하기 어려운 자연의 예술품으로 가득하여, 보는 사람마다 자연의 위대함과 조물주의 존재를 다시금 인식하게 하며 인간존재의 한계성을 실감하게 하고 왜소한 자신을 돌아보게 한다. 그랜드 캐년은 수십 억 년 수백 억 년이나 되는 지구의 나이테를 보여준다고 한다.

그랜드 캐년을 보기 위해서는 버스를 타거나 경비행기를 타거나 아니면 보트를 이용하거나 노새를 이용하거나 걷거나 하는 여러 가지 방법이 있고 나름대로의 멋이 있겠지만 비행기나 보트를 타는 것이 가장 스릴을 느낄 만한 것으로 보인다. 계곡을 소개하는 '아이맥스' 영화를 보면서 다시 한 번 자연의 위대함과 아름다움을 느꼈다.

망원경으로 보니 계곡에는 가로지른 다리가 보이고 녹음지대도 보인다. 아직도 인디언이 살고 있다는 말이 충분히 이해된다. 그랜드 캐년에는 여러 부족의 인디언이 살고 있었는데 그 가운데 호피부족은 거북이를 잡아서 제사에 쓰기도 하고 거북이의 등을 태워서 점을 치기도 한다는 말이 있다. 거북이로 점치는 것은 3,000년 전의 은(殷)나라에서 행해졌던 풍속과 일치하는 듯하다. 그런데 은나라의 부족은 동이족(東夷族)과 깊은 관련이 있고 동이족은 우리의 조상이라고 추측되기 때문에 더욱 흥미가 있다.

인디언들의 얼굴은 우리와 매우 흡사하다. 그렇기 때문에 인디언을 보고 싶으면 자신의 얼굴을 거울에 비쳐보라고도 한다. 그들의 신생아에는 몽골반점이 있으며, 아기를 업어서 기르며, 고향을 찾는 습성이 있고, 표정이 딱딱한 것이 모두 우리들 한국인과 흡사하다. 지금 미국에서는 그랜드 캐년을 포함한 일정한 지역을 인디언 보호구역으로 지정하고

브라이스 캐년 국립공원

있으며 그들의 생활은 매우 빈곤하고 환경이 열악하다고 한다. 애리조나주는 아파치족의 결사적 항쟁의 역사가 숨쉬고 핏자욱으로 얼룩져 숨쉬고 있는 곳이기도 하다.

그랜드 캐년을 작별하고 달리다 보니 유타주의 서남쪽에 자리잡은 브라이스 캐년(Bryce Canyon)에 이르렀다. 이 국립공원은 넓이가 56평방마일이고 중국사람들이 황석(黃石)공원이라고 부르는 것처럼 연한 붉은 색을 띤 황색으로 물든 흙의 조각예술을 마음껏 감상할 수 있는 곳이다. 그랜드 캐년과는 전혀 다른 새로운 맛을 느끼게 하는 황토의 계곡이다.

이어서 일행은 자이언 캐년(Zion Canyon)을 찾아갔다. 넓이는 206평방마일이고 자이언(시온)이라는 말은 예루살렘의 시온산에서 유래한 것이라고 하며 유타주에 정착한 몰몬교도들이 지은 이름이라고 한다. 버진(Virgin)강의 침식과 함께 조성된 이 계곡은 장엄한 남성미를 나타내며 인간으로 구성된 어떤 군대도 공격할 수 없는 거대하고 웅장한 성채로 보였다. 아이맥스(영화)를 통해 보니 '하느님의 보물' 이니 '성령

자이언 캐년 국립공원

의 작품' 이라는 말이 실감되며 그랜드 캐넌에서 느낄 수 없는 색다른 기상을 발견하게 되었다. 버스는 양탄자처럼 깔린 붉은 도로를 미끄러지며 터널을 지나고 모든 사람을 흥분의 도가니로 몰아넣었다. 자이언 캐년을 보고도 감격과 흥분에 빠지지 않는 사람이 있다면 그는 분명 감정을 타고 난 사람이 아닐 것이다.

버스는 이어서 버진 리버 캐넌(Virgin River Canyon)을 통과하여 또다시 넓고 넓은 사막을 질주하였다. 음주며 끽연이며 도박이며 모든 향락이 허용되는 네바다주의 라스베가스(Las Vegas)를 향하여…….

'자연을 보려거든 미국엘 가라' 는 말이 결코 실없는 말이 아니라는 것을 다시금 깨닫게 된다. 그러나 그 자연은 단순히 보는 데서 그치지 않는 성스러운 자연으로 인류에게 기억되어야 하며, 진실로 하느님의 뜻이 미국과 온 세계에 실현되어야 할 것이다.

(1995. 7)

6. 나이아가라 폭포

로스앤젤레스에서 펜실베니아주 서남부 앨러게니(Allegheny)강 상류에 있는 피츠버그(Pittsburgh)까지, 피츠버그에서 다시 뉴욕주 서부에 자리 잡은 버팔로(Buffalo)까지 비행기로 날고 보니 나이아가라(Niagara) 폭포가 코 앞에 닿는 듯하였다.

나이아가라 폭포는 미국과 캐나다의 국경을 흐르는 강물이 낭떠러지로 흐르는 폭포이다. 그리고 백인들이 이 곳을 개발하기 전에는 인디언들이 점유하고 그 장엄한 풍경을 감상하며 꽃다운 처녀를 제물로 바치면서 제사를 올리기도 하던 곳이다. '나이아가라' 라는 이름은 '우레와 같이 장엄한 강' 이라는 뜻으로 인디언들이 붙여 놓았다고 한다.

염소섬(고트 아이랜드, Goat Island)을 가운데 두고 양쪽으로 갈라진 이 폭포는 미국 쪽으로 흐르는 면사포 폭포(Bridal Veil)와 캐나다 쪽으로 흐르는 말발굽 폭포(Horseshoe Falls)가 주종을 이루면서 세계적인 명성을 자랑하고 있다. 전자는 너비가 323미터에 높이가 50.9미터에 이르고, 후자는 너비 826미터에 높이가 48미터에 이른다. 이들 폭포에서 떨어지는 수량은 1초에 8,500입방미터나 되고 엄청난 소리는 사방을 진동시키며 거기서 일어나는 물 안개는 몇 천 미터 밖에서도 보일 정도이고 비처럼 쏟아지는 물방울이 강 기슭을 적신다. 면사포 폭포

쪽에는 바람동굴(Cave of the Winds)이 커다란 입을 벌리고, 말발굽 폭포가 흐르는 바닥은 그 깊이가 45.7미터나 되며, 강의 하류는 약 100미터의 깊은 골짜기를 이루면서 1.5킬로미터를 흘러 그레이트 훨 풀(Great Whirl Pool)의 장관을 이룬다. 밤에는 캐나다 쪽 발전소에서 폭포를 향하여 7색 탐조등을 비추어 무지개 빛으로 빛난다. 미국과 캐나다를 연결하는 다리는 무지개 다리(Rainbow Bridge)라고 부르지만 신혼부부가 많이 찾아오기 때문에 '밀월 길'(Honeymoon Lane)이라고도 부른다. 규모가 엄청나게 크며, 공업지대를 흐르는데도 불구하고 물이 맑고, 미국의 많은 강과는 달리 남쪽에서 북쪽으로 흐르고, 흐르는 속도가 매우 빠르며, 미국에서는 최대의 전기를 생산한다고 한다.

나이아가라 폭포는 신부의 면사포를 연상케 하기도 하지만 웅장하고 거대하여 수백 미터나 되는 높은 물안개의 기둥이 치솟는 것이 가장 두드러진 특징이다. 물안개의 기둥은 넓게 뒤덮인 안개 속에서 하늘 높이 솟구치면서 여러 가지 모습을 연출하고 아름다운 무지개를 빚어내기도 한다. '물안개 기둥의 처녀'(Maid of the Mist)라는 유람선을 타고 면사포 폭포를 지나 말발굽 폭포에 접근하면 세찬 소나기와 우레소리(?)에 사로잡히고 만다. 배를 타는 사람들에게 비닐 비옷을 입히는 까닭이 터득된다.

나는 아래층 난간을 굳게 잡고 소나기와 우레 소리를 견뎌야 했다. 그러나 그까짓 소나기와 우레 소리가 무슨 대수로운 것이랴. 나는 바로 코앞에서 쏟아지는 몇 천만 톤의 엄청난 물벼락에 몸을 움츠리고 조타수의 얼굴만 원망스럽게 바라보았다. 조타수는 쉬지 않고 폭포를 향하여 배를 들이밀고 있었다. 바로 몇 초 뒤에는 그 무서운 폭포 속으로 배가 말려 들어가고 사람들은 모두 부서지는 배에서 밀려나와 급류 속에서 물귀신이 되고 말 것 같았다. 유람선은 겁에 질린 관광객을 싣고 서서히 말발굽 폭포 밑을 돌아 선창으로 되돌아 왔다.

햇볕은 따갑고 가쁜 숨은 누그러졌다. 인디언 추장이 세 딸에게 하나씩 나누어주었다는 삼자매섬을 바라보며 니콜라 테슬라(Nicola Tesla,

1857~1943)의 동상 앞에 이르렀다. 테슬라는 평생을 두고 에디슨(Thomas Alva Edison, 1847~1931)이 발명한 전기를 연구하여 직류 전기를 교류(병류)전기로 발전시키고 전기를 먼 곳으로 송전하는 원리와 기술을 연구한 과학자라고 한다. 오늘날 잠시라도 쓰지 않고는 생활하기 어려운 모든 전기기구가 테슬라의 연구를 기초로 개발되었음을 생각할 때 그는 현대과학의 아버지와 같은 위치에 있는 위대한 인물이다.

백인들은 아메리카 대륙에서 위대한 일을 많이도 해내었다. 그들은 과학을 발달시키고 물질적인 풍요를 성취하기 전에 새로운 천지에서 새로운 나라를 건설하였고, 새로운 나라를 건설하기 전에 먼저 인디언이 점유하고 살던 땅을 빼앗고, 저항하거나 빼앗긴 땅을 되돌려 달라는 인디언들을 모조리 무력으로 물리치고 일정한 지역 안에서만 살아가도록 통제하였다. 인디인들은 적이도 수천 년 전부터 대대로 점유하고 살던 기름진 땅과 아름다운 산천을 모두 빼앗기고 거주와 이전의 자유를 통제 당하였다.

관광객들을 유인하기 위하여 호텔의 로비에 비치한 안내서를 들쳐보니 그레이트 스모키 마운틴(Great Smoky Mountains) 국립공원의 경계에 있는 체로키(Cherokee) 인디언 부족의 오코나루푸티 (Okonaruputi)마을을 소개하고 있다. 그들은 오늘날처럼 눈부시게 변화한 20세기에도 조상으로부터 물려받은 유산을 자랑스럽게 여기며 강한 정체(正體)의식을 유지하고 있어서 그들의 원시적인 통나무집을 볼 수 있다고 한다. 안내서에는 몇 가지 사진을 통하여 여자들이 손가락으로 옷을 짜고, 구슬을 꿰고, 화살촉을 만들고, 카누를 만드는 것을 소개하고 있다. 또한 짐승을 잡기 위하여 긴 대롱에 총알 같은 것을 집어넣고 입으로 바람을 불어서 쏘는 그림도 있다. 그리고 그들의 원시적인 생활 방식을 기록하기 위하여 카메라를 이용하라고 대서특필하고 있다.

문명한 백인사회에도 수공업이 전혀 없는 것은 아니다. 그러나 그것은 기계공업이 미치지 못하는 특수한 분야에 그치는 것이고, 인디언들의 수공업은 기계공업이 전혀 발달하지 못한 원시수공업이라는 점에서

나이아가라 폭포

차이를 보인다. 백인들도 수백 년 전에는 인디언들과 비슷한 수공업으로 물건을 생산하였지만 지금은 지나간 역사를 모두 망각하고 인디언의 수공업을 멸시하는 눈초리로 바라보며 인디언 보기를 동물원의 원숭이 구경하듯 한다. 사람들은 사슴이 뛰놀던 땅에 대하여 사슴의 소유권을 인정하지 않는다. 다만 필요에 따라 사슴이 뛰놀 수 있도록 방임하거나 보호할 따름이다. 백인들은 인디언들이 사냥하고 과일을 따고 농사를 짓던 땅에 대하여 소유권을 인정하지 않으려 한다. 다만 필요에 따라 인디언들이 살 수 있도록 방임하거나 보호할 따름이다.

아메리카 대륙에서 인디언과 백인은 결코 같은 사람이 아니다. 인디언은 광야의 사슴처럼 뛰어다니며 살 수 있었지만 백인의 총탄을 맞으며 쫓기고 쫓기다가 백인이 쳐놓은 철조망의 우리 속에 갇히고 말았다.

나이아가라 폭포는 우레와 같이 장엄한 강이다. 인디언들은 이를 보고 하느님이 역사한다는 것을 믿게 되었고 제사를 올렸다. 사람의 힘으로는 도저히 창조할 수 없는 것이고 오직 하느님만이 창조할 수 있는 위대한 작품이라는 것을 그들은 믿고 있었다. 그리고 그것을 아끼고 사랑하고 지키고 살았다. 그러나 백인들은 인디언을 축출하고 다리도 놓고 전망대도 짓고 발전소도 건설하고 유람선도 만들어 띄우고 온 세계의 관광객들을 불러들여 구경을 시키고 돈을 벌고 있다. 인디언들의 돈을 백인들이 가로채는 것이다. 심지어는 인디언들마저 구경거리로 만들어 놓고 돈을 버는 수단으로 이용하고 있다.

관광 안내원은 신나는 목소리로 나이아가라 앞에서 '나이야 가거라!'를 외친다. 환갑이 지나고 진갑이 지나고 고희(古稀)도 지난 나이에 나이아가라를 찾아와서 '나이야 가거라! 나이야 가거라!'를 외치면 자기도 모르게 나이가 가고 젊어지며 쌍둥이라도 낳을 수 있다고 한다.

나이아가라 폭포는 우레처럼 울부짖으며 물안개 기둥을 하늘 높이 치솟구고 있다. 오늘도 내일도 쉬지 않고 울부짖고 또 울부짖고, 치솟구고 또 치솟을 것이다. 인디언의 원한을 위하여.

(1995. 8)

7. 콜럼비아 빙원(冰原)

알래스카(Alaska) 항공기편으로 로스앤젤레스를 떠나 워싱턴주 중서부의 항구도시 시애틀(Seattle)로 향하였다. 시애틀은 중학교 시절의 친구 K형이 공군정훈장교생활을 마치고 워싱턴대학 학부에 편입학하여 석사과정과 박사과정까지 마치면서 갖은 고생을 다한 곳이다. 이륙하자마자 태평양이 보이는가 싶더니 비행기는 줄곧 시에라 네바다(Sierra Nevada) 산맥을 따라 시원스럽게 날고, 창 밖으로는 7월 하순의 무더위에도 아랑곳함이 없이 만년설로 뒤덮인 산봉우리가 이어지고 있었다. 맑은 하늘 아래 펼쳐지는 풍경은 모두 아름답지만 그 중에도 가장 아름다운 것은 1980년에 폭발하였다는 세인트 헬렌(Saint Hellen) 화산의 분화구에 만들어진 녹색의 호수였다. 백두산의 천지(天池)도 저렇게, 어쩌면 훨씬 더 아름답겠지.

버스로 국경을 넘어서니 푸른 건초(乾草)밭이 펼쳐졌다. 건초를 무공해로 재배하고 발효시켜서 말에게 먹인다고 한다. 캐나다는 1951년에 영연방(英聯邦)으로부터 독립하였고, 국민 1인당 소득이 2만 달러나 되며, 면적은 989만 평방킬로미터나 되고, 인구는 2,500만 명이며, 농업 · 임업 · 수산업 · 광업이 발달하였고, 한국교포는 약 20만 명이라고 한다.

켈로나 지방에 이르니 인삼밭이 나타났다. 케틀 마운틴 진셍(Kettle Mountain Ginseng)이라는 선전간판을 보며 안내자는 우리 농산물 지키기와 관련하여 캐나다의 무역전략을 간단히 설명하였다.

캐나다의 강물과 호수는 모두 에메랄드였다. 퇴적암과 관계된다는 것인데 투명한 무색과는 다른 아름다움을 나타낸다. 높은 산과 맑은 물을 바라보며 달리다 보니 순록(馴鹿)의 형상을 본 따서 만든 표지판이 보인다. '어텐숀' (Attention)이라는 경고문구가 주목을 끈다. 고속도로변에 설치한 철조망이 야생동물을 보호하기 위한 것이지만 그것으로는 충분하지 못하여 특별히 주의를 환기하는 것이었다. 갑자기 순록이 나타나 도로에 뛰어들기 때문이다. 실지로 록키산맥의 계곡을 버스로 달리면서 심심찮게 여러 마리의 순록을 발견하고 놀라움을 금할 수가 없었다. '베어 에리어' (Bear area)라는 표지판도 보였다. 그러나 곰은 출현하지 않았다. 안내자는 순록이나 곰은 한국인 앞에는 나타나기를 꺼린다고 익살을 부렸다. 뿔을 베어갈까 봐, 쓸개를 떼어갈까 봐 그렇단다. 그저 건강에 좋고 정력에 좋다면 물과 불을 두려워하지 않고 덤비는 한국인이니 그럴 수밖에 없다고 한다. 곰은 사람들이 쉬는 캠핑 그라운드(Camping Ground)에 자주 나타나 쓰레기통을 뒤진다고 한다. 곰들이 불고기 맛과 맥주 맛을 알기 때문이란다. 쓰레기통은 곰을 부르게 되고 곰은 인명을 위협하기 때문에 특별히 주의해야 하므로 쓰레기통도 곰의 지능으로는 열 수 없는 특수한 설계로 제작되어 있었다.

버스는 마운트 아이젠하워(Mt. Eisenhower)를 지나게 되었다. 세계 제2차대전의 영웅이며 미국의 대통령이기도 하였던 아이젠하워의 이름을 따서 부르게 되었지만, 지금은 마운트 캣슬(Mt. Castle)이라고 부른다고 한다. 산의 모습이 웅장한 성곽을 닮은 데 연유한다. 아이젠하워의 여러 형제는 모두 훌륭하였으나 그의 늙은 어머니는 유럽연합군사령관을 거쳐 미국의 제34대 대통령이었던 아이크(Ike, Dwight David Eisenhower)를 대단찮게 평가하였다고 한다. 그리고 아이크 자신도 남에게 칭송을 받을 때마다 자기가 결코 영웅이 아니라 많은 청년들을 죽게 한 전범자에 지나지 않는다고 겸손하게 말하였다고 한다. 그는 캔자스의 가난한 농민의 아들로 태어나 성공의 사다리를 착실히 올라간 '미국적인 꿈'의 상징이었으며 자유를 국시(國是)로 하는 미국의 체제에 대하여 깊은 존경심과 신념을 가지고 있었다. 아이젠하워는 프랭클린 루즈벨트(Franklin D. Roosevelt) 대통령이 채택하였던 뉴딜(New Deal) 정책에서 시도되었던 정부가 간섭하는 정책을 버리고 자유방임 정책으로 복귀하려는 정책을 시행하였다고 한다. 차창 밖에는 비가 뿌리는가 싶더니 오후의 햇살과 어울려 쌍무지개가 신비스럽게 나타나 마운트 아이젠하워를 더욱 빛나게 하였다. 자연이란 무엇이기에 이토록 아름답고 신비한 풍경을 나타내는지 도무지 알 수 없는 일이다.

마블 캐넌(Marble Canyon)을 지나고 홀로우(Hollow) 숲이 끝없이 이어지는 계곡을 달리다 보니 어느덧 밤프(Banff)에 이르렀다. 일행은 1,730여 미터나 되는 썰퍼산에 가설된 곤돌라를 타고 산꼭대기에 올라 2,998미터나 되는 캐스케이드(Cascade) 산정을 바라볼 수 있었다. 동서남북을 가릴 것 없이 아무 곳이나 바라보기만 하면 감탄하게 되는 것이 록키산맥이다.

캐나다 밤프 빙원

캐나다의 북부 록키산맥에서 가장 볼 만한 것은 뭐니뭐니해도 넓이가 4,200평방마일이나 되는 재스퍼(Jasper) 국립공원에 있는 콜럼비아 빙원(氷原,Columbia Icefield)인데 이 빙원은 아사바스카(Athabaska) 빙하로 연결되어 장관을 이룬다. 해발 3,745미터의 콜럼비아산 위에 325평방킬로미터나 되는 거대한 얼음덩이는 그 두께가 365미터나 되는 곳이 있으며 얼음이 녹아 흐르는 물은 태평양과 대서양과 북극해로 흘러들고 여기서 사방팔방으로 내리미는 빙하 가운데서 가장 이름난 곳이 아사바스카 빙하이다. 이 빙하는 길이 7킬로미터에 면적 6평방킬로미터, 깊이 90~300미터나 되는 빙폭(氷瀑, ice fall)을 이룬다.

나는 일행과 함께 스노우 셔틀버스(snow shutle bus)를 타고 빙하에 접근하여 다시 스노우 모빌(snow mobile)로 빙하를 거슬러 올라갔다. 안내자에 따르면 스노우 모빌은 한 대에 400만 달러나 되는 특수 차량이라고 한다. 빙하의 주변은 모두 신비스러운 풍경이다. 빙하의 측면에 길게 뻗은 퇴석(堆石)의 모습이나 아사바스카 빙하의 바로 옆에 자리잡은 안드로메다(Andromeda)산의 현수빙하(懸垂氷河)는 말할 것도 없고 졸졸 녹아 흐르는 물은 억만년의 전설을 이야기하는 것만 같다. 스노우 모빌에서 내리니 바람이 차고 빙판이 미끄러워 두려운 마음이 엄습해 왔다. 황급히 사진을 몇 장 찍고 물을 한 병 담아서 재빨리 차에 오르고 말았다. 빙하의 물을 마시면 정력이 좋아져서 세 쌍둥이도 거뜬히 낳을 수 있다던가. 한 여름에도 대낮 기온이 섭씨 5도라고 한다. 겨울에는 항상 섭씨 영하 40도 이하로 내려가며 일대의 도로도 11월부터 5월까지는 폐쇄된다고 한다.

그런데 문제는 지구상의 각종 공해로 인하여 지구의 온난화 현상이 촉진되고 이것은 빙하의 후퇴를 촉진시키고 있다는 것이다. 그리고 이러한 빙하의 후퇴현상은 비단 콜럼비아 빙원에서 발원되는 빙하들만이 아니고 알래스카나 그린랜드(Greenland) 대빙하에서도 일어날 수 있고, 북극과 남극을 뒤덮고 있는 대빙원에서도 일어날 수 있기 때문에 지구의 여러 가지 대변화를 예상할 수 있게 한다는 것이다. 빙하의 후퇴로 말미암은 지구의 대변화는 과연 인류의 장래에 어떠한 재해를 가져올 것인지 매우 두렵다는 것이 전문가들의 견해이다. 인류가 잘 살고 싶어서 앞다투었던 산업화(공업화)는 인류의 장래를 크게 위협하는 프랑켄

쉬타인(Frankenstein)으로 등장한 것이다. 밴쿠버(Vancouver)섬에 자리잡은 부차드 가든(Butchart Garden)의 아름다운 꽃들은 콜럼비아 대빙원의 변화에 아랑곳하지 않는 것 같다. 그러나 빙원의 운명은 꽃밭의 운명과 어찌 무관할 수 있으랴.

브리티쉬 콜럼비아(British Columbia)의 주정부 청사를 뒤로 돌리고 유람선이 빽빽한 부두에서 꽃다운 아가씨가 땀을 흘리며 바이올린을 연주하고 있었다. 바이올린을 전공한 딸아이가 생각나기도 하여 발걸음을 멈추고 바라보았다. 그녀의 악보대 뒤에는 간단한 글귀가 매달려 있었다.

"Thank you! All proceeds support my University Education. I have already competed 2 years at the University of British Columbia."

브리티쉬 콜럼비아대학에 다니는 학생이 학비를 벌기 위하여 땀흘려

캐나다 밴쿠버 브리티쉬 콜럼비아 대학생의 아르바이트(바이올린 연주)

연주하는 것이었다. 학생의 가정 형편이 어떠한지는 모르지만 스스로 벌어서 공부하겠다는 정신의 발로라고 생각되었다. 부모가 아무리 부유하게 살더라도 일단 고등학교만 졸업하면 부모로부터 독립하여 모든 문제를 자력으로 해결한다는 독립심은 한국에서 보기 어려운 것이다. 세계의 대부호이자 박애주의자로 알려진 미국의 록펠러(John Davison Rockefeller, 1839~1937)의 손자도 아주 어릴 때부터 아르바이트를 생활화 했다지 않던가. 미국과 캐나다는 국경선만 그어져 있을 뿐이지 자유와 독립과 개척을 바탕으로 하는 정신문화는 조금도 다름이 없다. 북미대륙의 서부를 높고 길고 세차게 남북으로 달리는 록키산맥의 기상처럼 여대생의 학창생활이 높고 길고 세차게 발전하기를 빌고 아울러 아사바스카 빙하의 후퇴가 새로운 전진을 맞이하여 본래의 모습으로 돌아가기를 빌고 싶다.

(1995. 7)

8. 엔세나다로 가는 길

멕시코로 향하기 위해 버스에 오르니 금연과 금주를 알리는 경고문이 보이고 화장실이 설치되었다는 안내문이 보인다. 그런데 나에게는 '코우치' (coach)라는 단어가 새롭게 다가왔다. 그들은 '버스' 라는 단어를 쓰지 않고 코우치라는 단어를 쓰는 것을 깨달았다. 코우치는 구식 대형 사륜마차를 가리키는 말이지만 시내버스와 구별하기 위하여 쓰는 말인 것 같다. 얼굴이 검고 기골이 장대하여 체중이 120킬로그램은 족히 나갈 만한 데다가 희끗희끗한 머리칼과 수염이 위엄을 보이는 운전기사는 서서히 페달을 밟기 시작하고 버스는 멕시코를 향하여 달리기 시작하였다.

멕시코는 면적이 192만 평방킬로미터로 남북한 총면적의 아홉 배나 되는 나라라고 한다. 기원전 400세기에서 100세기에 이르는 3만년 동안에 시베리아 → 베링해협 → 알래스카 → 북미대륙을 거쳐 중미와 남미에 문명을 이룩한 몽골로이드(Mongoloid, 몽골리안)의 일부가 건설한 아즈텍제국이 멸망하고 300여년 간 스페인이 식민지로 통치하면서 혼혈민족국가로 건설된 것이 오늘날의 멕시코 공화국이라고 한다.

북미의 인디언과 중남미의 인디오는 북극의 에스키모와 더불어 모두 몽골로이드이며 멕시코의 원주민이던 아즈텍제국의 종족도 말할 것 없이 몽골로이드라고 한다. 아즈텍제국의 유민들은 그 대부분이 스페인 사람과 혼혈하여 이른바 히스패닉(Hispanic, Spanish)족이 되었지만 그 일부는 스페인의 정복에 승복하지 않고 산간지방에 숨어 살면서 전통적인 습속을 지켜나가고 있는데, 그들이 추는 춤과 노래하는 창(唱)과 맷돌 · 키 · 마늘 엮기 · 머리 땋기 · 흙벽돌 따위가 모두 한국인의 습속과 같고, 또 아기를 업어서 기르는 것도 같고, 몽골반점이나 얼굴 모습이 모두 같으며, 대가족이 화목하게 협동하며 사는 것도 같다고 한다. 들리는 바에 따르면 스페인 사람과 혼혈하여 새롭게 변모된 사람들은 '만초스' (Manchos)라는 이름을 많이 쓰는 데 비하여 산간지방에서 혈통을 지키는 사람들은 '산초스' (Sanchos)라는 이름을 많이 쓴다고 하며, 전자가 정치 경제 사회적으로 잘 적응하여 생활하는 데 반하여 후자는 여러 모로 소외되어 낙후한 생활을 면하지 못한다고 한다.

코우치는 남으로 남으로 시원하게 뻗은 프리웨이를 달리고 우측의 하행선과 좌측의 상행선 사이에 늘어선 유도화(네리움)는 붉은 빛깔과 흰 빛깔의 꽃떨기를 흔들며 물결치고 있었다. 유도화는 캘리포니아주의 길가에서나 집 앞에서나 흔히 보는 꽃이지만 프리웨이를 달리며 바라보는 모습은 가장 볼 만한 것 같다. 프리웨이는 온통 꽃잎으로 뒤덮여 바람에 흔들리고 있다. 들리는 바에 따르면, 유도화는 붉은 빛깔과 흰 빛깔만이 아니고 여러 가지 빛깔로 꽃이 피고 그 뿌리에는 독성이 있어서 인명을 해치는 독약으로 쓰인다고 하며, 과수원에서는 단순한 울타리로만 심지 않고 두더지를 막기 위하여 심는다고 한다. 두더지는 땅 속의 굼벵이나 기타 동물을 잡아먹지만 먹이가 모자라면 나무뿌리를 갉아먹기 때문에 유도화를 심어서 두더지를 퇴치한다는 것이다.

코우치는 샌디에이고(San Diago)를 들렀다. 이 곳은 중요한 군사기지이며 관광도시로도 유명하다. 성조기가 펄럭이는 콜로라도(Colorado) 호텔은 '초원의 빛' (Splender in the Grass)에서 순결하고 아리따운 여학생으로 열연한 여배우 나타리우드(Natlie Wood)가 쉬던 곳이며 미국의 대통령들이 쉬는 곳이라고도 한다.

안개로 뒤덮인 바다를 끼고 콜로라도 섬으로 이어진 다리를 건너다보니 '자살방지협의회'를 뜻하는 간판이 보인다. 웅장하게 치솟은 다리 위에서 자살 사고가 일어나는 모양이다. 세계 제일의 강대국이며 세계 제일의 자유와 풍요를 자랑하는 미국에서도 사람들은 자살할 만한 이유가 있는가 보다.

왼쪽으로 미국의 국경 검문소를 끼고 오른쪽의 멕시코 국경 검문소를 통과하고 나니 차창의 오른쪽으로 철판 장벽이 길게 뻗어 있다. 장벽에는 군데군데 작은 구멍이 뚫려 있고 건너편에는 미국인의 순찰차가 군데군데 서 있다. 검은 장벽에는 여러 가지 낙서가 보이지만 무슨 뜻인지 읽을 수가 없다. 어떤 젊은이가 초라한 모습으로 구멍을 통하여 미국땅을 들여다보고 있다. 도대체 그는 무엇 때문에 무슨 생각으로 이글거리는 태양 아래 그 장벽의 구멍을 들여다보고 있을까.

멕시코에는 미국의 감시망을 피하여 미국으로 들어가려는 사람이 많다고 한다. 미국의 관헌에게 체포되는 인원만 해도 하루에 600~1,000명이나 된다고 하니 놀라운 숫자다. 미국에 들어가기만 하면 노동할 기회가 있고 노동하기만 하면 세계에서 가장 비싼 품삯을 받을 수 있기 때문이라고 한다. 지금 장벽의 구멍으로 미국 땅을 들여다보는 청년도 미국으로 들어가 노동하고 돈을 벌려는 꿈을 이루지 못하여 애태우는 것이라고 짐작된다.

미국쪽 도로변에는 어머니가 딸을 데리고 뛰어가는 그림이 커다랗게 세워져 있다. 청년만이 아니라 부녀자도 기회만 있으면 미국으로 들어가려고 한다는 것이다. 그들은 운수가 좋아서 제1검문소를 통과하여도 제2검문소에서 또다시 걸리기 때문에 갑자기 버스에서 내려 도망치려고 도로를 건너다가 역살 당하는 수가 있다고 한다. 그들의 밀입국은 목숨을 건 것이지만 요행히 성공하여도 농번기만 지나면 엄격한 단속으로 추방되기 일쑤라고 한다.

미국의 캘리포니아나 멕시코의 바하 캘리포니아(Baha California)는 지리적으로 비슷할 뿐만 아니라, 150년 전만 해도 다 같은 멕시코 영토이던 것이 국제정치적인 이유로 인위적으로 분리된 것에 지나지 않는다. 그러나 이제는 한쪽은 풍요한 나라요, 다른 한쪽은 빈곤의 나라가 되었으며, 한쪽 사람은 가고 싶어하고, 한쪽 사람은 오지 말라고 등을 떠밀며 고개를 옆으로 흔들어댄다.

멕시코 엔세나다 거리

바하 캘리포니아의 북부에 자리잡은 도시 엔세나다(Ensenada)로 향하는 고속도로의 오른편에는 태평양의 파도가 넘실거린다. 푸른 파도와 시원한 바람은 미국인에게나 멕시코인에게나 공평하다. 그러나 그것들은 누구에게나 똑 같은 아름다움과 상쾌함을 던져 주는 것은 아닌 것 같다. 북쪽과 남쪽은 제3자의 눈에도 확연한 차이가 보인다. 멕시코는 세계 5대 산유국의 하나이고 은(銀)의 매장량은 세계 제일이라고 하지만 국민생활은 아직 상당히 낙후되어 있다. 카를로스 살리나스 전임 대통령의 제안으로 1989년에 이루어졌다는 북미자유무역협정(NAFTA)도 아직은 괄목할 만한 효과가 나타나지 않는 것 같다. 멕시코인들은 콩과 옥수수를 주식으로 하며 매우 건장한 편이지만, 조혼의 경향이 강하며, 가족계획사업의 부진으로 자녀를 많이 두게 되고, 장래를 위하여 이를 악물고 일하여 저축하려는 정신도 부족하다고 한다.

아즈텍(Aztec)부족을 무력으로 정복한 스페인에게 300여 년이나 통치를 받다가 1824년에 독립한 멕시코는 경제적인 근대화는 말할 것도 없고 정치적인 근대화도 성취하지 못하여 그동안 11번의 임기를 계속 집권하며 독재한 대통령이 있었는가 하면, 정치인이 정권을 잡기만 하면 3개월 동안은 전임자를 헐뜯고 3개월 동안은 호주머니를 채우다가 해외로 재산을 도피시켜 놓고 망명하는 추태를 연거푸 연출하였다고 한다. 국민은 굶어 죽게 되고 대통령은 배가 터져 죽게 될 것은 뻔한 일이다. 대통령이 되기만 하면 국리민복을 위하여 모든 것을 바치겠다고 외치고 나서 대통령이 되고 나서는 사리사욕을 채우기 위하여 국가와 국민을 배반하는 반역자가 된다. 분개한 국민들은 반역자를 붙잡아 사지를 찢어 죽여도 시원치 않다고 이를 간다.

코우치는 거친 들판을 달려 츄로스(Turos)라는 마을에 도착하였다. 절벽의 동굴에서 공기의 압력으로 치솟는 바닷물은 참으로 신기한 풍경이었다. 츄로스에 있는 라부파도라(Labupadora)라는 것이다. 바다 속의 구조는 어떻게 된 것인지 짐작하기 어렵다. 흔히 간헐천(間歇泉, Geyser)이라고 부르는 것과도 상통하는 현상은 아닌지 모르겠다. 한국인 관광객이 사진을 찍으려고 접근하다가 실종된 곳이라고 한다.

농촌은 한가하고 평화롭게 보이는데 1일 노동시장에 사람들이 나와 서성대고 있었다. 일찍이 아즈텍 제국이 융성할 때 만들어진 아즈텍 칼렌더는 매우 놀라운 것이고 그 문화수준은 무시될 수 없었지만 그들은 '한 손엔 성경을, 한 손엔 총칼을 든 파란 눈의 악마' 들에게 죄없이 정복되었다. '그리스도 대왕께서 함께 하신 길' 이라는 엘 까미노 레알(El Camino Real)을 따라 무수한 미숀(mission, 포교본부 또는 구제시설, 인보단)이 세워지기도 하였지만 그 그리스도 대왕은 진정으로 누구의 편에 서서 역사하였는지 알 수가 없다는 것이 멕시코인들의 감정이라고 한다.

티후아나(Tijuana) 시장을 지나 미국의 국경검문소까지 빽빽히 들어선 노점상을 뒤로 두고 다시 국경선을 넘었다. 후일을 기약하고 싶은 멕시코이다.

(1995. 8)

9. 맥그라스 비치

로스앤젤레스에 와서 해변을 찾기는 주마 비치(Zuma Beach)에 이어 맥그라스 비치(McGrath Beach)가 두 번째이다.

J선생이 주도하는 모임으로 '울타리 모임'이 있다. 울타리 모임은 J선생의 직계와 처족과, 계씨의 직계와 동서(L선생)의 직계끼리 만든 모임이고 1년에 한 번씩 야영도 하고 어른들 생신에는 모두 모여서 회식하면서 친목을 도모하는 모임이다. J선생은 이 모임의 회장이 되어 봉사하고 이끌어 나가며 자손들의 교육과 진로와 인격수련에 관심을 기울이고 있으며, 특히 전통적인 한국의 예절을 익히게 하는 동시에 한국의 얼을 이해시키려고 노력한다. 그는 언제나 평화로운 마음으로 가정예배를 실천하며 화락한 가정과 '울타리 모임'이 되도록 헌신한다.

먼저는 J선생의 아들 가족과 딸 가족이 모이고 거리가 가까운 편이었지만, 이 번에는 J선생의 계씨와 처남과 사돈의 가족에 나와 또 다른 가족까지 모이다 보니 무려 28명이나 되는 집단적 행사였고 거리도 더 멀었다. J선생은 이 모임을 울타리 모임이라고 하며 회장의 자리에서 이끌어 나가고 있다. 회원들은 가구별로 회비를 갹출하고 행사 때에는 먹고 쉬고 즐기는 데 필요한 모든 것을 분담한다.

예약된 캠핑 장소에 도착하여 천막을 치고 불을 피우고 바베큐로 구워 낸 소갈비와 닭고기를 곁들여 여러 가지 음식을 먹고 파도가 넘실대는 바닷가를 거닐며 친목경기와 보물찾기를 즐기며 캠프 파이어를 둘러싸고 앉아 이야기꽃을 피웠다.

천막과 자동차에서 잠을 자고 아침을 먹고 나서 일행은 모두 하나의 천막 안에 모여 주일 예배를 올렸다. J선생의 계씨가 설교를 맡았다. 그는 한국에서 대학과 대학원에서 화학공학을 전공하고 미국에 건너와서 장학금만으로는 학업을 계속하기 어려워 아르바이트를 시작하게 되었고 LA시청 공무원이 된 지 20여 년이라고 한다. 그는 한국에서도 잠시 직장에서 근무하면서 많은 연구실적을 올렸지만, 미국에서도 남보다 먼저 출근하여 남보다 늦도록 일하면서 최선을 다하는 모범공무원으로서 현재는 고급화학연구관(senior chemist)으로 근무하면서 수질오염방지업무를 수행하고 있다. 설교의 주제는 사람의 '거듭 남' 이었다. 사람은 누구나 모태로부터 세상에 나왔지만 성령으로 다시 한 번 태어나지 않으면 참된 진리를 깨우치지 못한다는 것이었다.

그는 나와 만날 때마다 매우 공손하고 온화하였으며, 외국생활에서 겪었던 여러 가지 어려움을 극복하면서 체득한 생활철학이 그에게서 엿보이곤 하였다. 그는 일찍부터 장로교회에 나가면서 신앙을 굳혀 왔다. 그래서인지 그는 우주의 모든 섭리나 질서는 하느님의 역사(役事)라고 해석한다. 이를테면 바닷물이 파도치고, 공기가 물 속에 들어가고 그 때문에 물이 스스로 정화하는 현상도 하느님의 뜻에 따라 일어나는 것이고, 자기가 지금까지 많은 시련을 이기고 미국의 공무원으로 봉사하고, 또 중국에 교회를 세워 선교사업의 일익을 담당하게 된 것도 모두 하느님의 뜻이라고 한다.

J선생은 LA시청 공무원으로 근무하는 아우를 자랑스럽게 생각한다. J선생은 평북 정주군 곽산면 석동에서 출생하여 조국 광복 이후에 월남하여 서울에 정착한 후 편모 슬하에서 아우들을 거느리고 헐벗고 굶주리면서 공업고등학교를 나와 서울시청에서 기술직 공무원으로 근무하다가 미국의 아우가 초청하여 LA에 정착한 분이다.

지도영 선생의 '울타리 모임' (맥그라스비치)

그는 어떻게 하던지 자신의 힘으로 생활기반을 닦기 위하여 뉴욕에서 수년 동안을 땀흘렸으며, 불치병으로 신음하던 부인을 잃기도 하였다. 그러나 이제는 현숙한 숙녀를 만나 재혼하고, 큰 아들은 손꼽히는 회사에, 작은 아들은 고등학교에 근무하게 되고, 사위와 며느리도 모두 학벌과 생활력을 갖추고 있어서 재미(在美) 교포사회에서는 거의 남부럽잖은 형편에 있다.

J선생은 '울타리 모임'을 통하여 보람을 느낀다. 동기간에 화목을 증진하고 서로 격려하며 모두 친인척이라는 혈연관계를 깨닫게 하고 앞으로 수십 년 후에는 '울타리 모임' 안에서 대학총장도 나오고 연방정부의 고급관리나 연방의회의 상원의원도 나오기를 바란다. 그는 울타리 모임의 새로운 세대들이 한국의 언어와 역사와 미풍양속을 이해하는 훌륭한 한국인이 되는 동시에 훌륭한 미국인이 되기를 희망한다.

그는 남북이산가족의 한 사람으로 어릴 때 뛰놀던 고향산천을 그리워하고 인자한 손길로 머리를 쓰다듬어 주시던 할아버지를 그리워하면서 인고(忍苦)의 삶을 살아 왔고 하루 속히 남북이 통일되어 가슴 속에 맺

힌 한을 풀어보기를 짚고 기다린다.

그는 맥그라스 비치에 도착하자마자 나름대로의 할 일을 찾아 잠시도 쉬지 않고 일하였다. 불을 지피기 위하여 불쏘시개를 준비하는가 하면 천막을 치고 잠자리를 정리하고 적당히 인원을 배정하였으며 모든 일정을 짜서 회원들에게 알렸다. 그리고 나에게는 '특강'을 부탁해 왔다.

나는 '가정의 윤리적 특성'을 주제로 발표하였다. J선생의 주선으로 나의 논문을 복사하여 한 가정에 한 부씩 나누어주었지만 원고를 읽을 수 있는 사람은 어른들뿐이고 더구나 캠프 파이어(camp fire)만으로는 글자가 보이지도 않았다. 겨울이 아니고는 비가 내리지 않는 찜통 같은 사막인데도 밤이 되니 이슬비가 내리고 월색도 찾을 수가 없었다. 한낮의 뜨거운 햇볕은 간 데 없고 바닷바람이 차갑게 불어 왔다. 자정이 가까워서야 공식적인 행사는 끝나고 잠자리로 들었다. 참으로 오래간만에, 학생들과 이 산 저 산을 찾아다니며 캠핑하던 시절에나 자보던 천막 안의 분위기를 느끼며 나는 잠을 이루지 못했다. 그동안 온돌방과 편안한 침대에 길들여진 탓인지 잠들만한 기분을 느낄 수가 없었다.

다람쥐는 굴을 파고 갈매기는 떼지어 날고 태평양의 물결은 줄기차게 넘실대고 있었다. 울타리 모임을 마치고 짐을 꾸리고 시내에 돌아오니 수은주는 화씨 105도를 가리키고 있었다.

J선생의 울타리 모임이 영원한 울타리가 되어 회원들의 안식처가 되고, 총장도 나오고 상원의원도 나올 수 있는 기틀이 되기를 빌어마지 않는다.

(1995. 7)

Ⅱ. 개라지 세일

개라지(garage)라는 말은 자동차나 살림살이를 보관하는 창고를 가리킨다. 그런데 보관할 필요가 없는 물건이 창고에 하나씩 둘씩 늘어나다 보면 창고만 복잡해지고 정작 보관해야 할 물건은 보관하기가 어렵게 된다. 이 때 창고 문을 열어제치고 필요치 않은 물건을 대강 정리하여 내어놓은 다음에, 파격적인 헐값으로 남에게 팔아버리는 것이 곧 개라지 세일(garage sale)이다. 보관하던 창고에서 그대로 팔기 때문에 붙여진 이름이다.

1. 사우스 놀튼 851번지의 아침

해돋이 시간이 된 것 같다. 현관문의 빗장이 풀어진 것을 보니 누군가가 현관을 나간 모양이다. 시간이 벌써 7시가 다 되었으니 두 사람의 총각이 출근했을 것은 뻔한 일이다.

현관을 나서니 건너 편 지붕과 정원수에서 아침 햇살이 눈부시게 비쳐 왔다. 그리고 유난히 크고 길쭉한 꽃잎이 별 모양으로 나타났다. 서서히 바라다 보는 순간 영락없는 무궁화라는 것을 깨달았다. 탐스러운 무궁화였다.

11시 방향으로 보이는 집에서는 키가 크고 약간 비만한 여인의 모습이 보이더니 쇠창살로 만든 대문이 열리고 차가 밖으로 나오자, 여인은 운전석 옆에 올라탔다. 1시 방향으로 보이는 집에서는 커다란 정원수 밑에서 얼굴이 검은 남자가 낙엽을 정리하고, 2시 방향으로 보이는 집에서는 젊은 여자가 들어오고, 그의 어머니로 보이는 여자가 출근하는 모양이다.

이어서 젊은 여자는 세차게 물을 뿜어 자동차를 청소한다. 이 집의 주인으로 보이는 60여 세의 남자는 한국전쟁에 참여한 노병이라고 한다. 한 번 만나서 당시의 경험담을 듣고 싶다.

2차선밖에 안 되지만 양쪽으로 늘어선 야자수 아래 잔디밭이 시원한

길에 자동차들이 오간다. 벌새가 날아와 윙윙거리더니 높은 나무 가지에 매달린다. 집주인 J선생이 손자를 돌보러 가기 위하여 시동을 걸고, 오른쪽 옆집에 사는 부부가 현관으로 나오며 정다운 말을 주고 받는다. 그들 부부는 나에게 친절하였다. 남자는 얼마 전에 인사를 나누고 보니 양천 허씨(陽川 許氏)였다. 고향은 평안북도라는데 열심히 땀흘려 자수성가한 사람으로 보였다. 그들은 한국의 고향이 그리운 까닭인지 현관 앞에 채송화, 봉숭아, 맨드라미 따위를 심어서 꽃밭을 만들고 때때로 물을 주곤 한다.

허씨는 나와 처음 만나던 날 후원을 구경시키고 노란 방울토마토와 오렌지를 나에게 맛보여 주었다. 맛은 있어도 아이들이 먹지 않기 때문에 그대로 버리게 된다고 한다.

그 날 그들 부부가 따주던 토마토와 오렌지를 들고 와 맛있게 먹은 기억이 생생하다. 특히 오렌지는 내가 먹어 본 오렌지 중에서 가장 달고 맛있었다. 날이면 날마다 시원한 미풍에 따가운 햇살을 받으며 익을 대로 익어서 그토록 맛이 좋은 것 같다.

허씨 부부는 집 안으로 들어가고 다음 집 현관에는 얼룩진 자주 빛 무늬의 옷차림에 흰 면사포로 머리를 감싼 여인이 나타났다. 히잡이나 차도르를 착용하는 무슬림의 모습이었다. 아랍 출신이 아니면 인도 사람인지 모르겠다. 달려가서 이것저것 물어보고 어디서 와서 무엇을 하며 어떻게 살고 있는지 알아보고 싶었지만 남녀가 유별하다는 생각으로 참을 수밖에 없었다.

갑자기 왼쪽 집에 화물차 비슷한 차가 들이닥쳤다. 나이 들어 보이는 사람은 어디론지 사라지고 젊은 사람이 잔디를 다듬기 시작하였다. 2미터쯤 되어 보이는 길죽한 기계를 가지고 잔디를 다듬는 데 끝에서 세차게 돌아가는 작은 장치가 잔디에 직접 닿지 않아도 깨끗이 다듬어지는 것이었다.

젊은이가 일을 멈추고 기계를 차에 싣는 것을 보고, 달려가서 살펴보니 바퀴 끝에는 닳아빠진 두 개의 빳빳한 끈이 달려 있었고 그것이 칼날처럼 잔디를 끊어내는 것이었다. 기계의 이름이 무엇이냐고 물으니 '윌러' 라고 대답한다. '론 모우어' 라고 부르지는 않느냐고 반문하였더니 아니라는 표정을 짓는다. '윌러' 의 스펠링(철자법)을 물으니 그것도 모른다는 표정이다. 'wheeler' 라는 단어를 떠올리며 더 이상 그의 작업을 방해하고 싶지 않았다. 그는 생울타리 밑에서 낙엽과 티끌을 청소기로 날리며 쓸어 모았다. 멜빵으로 등에 메고 둥근 바람 통을 이리 저리 돌리며 쓸어내는 청소기에도 기름탱크가 붙어 있었다. '윌러' 에 붙어 있는 탱크보다는 훨씬 큰 것이었다.

팔운동과 가슴운동을 되풀이하고 있는데 Y여사가 승용차에서 내려 현관으로 다가왔다. 그와 나는 적당한 거리에서 서로 고개를 숙여 말없이 인사를 나누었다. 50대로 보이는 그는 J선생댁의 두 번째 방에 살고 있었다.

세 번째 방에는 상점에 근무하는 노총각이, 네 번째 방에는 신문사의 기자로 근무하는 노총각이 사는데 이 방들은 나란히 한 줄로 배치되어 있고 내가 살고 있는 방은 복도를 사이에 두고 두 번째와 세 번째 맞은 편에 자리잡고 있으며 Y여사와는 방문이 거의 마주보고 있었다. 그는 한국에서 서울에 있는 약학대학을 나온 약사지만 미국에 와서는 약사면허증을 받지 못하고 여러 가지 직업에 종사하였고 남편과는 어떻게 된 것인지 가족은 주립대학에 다니는 딸만 하나 있다고 한다. 딸은 기숙사에 있는지 주말마다 어머니에게 들르곤 한다.

Y여사는 한 때 여유 있는 생활을 누리며 사치스럽게 살았지만 지금은 오로지 하느님의 말씀으로 생활하면서 사치와 허영과 교만에서 벗어나려고 노력하며 날마다 기도하고 찬송하며 목사들의 설교를 녹음으로 듣는 모양이다. 최근에는 파트 타임(part time job)으로 베이비 시팅(baby sitting)을 맡아서 매일 출근한다.

그런데 오늘 아침에는 도대체 어디서 오는 것일까. 나는 궁금하였지만 그가 새벽기도회에 다녀온다는 사실을 곧 알게 되었다. 그가 미국에 온 경위나 혼인관계는 알 수가 없다. 다만 내가 알고 있는 것은 그가 기

사우스 놀튼 851번지 개라지 세일 풍경

독교의 신앙에 열을 올리고 있으며 딸이 찾아오는 것과 딸과 전화로 통화하는 것을 즐거움으로 삼는다는 사실일 뿐이다.

이 곳에는 혼자 사는 여인들이 상당히 많은 편이라고 한다. 홀아비들은 그들을 이용하여 덕을 보려 하고 그들은 거짓 홀아비에게 속아 손해를 보기도 한다고 한다.

아침 해는 치솟고 무궁화는 빛났다. 나는 카메라를 들고 맞은 편 집 울타리에 핀 무궁화를 향하여 다가갔다. 은빛을 띤 금발의 노파가 물을 주며 서성거리기에 말을 걸었다. '안녕하시냐, 꽃이 아름답다, 꽃 이름이 무어냐, 나는 이 꽃을 좋아한다, 이것은 한국의 나라꽃이다…' 노파는 무궁화를 가리키며 하이비스커스(hibiscus)라고 가르쳐주며 20년 전부터 꽃이 핀다고 덧붙인다. 나는 거듭하여 샤타를 눌렀다. 필름이 모두 감기고 말았다.

851번지 쪽으로 눈을 돌리니 바로 옆집에는 더욱 아름다운 무궁화가 2종이나 피어 있었다. 필름을 새 것으로 바꾸어 넣어 가지고 정성껏 샤타를 눌렀다. 줄기나 잎이나 꽃으로 보아 한 가지는 한국에서 흔히 볼 수 있는 재래종이고 한 가지는 미국의 것이었다. 허씨네 울타리에도 탐스러운 무궁화가 피어 있었다. 두세 겹으로 된 새빨간 것이었다. 다시 정성껏 샷타를 눌렀다.

토양과 기후를 가리지 않고 말없이 뿌리를 내리고 꾸준하고 겸손하게 피어나는 무궁화처럼 모든 해외의 교포들이 삶의 뿌리를 내리고 줄기와 가지가 뻗고 꽃이 피기를 바란다.

사우스 놀튼 (South Norton) 851번지의 아침은 점점 따가운 햇살로 뒤덮이고, 목마른 풀과 나무가 점점 더 굳세고 깊숙이 뿌리를 박으려고 파들어 가는 소리가 들리는 듯 싶다.

(1995.7)

2. 한 상에 둘러앉아

오늘도 J선생의 차를 타고 나성영락교회를 찾았다. 차를 길가에 세우고 넓은 주차장을 거쳐 교육관을 지나서 예배당에 이르렀다. 전과 다름없이 하얀 가운을 입은 신사가 빵과 버터를 마련하고 서너 사람의 숙녀들이 커피와 보리차를 준비하여 교우들을 맞이하고 있었다. 나는 빵 조각에 버터를 넉넉히 발라 두 조각이나 먹고 보리차도 마셨다. 아침식사가 해결된 셈이다.

묵도, 예배의 부름, 찬송, 참회의 기도, 신앙고백, 성시교독, 찬송기도, 성경 봉독, 찬양에 이어 설교가 진행되었다. 설교 제목은 '집에서 떡을 떼며' 이고 설교자는 박희민 목사였다. 박 목사는 전과 마찬가지로 유창한 말솜씨에 재미있고 유익한 설교를 진행하였다. 그는 가정의 중요성을 강조하는 데 설교의 주안점을 두고 있었다.

오늘날의 산업사회에서는 늦게 혼인하는 경향이 짙으며, 핵가족화 현상과 함께 자녀의 수효도 적어지고, 여성 가장의 수효가 늘고 있으며, 이혼률도 매우 높아서 미국 가정의 55%에 이른다고 한다. 또한 맞벌이 부부가 일반화하고, 부모와 자녀 사이에는 애정이 엷어지고, 부부의 기능이 혼돈해지고, 살림은 윤택하나 가족의 정신적 유대는 약화한다고 한다.

나성영락교회 주차장에서 지도영 선생 부부와 함께

이러한 모든 현상은 가정을 파괴하는 원인이 되고 있다. 현대의 과학 문명은 물질을 많이 추구하며, 공동체의식을 파괴하며, 성도덕을 문란케 한다. 여성해방이라는 허울 좋은 명분은 많은 부작용을 발생케 한다. 순결과 신의를 존중해야 할 혼인은 겉치레와 물질을 중시하는 혼인으로 변질하고 타락되었다. 그리고 이것은 기독교의 초대교회에서 볼 수 있었던 가정의 모습과는 매우 거리가 먼 것이다. 초대교회에서는 가정과 신앙이 완전히 결합되어, 가정에서는 항상 교회와 다름없는 예배가 이루어지고 부부와 부모와 자녀와 형제자매가 함께 만나 기도하고 찬송하며 대화하였고, 애정이 오고가며 짙은 가족관계가 형성되었다고 한다.

사람과 사람이 만나는 관계는 신의나 애정에 따라 차이가 나타난다. 어떤 사람들은 만나면 날씨가 춥다거나 덥다거나 비가 온다거나 눈이 온다는 것으로 대화가 끝난다. 어떤 사람들은 언제 어디서 무슨 사건이 발생하여 어떤 결과가 나타났다는 대화로 끝난다. 어떤 사람들은 일어난 사건에 대하여 자신의 견해를 피력하여 상대방에게 전달하며 상대방의 견해도 듣고 서로 토론하기도 한다. 어떤 사람들은 한 걸음 더 나아가 자기의 솔직한 감정도 나타내며 공감을 구하기도 하고 거기서 즐거움을 느끼기도 한다. 어떤 사람들은 자기가 항상 감추어 두고 있는 비밀까지도 상대방에게 말하고, 남녀 사이에는 오랫동안 감추고 간직해 왔던 애정도 고백한다. 하나의 가정을 구성하는 가족들은 가장 높은 단계의 인간 관계가 형성되는 것이 바람직하다. 부부 사이나, 부모와 자녀 사이나, 형제자매 사이에 무슨 장벽이나 베일이 필요하랴. 그들은 서로 돕고 사랑하고 봉사하고 희생하는 사이가 아닌가.

아무리 훌륭한 잔치에서 융숭하게 대접을 받았더라도, 변변치 못한 음식을 가족끼리 나누는 것만 못한 수가 많다. 사무적인 분위기에서 식사하는 것이 애정 어린 분위기에서 식사하는 것을 능가하기 어렵기 때문이다.

애정이 넘치는 가정은 행복한 가정이다. 비록 빈 말이라도 칭찬하면서 살고, 자녀들로 하여금 인생을 엄숙하게 살도록 기르는 동시에 유머러스하게 살도록 기르며, 즐길 줄 알게 길러야 한다고 한다.

알차고 유창하고 유머러스한 설교가 끝나자 모두는 찬송가 305장(전영택 목사 작사, 구두회 교수 작곡)을 불렀다.

사철에 봄바람 불어 있고
하나님 아버지 모셨으니
믿음의 반석도 든든하다
우리 집 즐거운 동산이라

어버이 우리를 고이시고
동기들 사랑에 뭉쳐 있고
기쁨과 설움도 같이 하니
한 간의 초가도 천국이라

아침과 저녁에 수고하여

다 같이 일하는 온 식구가
한 상에 둘러서 먹고 마셔
여기가 우리의 낙원이라

〈후렴〉
고마와라 임마누엘
예수만 섬기는 우리 집
고마와라 임마누엘
복되고 즐거운 하루하루 (후렴)

찬송가의 곡조도 아름답지만 가사는 더욱 아름다웠다. 추사(秋史) 김정희(金正喜) 선생이 '대팽두부과강채(大烹豆腐瓜薑菜) 고회부처아녀손(高會夫妻兒女孫)' 이라고 쓴 글씨가 떠오른다. 여러 가지 음식을 장만하여 모든 가족들이 서로 권하며 즐겁게 먹고 마시는 풍경이 찬송가의 내용과 걸맞는 것 같기에 말이다.

아름다운 독창과 함께 진행된 헌금에 이어 소식(성도의 교제), 찬송, 축도로 예배가 끝나고 나는 J선생의 손자 다니엘(Daniel)이 출전하는 수영대회장으로 달렸다. 대회의 명칭은 '캘리포니아 노뷔스 스위밍 챔피언쉽' 인데 어제의 예선에 이어 오늘은 결승이 치러지는 모양이다. 다니엘은 벌써 3등 트로피를 받았는데 또 개인 혼합경기에 출전하였다. 그는 3번 선수가 되어 멋지게 출발하였다. 그는 자유형과 배영에서 선두를 달렸으나 평영에서 뒤지고 마지막 접영에서는 아슬아슬하게 2등(?)으로 골인하였다.

그의 어머니와 할아버지가 지켜보며 응원하는 데 덩달아서 나와 내자도 함께 정신 없이 응원하였다. 어린이(초심자) 수영대회의 출전 자격의 나이로 보아 앞으로 1년 내에는 1등이 가능하다고 전망된다. 평영에서 팔동작은 작게 하고 다리동작을 크게 하기만 하면 문제가 해결된다는 것이 노랑머리 코치의 설명이다.

저녁에는 L선생의 생신 축하연에 참석하였다. 정원에 자리를 펼치고 모두 둘러앉아 뷔페를 즐겼다. 알코올 없는 맥주와 한국산 포도로 입맛을 돋우고 나니 열 네 가지의 요리에 맥주와 인삼주가 잘 어울렸다. 축하케이크는 L선생의 처질녀가 직접 만든 것이라고 하는데 모양은 대단치 않아도 대학생의 솜씨라 놀랍게 여겨졌다.

〈해피 버스데이 투유〉를 함께 부르고 촛불을 끄고 케이크를 자르고 나서 '울타리 모임'의 선물이 증정되었다.

목사의 설교와 찬송가의 내용을 다시 음미하며, 가정의 행복은 곧 인생의 행복임을 깨우쳐 본다.

(1995. 8)

3. 참고 견디고 만족할 줄 알아야

어제는 아침부터 약간의 복통이 오더니 오후에는 설사가 심하고 머리가 아프고 열이 오르며 다리가 무겁고 허리도 아팠다.

LA에 온 지도 벌써 두 달 반이나 되었지만 비는 한 번도 내리지 않고 수은주는 날마다 화씨 90도를 오르내리고 있다. 가까운 리버사이드(Riverside) 지방은 화씨 115도를 자주 상회한다고 한다. 다행히도 습도가 적어서 그늘에서는 그런대로 견딜 만하지만 항상 그늘에만 있을 수는 없고 따가운 햇볕을 완전히 피할 수도 없다. 내가 몸이 불편한 까닭은 지루한 가뭄과 따가운 햇볕 때문인 것 같다.

오늘은 J여사의 권유로 약국을 찾아가기로 하였다. 아내는 한참 동안이나 거울을 들여다보고 나서 모란꽃 무늬가 은은한 블라우스를 입고, J여사는 〈초원의 빛〉(Splendor in the Grass)에서 열연한 나탈리우드(Natalie Wood)를 연상케 하는 인상에 어울리는 새하얀 복장에 새하얀 모자를 쓰고 나섰다.

우리가 찾은 곳은 약국이 아니고 올림픽 불바드(Olympic Boulevard)에 있는 한의원이었다. 나는 한의사보다는 양의를 잘 찾아다니고 한약국보다는 양약국을 찾으며 그나마 웬만해서는 약을 싫어하기 때문에 한의원에는 가고 싶은 마음이 없었지만 기왕에 집을 나섰고 또 이미 목적지에 도착하였기 때문에 구경 삼아서 한의원을 들어서게 되었다.

한의원의 간판은 한자(漢字)로 되어 있었지만 명함이나 진료 챠트를 보니 '오리엔탈 허브 앤드 애큐팡추어 클리닉' (Oriental Herb and Acupuncture Clinic)이라는 영문(英文)이 보였다. 벽에는 허준(許浚)과 이제마(李濟馬)와 또 한 분의 초상화가 걸려 있고, 약을 먹으며 피서하는 그림, 신선이 약을 채집하여 돌아오는 그림, 환웅(桓雄)이 약을 처방하는 그림이 걸려 있고, 손님들이 대기하는 소파의 맞은 편에는 예수의 초상도 걸려 있다. 그 오른쪽에는 동양 산수화가 걸리고 그 밑에는 한국에서 흔히 보는 약장이 놓여 있고 다시 그 오른쪽 벽을 보니 한문으로 된 족자가 걸려 있다. 족자를 읽어 보니 한문이 아니고 중국어 성경을 따낸 것인데 내용은 "믿음 소망 사랑, 이 세 가지는 항상 있을 것인데 그 중에 제일은 사랑이라"(如今常存的有信有望有愛這三樣, 其中最大的是愛. 「고린도전서 」13장 13절)이다.

그리고 진찰실 출입문 앞 벽에는 '참을 인(忍)' 이라는 글자 하나가 유리 액자 속에서 늠름하고 멋있는 자태를 보였다. 그 옆에는 '능인자안' (能忍自安) '지족장락' (知足長樂)이라는 작은 글귀가 보이고 그것은 「고린도전서」 13장과 「디모데전서」 6장에 근거하였음을 밝히고 있다.

알고 보니 모든 작품들이 진료를 맡고 있는 김재홍 장로가 몸소 휘호한 것이었다. 나는 그 분의 글씨에 관심이 생기고 호감을 갖게 되었다. "아니 이렇게 잘 쓰십니까. 저는 기증 받은 것으로 알았습니다" 하였더니, 그는 매우 즐거워하며 진료실 앞에 걸려 있는 글씨와 똑 같은 것을 꺼내와서 세 사람의 환자들에게 나누어주었다. 함경도 원산이 고향이고 고희가 지난 것으로 보이는 그는 한의원을 경영하며 교회(나성영락교회)에 나가고 틈 나는 대로 서도(書道)를 수련한 모양이다.

그의 작품 속에는 기독교의 핵심을 이루는 윤리강령이 유감 없이 드러나고 있다. 믿음도 소망도 사랑도 모두 항상 있어야 하고 소중한 것이지만 그 중에서도 사랑이 제일이라는 것, 참을 줄 알면 스스로 평안하다는 것, 만족할 줄 알면 오래도록 즐겁다는 것이 모두 그렇다.

사랑은 모든 것을 창조한다. 조물주는 사랑하는 마음으로 삼라만상을 창조하였고, 사람은 사랑하는 마음으로 문화를 창조하고 자녀를 기른다. 오늘날 가정과 사회와 세계에서 패륜과 범죄와 전쟁이 일어나는 원인을 살펴 보면 거의 모두가 사랑이 없기 때문이다.

그러나 사랑은 거저 창조되는 것이 아니다. 어떤 고통이나 희생도 달게 받고 참고 견디어야 하는 것이다. 연인들은 사랑하기 때문에 고독을 참고 신고를 견디며, 부모나 애국자나 선지자나 모두 사랑하기 때문에 자녀와 나라와 인류를 위하여 희생과 고통을 참고 견딘다. 참고 견딜 줄 모르면 아무리 순결하고 고귀하고 아름다운 사랑일지라도 빛을 드러내기가 어렵다.

김 장로는 지족(知足)의 철학을 말한다. 디모데전서 6장 3절부터는 거짓 교사들에게 대하여 경고하고, 6절부터는 돈과 경건에 대하여 교훈하고 있다.

누구든지 다른 교훈을 하며 바른 말, 곧 우리 주 예수 그리스도의 말씀과 경건에 관한 교훈에 착념치 아니하면 저는 교만하여 아무 것도 알지 못하고 변론과 언쟁을 좋아하는 자니 이로써 투기와 분쟁과 훼방과 악한 생각이 나며 마음이 부패하여지고 진리를 잃어버려 경건을 이익의 재료로 생각하는 자들의 다툼이 일어나느니라 (3 - 5절).

그러나 지족(知足)하는 마음이 있으면 경건이 큰 이익이 되느니라. 우리가 세상에 아무 것도 가지고 온 것이 없으매 또한 아무 것도 가지고 가지 못하리니 우리가 먹을 것과 입을 것이 있은 즉 족한 줄로 알 것이니라. 부(富)하려 하는 자들은 시험과 올무와 여러 가지 어리석고 해로운 정욕에 떨어지나니 곧 사람으로 침륜과 절망에 빠지게 하는 것이라 돈을 사랑함이 일만 악의 뿌리가 되나니 이것을 사모하는 자들이 미혹을 받아 믿음에서 떠나 많은 근심으로써 자기를 찔렀도다 (6~10절).

신앙에는 경건이 매우 소중한 것인데 지족하는 마음이 있으면 경건에 유익하다는 것으로 보인다. 그리고 여기서 말하는 지족은 주로 물질에 대한 것이다. 사람은 태어날 때 아무 것도 가지고 오지 못한 것처럼 세상을 떠날 때도 아무 것도 가지고 가지 못할 것이니 재물에 대하여 욕심을 부리지 말 것이며 우리가 먹을 것과 입을 것이 있으면 족한 줄로 알아야 한다. 그럼에도 불구하고 사람이 먹을 것과 입을 것으로 만족할 줄을 모르고 축재하려고 애쓰며 재물을 탐하는 것은 만 가지나 되는 악(惡)의 뿌리가 된다는 것이다.

세상에는 재물을 탐하기 때문에 부모에게 효도하지 못하고, 이웃을 사랑하지 못하고, 나라를 사랑하지 못하며, 인류를 사랑하지 못하는 사람이 많다. 뿐만 아니라 재물을 탐하기 때문에 패륜과 범죄를 일삼게 되고, 사람다운 구실을 못하고 평생을 허망하게 보내기도 하며, 자녀들에게 부당한 재산을 물려줌으로써 자녀들로 하여금 타락하게 하는 수도 있다.

나는 김 장로로부터 받은 10일 분의 한약과 함께 능인(能忍)과 지족(知足)의 선물을 가지고 불볕이 쏟아지는 거리를 걸었다. 나는 도대체 언제나 참고 견딜 줄 알게 되고 물질적으로 만족한 줄을 알게 될는지 궁금하고 걱정스럽다.

나는 지금 48평형의 최신식 아파트에 살고, 두 개의 붙박이 옷장에는 옷이 가득하고 앞다지와 옷걸이에도 차고 넘친다. 넥타이만 하더라도 30개는 넘을 것 같다. 입다가 싫증이 나거나 유행이 지난 것은 동기간들에게 나누어주었어도 그렇다. 옷만 그런 것이 아니다. 책이나 녹음 테이프나 등산 도구나 그 밖의 자질구레한 물건이나 세간이 모두 욕심 때문에 축적되어 썩고 있다. 나는 굶주리지 않을 정도로 먹는 데 그치지 않고 마치 굶어 죽은 귀신처럼 한 끼에 많이 먹었다. 한 번은 밥 두 그릇에 국 세 그릇을 먹어서 좌중을 놀라게 하기도 하고 고기도 엄청나게 먹고 술도 많이 마셔서 취하고 토하고 앓아 눕기도 하였다. 지금은 환갑이 지나고 철도 들 때가 되었지만, 아직도 가끔 과식과 과음으로 병이 나기도 하여 아내의 지엄한 훈계(?)를 받는다.

거리에 나가면 눈과 귀와 코와 혀와 육체를 유혹하는 것들이 한두 가지가 아니다. 사람들은 눈을 유혹 당하기도 하고 귀를 유혹 당하기도 하고 코나 혀나 육체를 모두 유혹 당하기도 한다. 유혹 당한 사람들의 무리를 가리켜 '미친 사람들' 이라고 흉보면서 나도 그들을 닮아 '미친 사람' 이 되어 온 셈이다. 미치면서 낭비한 시간과 돈과 정력은 도저히 수학적으로 셈하기 어려울 만큼 엄청나다. 능히 참고 견디고 지족할 줄 알았더라면 그 시간과 돈과 정력을 부모와 형제와 자녀와 이웃과 나라와 인류에게 봉사하였을 것을…….

모든 짐승의 왕이라는 호랑이나 사자도 참고 견디고 지족할 줄 안다. 미련하다고 소문난 곰도 마찬가지다. 그들은 배고플 때만 먹이를 찾을 뿐이고 미리미리 먹이를 잡아다 쌓아 두지 않는다. 먹을 것뿐만 아니라 입을 것도 쌓아 두지 않으며 어떠한 재물도 탐하지 않는다.

세상 사람들은 호랑이나 사자나 곰만도 못한 욕심쟁이이고 자기의 욕심을 위해서는 부모와 형제와 자녀와 이웃과 나라와 인류도 모르고, 알아도 모른 체 한다. 세상 사람들 속에는 나도 포함되어 있다. 솔직히 말하면 세상 사람들이 그런 것이 아니라 바로 내가 그런 것이다. 참고 견디고 만족할 줄을 배워야겠다.

(1995. 9)

4. 일하여라, 게으른 자여!

오늘도 주일이라 노스 브로우드웨이(North Broadway) 1721번지에 있는 나성영락교회를 찾았다. 박 목사의 설교는 낭랑하게 진행되었고 모든 신도는 한 마디라도 놓칠세라 귀를 기울였다. 설교의 제목은 '일하여라!' 였다.

일하는 꿀벌은 아무 것도 염려하고 근심할 시간이 없듯이, 일하는 사람은 공상하거나 번민할 틈이 없다. 사람이 일을 열심히 하고 나면 단잠을 자게 되고 보람과 희열과 행복을 느끼지만, 일하지 않고 놀게 되면 단잠을 이룰 수 없고 보람이나 희열이나 행복도 느낄 수 없게 되고 삶이 무의미하고 공허하게 된다. 기독교 신자들 중에는 이른바 시한부 종말론자들이 있는데 그들에게는 세상에서 하는 일이 무가치하고 무의미하게 여겨져서 오직 종말에 대한 신앙적 준비에만 열중하게 되어 현실과는 동떨어지거나 심지어는 현실을 파괴하는 방향으로 나아가게 되고 따라서 세상에서 일상적으로 해야 할 일을 하지 않게 된다.

곤충 가운데는 열심히 일하는 종류가 많은데 꿀벌 말고도 개미가 있다. 지혜와 훈계를 알게 하며, 명철(明哲)의 말씀을 깨닫게 하며, 지혜롭게 의롭게 공평하게 정직하게 행할 일에 대하여 훈계를 받게 하며, 어리석은 자로 하여금 슬기롭게 한다. 〈잠언〉에서는,

"게으른 자여, 개미에게로 가서 그 일하는 모습을 보고 지혜를 얻으라. 개미는 두령(頭領)도 없고 감독하는 자도 없고 주권자도 없으되, 먹을 것을 여름 동안에 예비하며 추수 때에 양식을 모으느니라. 게으른 자여, 네가 어느 때까지 눕겠느냐. 좀 더 자자, 좀 더 놀자, 손을 모으고 좀 더 눕자 하면 네 빈궁(貧窮)이 강도처럼 오며 네 곤핍이 군사처럼 이르리라."(6 : 6 - 11)

고 하였다. 개미도 이러한데 사람이 어찌 일할 줄을 모를까 보냐. 사람은 적어도 밥 값을 해야 한다. 일하기 싫으면 먹지도 말라. 일하지 않으면 먹을 권리와 자격이 없다. 더구나 손발이나 머리로는 일하지 않고 입으로만 일하지 말라. 입으로만 일하는 사람은 쓸 데 없는 말썽만 일으키기 쉽다.

사람은 무엇을 위하여 일하는가. 돈을 벌기 위하여, 출세하기 위하여, 명성을 얻기 위하여 일하는 수가 많다. 그러나 중요한 것은 일을 즐길 줄 알아야 한다. 일을 즐길 줄 알면 일 속에서 즐거움과 기쁨과 보람과 행복을 얻을 수 있다.

어느 책을 읽어 보니, ① 인사하지 않는 사람, ② 불평하는 사람, ③ 지각하는 사람, ④ 책임감이 없고 일을 미루는 사람, ⑤ 자기 개발을 못하는 사람, ⑥ 팀을 이루지 못하는 사람들은 사표를 쓰라고 하였다. 오늘날과 같은 산업사회에서 직장인이 많기 때문에 주로 직장인에게 적용되기 쉬운 조건들이지만 비록 직장인이 아니더라도 적용될 수 있다. 사람은 누구나 가족의 구성원이요, 사회의 구성원이기 때문이다. 아무리 혼자 살고 혼자 일하는 사람이라도 사회적 조직과 유대관계를 일탈할 수는 없다.

일에는 종류도 많다. 그 분류의 기준이 너무나 다양하기 때문이다. 그런데 신앙인들이 흔히 생각하기 쉬운 것은 '하느님의 일'과 '세속적인 일'이다. 전자는 종교적인 것이요 후자는 생업적인 일이다. 전자는 거룩하고 존귀하게 보이지만 후자는 저속하고 비천하게 보인다. 여기서 전자와 후자를 구별하게 되고 전자와 후자는 융합될 수 없는 것처럼 생각하게 된다. 이것은 신앙인들로 하여금 교회생활과 일상생활의 괴리를 느끼게 하며 이중인격(二重人格)을 형성하게 하기도 한다. 교회에서는 다시 없는 진실한 신앙인이요 하느님만 아는 인격이지만, 시장에서는 다시 없는 사리사욕의 추구자요 인색하고 교활한 인격으로 나타난다. '하느님의 일' 과 '세속적인 일' 이 조화하지 못하기 때문이다.

하느님의 일 속에 세속적인 일이 있고, 세속적인 일 속에 하느님의 일이 있다는 것을 깨달아야 한다. 하느님의 일을 통하여 세속적인 일을 성취하고 세속적인 일을 통하여 하느님의 일을 성취해야 한다. 하느님의 일을 팽개치고는 세속적인 일이 성취되기 어렵고 세속적인 일을 팽개치고는 하느님의 일이 성취되기 어렵다. 하느님의 일에 충성하는 사람은 설교를 하거나 청소를 하거나 언제나 그 일을 통하여 하느님의 영광을 드러낸다. 설교는 하느님의 일이고 청소는 세속적인 일로 당초부터 구분된 것이 아니다. 하느님께 복종하는 마음으로 설교하거나 청소하면 모두 거룩하고 존귀하고 종교적인 일이지만, 하느님께 거역하는 마음으로 설교하거나 청소하면 모두 저속하고 비천하고 거짓된 짓이다.

설교의 내용은 대략 이상과 같다. 설교하는 일은 깨끗한 실내에서 하는 경우가 많고, 청소하는 일은 냄새나는 거리나 시궁창이나 부엌에서 하는 수가 많다. 그러나 깨끗한 곳에서 하기 때문에 존귀하고, 냄새 나는 곳에서 하기 때문에 비천한 것은 아니다. 일하는 사람의 마음에 따라서 존귀한 일이 되기도 하고 비천한 일이 되기도 한다. 목사나 종교인이나 권세가가 하는 일은 존귀하고, 평신도나 비종교인이나 권세없는 사람이 하는 일은 비천한 것이 아니다. 목사나 종교인이나 권세가가 하는 일도 사리사욕으로 하느님의 섭리를 거역하면 비천한 것이고, 평신도나 비종교인이나 권세 없는 사람이 하는 일도 사리사욕을 버리고 하느님의 섭리에 순종하면 존귀한 것이다. 설교하는 목사나 쓰레기를 청소하는 청소부나, 하느님은 똑같이 본다고 강조한 목사의 말은 위와 같은 시각에서 이해될 수 있다. 설교하는 목사 가운데는 쓰레기를 청소하는 청소부보다 훨씬 인색하고 교활한 인격이 있을 수 있고, 쓰레기를 치우는 청소부 가운데는 설교하는 목사보다 훨씬 고결한 인격이 있을 수 있다. 따라서 사람의 사람됨은 그 직업의 형태에 있는 것이 아니라 그 직업을 수행하는 사람의 마음가짐에 있는 것이다.

흔히 세상에서는 천직(天職, mission, calling)이라는 말이 회자되고 있다. 하늘이 준 직분이라는 뜻이다. 사람이 준 직분은 되돌려 주고 거부할 수 있지만, 하늘이 준 직분은 되돌려 줄 수도 없고 거부할 수도 없다고 이해한다. 동양에서는 천작(天爵)이라는 말도 쓴다. 천직이나 천작이나 같은 뜻으로 이해된다. 목사나 청소부나 천직이나 천작을 맡았다는 사실을 확실히 인식해야 한다. 그러나 천직이나 천작이나 항상 똑같은 유형으로 일관하지는 않는다. 때로는 목사도 되고 때로는 청소부도 되는 것이 하늘이 주는 직분이요 벼슬(天爵)이다. 젊어서는 청소부가 되고 늙어서는 목사가 될 수 있고, 젊어서는 목사가 되고 늙어서는 청소부가 될 수 있으며, 교회 안에서는 목사가 되었다가 거리에 나가면 청소부가 될 수도 있다. 설교하는 것도 하느님의 일이요, 청소하는 것도 하느님의 일이다. 하느님의 일 속에 세속적인 일이 있고 세속적인 일 속에 하느님의 일이 있다. 모든 목사는 청소부가 될 수 있고 모든 청소부는 목사가 될 수 있다. 목사의 설교가 청소부의 봉사만 못할 수 있고, 청소부의 봉사가 목사의 설교보다 하느님의 영광을 더 높이 드러낼 수 있는 법이다.

일하여라! 게으른 자여!

(1995. 9)

5. 라디오 코리아

한국에서 새벽 세 시나 네 시까지 라디오를 듣던 버릇이 LA에 와서도 거의 이어지게 되고 영어 방송에 익숙하지 못한 나에게는 저절로 '라디오 코리아'를 많이 청취하게 되었다. '라디오 코리아'는 위성중계로 전미주(全美洲)에 방송되는 유일한 한국어 방송이라고 한다. 미국에까지 와서도 영어 방송을 듣지 않고 한국어 방송을 듣는 것은 마음에 내키지 않는 일이었지만 나도 모르는 사이에 점점 한국어 방송에 이끌리고 만 것이다.

'라디오 코리아'는 미국내의 뉴스와 해외 뉴스를 전하는 동시에 한국의 뉴스도 전해 주고 코리아 타운 뉴스도 상세히 전해주기 때문에 듣기만 하면 세상이 어떻게 돌아가고 있는지 대강 알 수가 있다.

뉴스 밖에도 내가 자주 듣는 것은 밤 11시부터 2시간에 걸쳐 진행되는 순서이다. 여기서는 미주한인(美洲韓人)들이 공통적으로 관심을 가질 수 있는 여러 가지 문제를 제시하고 전화를 통하여 토론하기도 하고 성공적인 인물을 초대하여 대담하기도 한다. 프로그램을 진행하는 분은 청취자들이 자유롭게 토론할 수 있도록 이끌어 나가면서도 가정윤리나 사회윤리나 국가윤리의 당위성을 견지하는 방향으로 진행하는 것 같다. 어떤 사람은 '보수적'이라고 평가할는지 모르나 매우 온건한 태도라고 보인다.

이 곳 LA와 한국의 서울은 18시간의 시차가 있고 한국의 추석날 아침 6시가 이 곳에서는 작은 추석날 14시가 된다. 서울이 거의 하루나 빠른 셈이기 때문에 한국에서 벌어지는 추석 소식이 하루 앞서 전해지는 셈이다. 한국의 추석 소식은 다양하지만 가장 큰 관심사는 역시 교통 문제인 것 같다. 전국적으로 2,700만 명이라는 사람이 다례(茶禮)와 성묘(省墓)를 위하여 여행하기 때문에 교통전쟁이니 귀성전쟁(歸省戰爭)이라는 말까지 나오게 되고 고속도로의 소통 문제가 크게 보도된다. 생각만 해도 끔찍한 귀성전쟁이 올 해는 어떻게 전개되고 있는지 '라디오 코리아' 를 통하여 알 수 있다.

오늘은 추석이다. 미국에서는 추수감사제(Thanksgiving Day, 11월 제4목요일)라는 축제일이 있기 때문에 추석은 한국이나 중국의 교포들에게나 관심이 있을 뿐이고 코리안 아메리칸(Korean American)들은 가족끼리 간단한 예배를 드리고 식사하는 것으로 끝나는 것 같다. 그런데 '라디오 코리아' 에서는 추석특집으로 한가위 한마당 '달아 달아 밝은 달아' 를 꾸며서 한국의 전통적인 풍속을 교포들에게 보여주는 한편, 함께 모여 향수(鄕愁)를 달래고 즐거움을 나누는 행사를 베풀었다. 장소는 방송국 뒷편에 있는 한미장로교회의 주차장이었다.

J선생의 권유를 받아 현장에 이르니 부녀회에서 미리 준비한 추석 송편을 비롯하여 절편과 시루떡과 건포도와 백설기가 구미를 돋구어 주었다. 모인 사람들은 모두 자리를 깔고 앉아 '한가위 한 마당' 의 순서가 진행됨에 따라 감상하기도 하고 노래를 함께 부르기도 하고 박수를 치기도 하였다. 영 에인젤스(Young Angels)의 합창, 부녀회의 합창, 3행시 짓기, 달을 주제로 한 노래 부르기, 청년회의 합창, 가야금 병창, 시 낭독, 송편 만들기 자랑, 강강수월래가 이어서 공연되었다. 달이 떠오르자 모두는 일어나서 환호성을 올리고 즐거워하였다.

나와 내자가 직접 참여하여 즐긴 순서는 3행시 짓기였다. 나누어 준 종이에 '고향 달' 을 주제로 시를 짓는 것인데 내자는 나에게 펜을 빌려

달라고 졸랐다. 펜이 두 자루나 있었지만 옆에 앉은 여인에게 빌려 주었으니 나에게는 한 자루 밖에 없었다. 옆에 앉은 여인은 눈치를 채고 잠시 후에 되돌려 주었다. 내자는 '고' '향' '달' 이라는 세 글자를 각 시행(詩行)의 첫머리에 놓고 지어서 나에게 보였다. 나는 세 글자를 첫머리에 놓는 규칙을 무시하고 퇴고해 주었더니 자기의 방식대로 지어야 한다고 주장하였다. 옆에 앉은 여인에게 확인하니 마찬가지였다. 기자에게 달려가 확인하였더니 두 사람의 방식이 맞는다고 했다. 내가 지은 것은 저절로 실격이 될 것이고 내자의 작품마저 망쳐 놓은 셈이었다.

나는 서둘러 3행시를 다시 지었다. 그리고 내자에게 평시조(平時調)의 형식대로 3-4-4-4, 3-4-4-4, 3-5-4-3의 글자 수에 맞추어 짓도록 조언하였다. 드디어 발표순서가 되어 65세의 노파가 먼저 발표하고 나서 나의 차례가 되었다. 기자가 '고' 라고 운(韻)을 부르자 나는 제 1 행을 읽고, '향' 이라고 부르자 제2행을 읽고, '달' 이라고 부르자 제3 행을 읽었다. 사회자가 다시 한 번 발표하라고 하여 나는 석 줄을 거침없이 큰 소리로 읽었다.

고향이 그립기는 어제 오늘 아니건만
향기로운 바람결에 더욱 간절하다네
달 밝은 이 밤에는 향수노래 부르리

모두는 큰 박수로 응답하고 기자는 특별히 찬사를 보내 주었다. 이어서 앞에 앉은 내자에게 마이크가 돌아갔다.

고국의 그리움이 가슴 속에 스며들고
향수에 젖은 마음 태평양을 건너가네
달 달 달 고향 달만이 내 마음을 달래리

발표가 끝나자 또 한 차례의 박수가 쏟아졌다. 나와 내자에게는 그 자리에서 기념품이 전달되었다. 피봉을 뜯어보니 새하얀 티셔츠였다. 우리는 모두 네 사람의 발표자에 끼인 것이 즐겁고, 호평을 받아 즐겁고, 박수를 받아 신났다.

숙소로 돌아와 다시 한 번 작품을 읽어보았다. 초등학교와 중고교 시절에 읽었던 시조의 형식에 따라 즉흥적으로 지었을 뿐이고 문학적인 측면에서는 어떻게 평가될 수 있는지 알 수가 없다. 나는 3개의 글자를 운으로 넣어서 지어야 한다는 것을 모르고 처음에 지은 작품을 훑어보았다.

고향 달 둥근 얼굴 옛 동산에 높이 떠서
오곡백과 무르익은 산과 들을 굽어보리
절하며 소원 빌던 그 옛날이 그립다

제목이 '고향 달'이라고만 이해하고 지은 것이다. 어린 시절의 고향 달은 항상 신비스럽기만 하였다. 나는 그 신비스러운 보름달이 떠오르는 모습을 보면 가슴이 뭉클해지고 무엇인지 알 수 없는 감회에 사로잡히곤 하였다. 그리고 한가위 날 보름달에게 빌면 소원을 성취할 수 있다는 생각에서 공부나 잘 하게 해달라고 몇 번이고 엎드려서 절도 해본 일이 있었다. 내 나이 30이 넘도록 소원을 빌면 응답해 줄 것만 같았던 보름달이다.

달의 모습은 수시로 변한다. 가냘픈 초생달도 있고 반달도 있고 보름달도 있으며, 차츰 이지러지다가 남은 애처로운 그믐달도 있다. 시인이나 소설가들이나 화가들은 여러 가지로 달 모습을 묘사해 왔고, 또한 사람에 따라 특별히 좋아하거나 감명을 받아, 가슴 속에 아로새겨진 모습이 있을 것이다.

추석의 보름달처럼 '라디오 코리아'도 세상을 굽어보고 감동을 주는 언론이 되기를 바란다. (1995. 9)

6. 개라지 세일

J선생을 따라 교회를 다녀오는 길목에는 작은 시장이 열리고 있다. 이 시장은 공공건물의 담벽 밑에 한 줄로 물건을 늘어놓고 파는 작은 노점(露店)들이 모인 것인데 파는 사람들은 모두 남미(南美)에서 온 사람들인 것 같다.

나는 한국을 떠날 때 짐을 줄이기 위하여 옷을 충분히 가져오지 않았기 때문에 이 노점에 진열된 옷들에 대하여 관심이 있었고, 혹시 나에게 어울리는 셔츠라도 한 가지 있을지도 모른다는 생각으로 바라보며 지나다니곤 하였다. 그러나 운전대를 잡고 있는 J선생은 도무지 나의 관심에 아랑곳하지 않는 것이었다. 이유는 모두 헌 옷이라는 것과 나에게 어울릴 만한 옷은 없다는 것이었다. 그러나 그것은 형식적인 이유이고 실제로는 남미인들을 별로 좋아하지 않는 것이 커다란 이유로 짐작되었다. 남미인들은 비교적 일하기를 싫어하고, 조금만 벌면 모두 써버리고 놀며, 아이만 많이 낳아서 정부의 양육비로 생활한다는 것이다. 이밖에도 노점을 벌이고 있는 곳은 그들이 집단적으로 살고 있는 지역이고 환경이 어수선하고 깨끗하지 못할 뿐만 아니라 마약이 거래되기도 하여 우범지대로 알려져 있는 모양이다. 내가 보아도 애써 차를 세우고 그 노점상을 훑어보는 것은 마음이 내키지 않는 일이니 J선생을 탓할 수는 없다. 그는 항상 나의 위신과 안전을 위하여 마음 쓰고 있으니 더욱 그러했다.

개라지 세일(garage sale)에 등장하는 물건은 여러 가지여서 그야말로 잡동사니라고 할 만하다. 의류도 남자용 · 여자용 · 어린이용 · 성인용이 있고, 목도리 신발 따위가 있고 여러 가지 악세사리가 있다. 뿐만 아니라 책상 · 걸상 · 담요 · 시계 등 일상생활에 필요한 가재도구가 모두 등장하며, 때로는 값나가는 골동품도 등장한다고 한다. 어떤 사람은 우연히 낡은 바이올린을 30달러에 샀는데 나중에 알고 보니 세계적으로 희귀한 명품이라 크게 횡재하였다고 한다.

집집마다 사정은 다르지만 어느 집에는 수십 년이나 수백 년 전부터 내려오는 물건이 있는 수가 있다. 조상이 쓰던 유물도 있고 골동품으로 사 모은 것도 있다. 그러나 그 물건들은 세월이 흐르고 사회가 변천함에 따라 후손들에게는 아무런 쓸모 없는 물건이 되기도 하고 경우에 따라서는 보관하기만 어려운 수가 있다. 그리고 새로 사들인 물건이라도 사용할 기회가 없거나 전혀 보관할 필요가 없게 된 것도 있다.

이런 물건들은 그대로 보관하자니 자리만 차지하고, 또 버릴 곳도 마땅찮은 수가 있다. 다시 말하면 무슨 방법으로든지 처분할 기회만 기다려지는 물건들이다. 이런 물건들을 처분할 기회를 만드는 것이 개라지 세일이다.

개라지(garage)라는 말은 자동차나 살림살이를 보관하는 창고를 가리킨다. 그런데 보관할 필요가 없는 물건이 창고에 하나씩 둘씩 늘어나다 보면 창고만 복잡해지고 정작 보관해야 할 물건은 보관하기가 어렵게 된다. 이 때 창고 문을 열어제치고 쓸모 없는 물건을 대강 정리해 놓은 다음에, 파격적인 헐값으로 남에게 팔아 버리는 것이 곧 개라지 세일이다. 보관하던 창고에서 그대로 팔기 때문에 붙여진 이름이다.

그러나 집집마다 창고에는 대개 허드레 물건을 보관하는 수가 많기 때문에 사람들의 눈에 잘 뜨이지 않는 곳에 있는 경우가 많다. 그러니 아무리 잘 진열하여 손님들을 유인하여도 효과가 적고 불편하기도 하다. 이리하여 창고의 물건을 하나하나 끌어내어다 집 앞의 풀밭에 진열하여 팔게 된다. 개라지 세일이 야드 세일(yard sale)로 변천한 셈이다. 한국에서 벼룩시장이라고 부르는 플리 마켓(flea market)도 마찬가지이다. '플리'는 벼룩(flea)을 가리키는 말이니 영어를 직역한 것이라고 할 수 있다. 장소야 어디가 되었건 간에 개라지 세일로 통칭하게 되고 파는 사람은 이익을 위한 것이 아니라 처분하기 위한 것이기 때문에 거저 주다시피 하여 팔아 버리고, 사는 사람은 거저 줍는 기분으로 사게 된다. 한 쪽은 짐을 덜어버리니 시원하고 한 쪽은 필요한 물건을 거저 줍는 기분이니 즐겁다. 비록 자기에게 필요한 물건이라도 거저 얻는 것을 싫어하는 사람이 있고, 비록 자기에게 필요하지 않은 물건이라도 아무에게나 쫓아 다니며 가지라고 줄 수도 없는 경우가 있으니, 개라지 세일이라는 방법은 누이 좋고 매부 좋은 격이다.

어제는 교회에 다녀오는 길에 남미계의 개라지 세일을 사진으로 담았다. 그리고 숙소에 돌아오니 이웃집들이 개라지 세일을 벌이고 있었다. 뉴욕의 공공주차장에서 벌어지고 있는 개라지 세일을 제대로 구경하지 못하여 아쉬워하던 차에 좋은 기회를 만난 셈이었다.

한 집에는 면사포(질밥, 히잡)로 머리를 감싼 아가씨와 유난히 피부가 흰 또 하나의 여인이 앉아 있었고 두 남자가 그들을 도와 주는 눈치였다. 얼핏 보아 인도인처럼 보였지만 직접 물어보니 인도네시아에서 온 사람들이었다. 또 한 집에는 백인 남자가 의자에 걸터앉아 있었다.

백인 남자가 진열한 물건은 다양하였다. 남자 옷과 여자 옷 중에는 헐어서 입을 수 없는 청바지가 여러 벌이 섞여 있었다. 난 데 없이 흑인 노파가 옷을 구경하는 나에게 접근하여 떠들어대었다. 헌 옷이지만 조금만 수선하면 된다는 말로 들렸다. 신발, 담요, 시계, 트렁크, 비디오테이프, 책꽂이, 진열장, 장식품, 장난감, 다리미, 카페트, 돈지갑, 손가방… 등이 모두 풀밭을 장식하고 있었다.

값을 물어 보니 자기가 사서 한 번도 입지 않은 가운이 5달러이고 나머지는 모두 4달러, 3달러, 2달러, 1달러이며 탁상시계는 50센트라고 한다. 지나가는 사람들이 이따금 차를 세우고 흥정하다가 한 가지씩 사가고 있었다. 나는 트렁크가 필요하여 물건을 살펴 보니 두 군데나 구멍이 나 있었다. 그러나 한 번만 쓰고 버리기에는 충분한 것이고 내가 꼭 원하기만 하면 1~2달러에 흥정이 될 것 같았다. 그러나 헌 물건을 싫어하는 내자가 다가와서 만져보지도 못하게 하는지라 단념하고 말았다.

나는 다른 집으로 와서 얼룩진 셔츠를 들여다보았다. 빛깔이 마음에 들지 않고 재단도 마음에 들지 않았다. 숙소로 돌아갔다가 두어 시간 후에 다시 나가 보니 내가 들여다보던 물건이 팔리고 없었다. 빛깔은 마음에 들지 않으나 재단이 마음에 드는 것이 있어서 더 밝은 빛깔이 없느냐고 물었더니 다음 번에 가져온다고 한다.

남자용 셔츠는 신품이 여러 벌이었다. 마침 내가 입고 있는 셔츠가 인도네시아 제품이라고 하였더니 매우 기뻐하는 눈치였다. 그리고 그들이 앉으라는 대로 풀밭에 앉아 인도네시아의 보로부두르(Boro Budur) 사원과 파람파난(Parampanan)사원에 대한 이야기도 나누고 그밖에 여러 가지 잡담을 나누었다.

한 청년은 일본 사람이 경영하는 공장에서 일한다고 하며 나에게 여러 가지 질문을 던졌다. 미국에 온 지 7년이라는 그는 나에게 얼마나 되었느냐고 물었다. "3개월"이라고 대답하니 깜짝 놀라는 기색으로 어디서 영어를 배웠느냐고 다시 물었다. "한국에서 배웠다"고 대답하고, 나의 영어는 매우 서툴다고 하였더니 그는 "매우 잘 한다"고 칭찬하고 나서 "무엇 때문에 미국에 왔느냐"고 다시 물었다. 아무 생각 없이 "관광하러"라고 내가 대답하니 또 한 번 놀라는 기색이었다. 먹고 살기도 힘드는데 관광이라니! 그는 나에게 돈 많은 사람이라고 칭송하였다. 이야기를 나누는 동안에 그들과 나는 모르는 사이에 친구가 되었다. 서로 서로 "다시 만나자"는 인사로 헤어졌다.

후에 알고 보니 피부가 흰 인도네시아 여인은 미국에 와서 고학으로 회계학을 전공하여 미국은행에 근무하고 있으며, 그 남편은 같은 방식으로 대학에서 생물학을 전공한 사람이었다. 머리에 쓰는 면사포는 머리를 보호하는 것이며, 친족 이외의 남자를 대할 때 반드시 착용하는 예법이기도 하다. 그들은 모하메단(Mohammedan, Moslem, 회교도)이었고 영어도 유창하였다.

개라지 세일은 거추장스런 물건을 없애서 좋고, 사고 싶은 물건을 거저 줍다시피 하여 좋고, 살림이 알뜰해져서 좋고, 모르는 사이에 서로 친구가 되어서 좋다.

(1995. 8)

7. 일송 형님

캘리포니아 북부 마리나 인디펜던스 애비뉴(Marina Independance Avenue) 3002번지에 계시는 일송(一松, 본명은 敎星) 형님댁으로 전화를 드렸다. 형수님께서 전화를 받으시더니 형님께서 병석에 누워 계시다고 한다. 벌써 5~6년 전부터 대소변을 받아 내는 형편이고 말씀을 주고 받기에도 힘겨운 모양이다.

형님의 목소리는 떨리고 있었다. 이 곳 LA에 와서 머물게 되었으나 자동차도 없고 길도 설어 찾아가 뵙기가 힘들다고 하였더니 "전화라도 걸어주어 고맙다"고 하시며 그동안의 집안 형편과 투병 생활을 알려주셨다. 형님은 벌써 20여년 전부터 나와 편지를 주고 받았으며 전화도 주고 받은 일이 있다. 형님께서 편찮으신 것은 벌써부터 알고 있었지만 그토록 심한 줄은 몰랐었다.

형님은 정확히 말하여 나의 12촌 형님이다. 아버지, 할아버지, 증조부, 고조부, 5대조까지는 다르지만 6대조가 같다. 6대조의 휘(諱)는 운석(運錫)이요 숙종조(1720~?)에 장악원정(掌樂院正)으로 증직되었는데, 그로부터 태원(泰元 長子) 용연(龍淵) 윤수(胤洙) 동권(東權) 관하(寬夏) 교성(敎星)으로 내려 왔기 때문에, 태진(泰鎭 次子) 용훈(龍壎) 의수(義洙) 동만(東滿) 영하(榮夏) 교헌(敎憲)으로 내려온 나와는 12

촌 형제간이 된 것이다.

우리 집안 첨정공(僉正公) 득선파(得善派)에서는 대개 9촌까지만 복(服)을 입기 때문에 형님과 나와는 면복된 처지이고 법률상으로도 친족의 범위에 속하지 않는다. 그리고 형님은 첨정공 이래 대대로 집성촌을 이루고 있는 증평읍 송산리 사곡(射谷, 삽사리)에서 출생하여 성장하고 주로 증평읍에서 자수성가하였지만, 나는 청원군 북이면 화하리 신촌(새마을)에서 출생하여 성장하였을 뿐만 아니라 지금까지 단 한 번도 서로 만나지도 못한 처지이다. 그러나 형님과 나는 이심전심으로 서로의 계보를 알고 통신을 매체로 형제의 의를 나누어 오면서 정을 느끼게 되었다. 내가 한국에서 미국으로 편지를 보낼 때면 형님은 항상 답장을 보내왔고 답장 속에서는 일상생활이며 자식들 이야기며 고향을 그리워하는 감정을 쓰시고 또 내가 전해 드린 고향소식에 대하여 관심을 가지고 다시 상세히 묻기도 하였다. 그리고 충주 지씨 중앙 종친회에서 추진하는 『충주지씨대동보』의 간행에 대하여 깊은 관심을 가지고 적극적으로 참여하여 『대동보』를 구입하기도 하였다.

나는 형님께서 매우 불운한 운명을 극복하고 5남매를 모두 양육하여 자립케 하고, 특히 3남(昌沅, 基鉉)을 미국항공대학과 대학원을 졸업시켜 유능한 인재로서 미국 사회에 봉사하게 된 것을 기쁘게 생각한다. 미국으로 이민하여 미국 시민으로 살면서 모든 복지를 누리기만 하고 미국을 위하여 봉사하는 자식을 하나도 길러내지 못한다면 그것도 떳떳한 미국시민이 되기가 어렵고 한국인의 체면에도 도움이 되지 못하기 때문이다. 그렇지 않아도 미국에서 가장 많이 복지(노후연금 등)를 누리는 소수민족은 한국인이라고 하지 않는가.

LA타임즈의 기자가 말하는 것을 방송으로 들으니 의사와 같은 고급직업과 고소득자의 노부모도 '웰페어'(welfare)라고 부르는 혜택을 받는다고 하며 그 중에는 한국에도 그 이름이 널리 알려진 명사(名士)의 부모도 끼어 있다고 한다. 미국 시민들은 어떻게 하던지 자립하여 남을 돕기는 할지언정 남에게(정부에게) 도움을 받지 않는 것이 바람직하고 떳떳하다고 생각하기 때문에 일종의 구제사업(救濟事業)에 속하는 '웰페어' 의 혜택을 받는 것을 그리 달갑게 여기지 않는다고 한다.

일송 형님은 4년 전 어느 날, 한국에 있는 나에게 녹음테이프를 우송해 왔다. 뒷면에 '1992년 계유 79세 병중' 이라고 쓰여 있는 얄팍한 사진도 한 장 들어 있었다. 그리고 작은 쪽지에는 서울 중앙 심성정 작용 연구대학원에서 10단계과정 중의 7단계과정까지 이수하고 1967년 9월에 산림(山林) 칭호를 받고 미국에 왔으며, 동두천의 모 고등학교의 자매결연에 관계하여 이사(理事) 직책을 맡았으며, 보내는 녹음테이프는 버리지 말고 잘 보관할 것이며, 지씨 문중과 억조창생의 일월(日月)이 되기를 바라며, 자자손손의 영광을 빈다는 것과, 육신은 다 죽었으나 정신은 남아서 막내딸에게 의지하여 몇 자 적었다는 내용이 기록되어 있었다. 오늘 일송 형님의 녹음을 듣고 그 대강을 적으면 다음과 같다.

전생에 득죄하고 인간으로 태어나 10세 전에 병이 나서 인사불성이 되었다가 7일 만에 깨어나긴 하였으나 불구자가 되어 걸음을 제대로 걸을 수 없게 되었다. 조부의 유산은 볏백(벼 일백 섬, 논 약4,000평)이나 되었으나 아버지가 모두 탕진하여 가난하게 지내던 차에 16세에 다시 병이 나서 사경을 헤매다가 회생하였다. 나이가 차츰 들면서 불구임을 비관하게 되고 언제나 죽고 싶은 마음뿐이어서 목을 매어 보기도 하였으나 그것도 잘 안 되었다. 그리고 집에서 죽으면 부모에게 불효가 될 것 같아 일단 집을 나가기로 결심하고 진천(鎭川)과 안성(安城)으로 방랑하면서 책방(서점)으로, 고물상으로, 잡화상점으로 들어갔으나 몇 달을 견디지 못하고, 한약방에도 들어갔으나 주인이 사망하는 바람에 나오게 되었다.

때마침 어떤 사람이 말하기를 차라리 절(사찰)을 찾아가면 공양밥도 얻어먹고 공부도 할 수 있다고 하여 안성에 있는 청룡사(青龍寺)를 찾아가 주지의 은덕으로 밥도 먹고 공부(불교와 복술)도 하게 되었다. 몇 해가 지나 법전에 있는 용화사(龍華寺)에 족숙이 계시기에 찾아갔더니

1년 후에는 탁발(托鉢)을 권고하므로 바랑을 짊어지고 남의 집 문전을 돌아다녀 보았으나 그것도 되지 않아 소두머니(진천군 문백면, 미호천의 상류, 절벽이 많고 수심이 깊음)에 있는 절을 찾아보았으나 찾을 수가 없어서 하는 수 없이 집으로 돌아가기로 마음먹었다. 그러나 집으로 돌아간들 무슨 희망이 있는 것도 아니고 입에 풀칠하기도 힘들어 차라리 죽는 것이 상책이라 생각되어 물로 뛰어들었으나 어느 농부가 보고 구원하여 목숨을 부지하게 되었다. 집으로 돌아간 지 얼마 안 되어 아버지가 돌아가신지라(57세) 친산에 모셨는데 이장(移葬)하라는 현몽(現夢)이 있어서 백형(맏형)에게 말씀드렸으나 듣지 않고 중형도 무관심하였다. 그러다가 1년 내에 백형이 사망하고 뒤이어 조카 둘이 사망하는 흉사가 일어났다.

다시 집을 나가 방랑하다가 증평 이선백 씨로부터 괴산군 사리면(槐山郡 沙梨面) 불당(佛堂)골에 훌륭한 선생님이 계신다는 말을 듣고 찾아가 수양자가 되어 의지하다가 선친의 산소를 율목동(栗木洞, 밤나무골) 계좌정향(癸坐丁向)으로 면례하게 되었는데 봉분을 헤치고 보니 광중에는 물이 고여 있고 신체는 숯처럼 검었다.

그럭저럭 20세가 넘어서는 동냥글과 얻은 문자와 들은 풍월로 돈푼이나 생기면 형수님에게 용돈으로 드리면서 가사에 조력하다가 흉년을 맞게 되어 중형은 토지와 가옥을 팔아 음성군 맹동면(陰城郡 孟洞面) 방호대로 이사하였다. 그리고 큰 동생은 남의 집 곁방으로 살림을 나고 작은 동생은 괴산군 청안면(淸安面) 읍내리 정자동으로 처가살이를 갔다.

1944년에 혼인하여 다음 해(1945)에 장녀 정욱을 낳았는데, 이 때 손종만 씨 모친께 부탁하여 사랑방을 얻었으나 대들보가 부러지고 벽이 무너진 형편이라 수애에 사는 당숙과 지영옥의 도움으로 수리하여 살게 되었다. 그러나 엄동설한은 닥치고 땔나무도 없고 식량도 없어서 온 가족이 며칠을 굶어 죽어가고 있는데 중형께서 쌀을 가져와 미음으로 소생하게 되었다. 겨울이 가고 해동하면서 증평(曾坪) 장터로 나아가 동냥글로 근근이 살다 보니 차츰 생활이 나아지게 되었다. 이 때 논 1,000평(장마로 유실되어 700평만 남음)을 지수근의 밭 1,008평과 교환한 것이 있었는데 장조카(大鎬)가 이것을 팔려 하므로 돈을 꾸어다가 그것을 매입하고 뒤이어 300평, 500평, 100평, 100평씩 네 뙈기를 더 구입하여 담배도 심고 곡식도 심게 되었다.

그 후 1949년 5월 15일에는 광현(장남)이 출생하고 1954년 7월 22일에는 대현(차남)이 출생하였는데, 증평 미암리 상평 선원동에 있는 밭 700평과 집 4 칸 전후퇴를 15만원에 매입하여 1956년에 이사하였다. 1957년 3월 그믐에는 금욱(차녀)이 출생하고, 1959년 5월 그믐에는 창원(3남)이 출생하고, 1961년 9월에는 화목(3녀)이 출생하였다.

그 동안 중형이 다시 환고향하게 되어 1,000평(개명골), 700평, 800평 짜리 세 뙈기를 사드렸다. (혹 청안에 사는 동생에게 사주었는지 확실치 않음). 그 후 살림에 여유가 생겨 증평 관암리 밭 3,000평, 산 1정보(3,000평), 신동 담배집(600만원), 강씨집(400만원), 청주시 내덕동 가옥(1,000만원), 모충동 운호고교 앞 대지 300평을 매입하였다. 중형은 47세에 사망하고 형수와 8남매가 남았는데 500평을 사주고, 청원군 북이면 장양리(갱리)에 사는 동생에게 500평을 사주었다. 그리고 지○○씨 부인의 소개로 서울 불광동 대지 300평을 사려고 추진하였으나 사기 당하고 말았다.

아이들은 대학, 고등학교, 중학교에 다니고 있었는데 처형의 초청으로 1975년 10월 15일 미국으로 건너가게 되었다. 처음에는 5~6년만 살다가 다시 고향으로 돌아갈 생각이었으나 여러 가지 사정으로 어느덧 20년에 가까운 세월이 흐르고 말았다.

그 동안 위선사업(爲先事業)으로는 미화 1만 달러를 들여 조부모님과 부모님 산소에 상석 · 망두석 · 갓쓴 비를 세웠고, 미화 1,000달러를 들여 『충주지씨 대동보』 12책을 구입하였다.

이것이 일송 형님께서 나에게 녹음으로 들려주신 이야기의 대강이다.

형님은 지금까지 80여 성상을 살아오면서 겪은 일을 허물없이 나에게 말해 주셨다. 내가 만일 형님 곁에 있다면 참으로 많은 이야기를 들려주셨을 것 같고 앞으로도 들려 주실 것 같다. 형님이 생각하기로는 이 못난 아우가 형님의 이야기를 들어줄 줄 아는 신통한 아우로 인정된 모양이다.

형님과 나와는 지금 너무나 멀리 떨어져 있다. 지구에서 가장 넓은 태평양을 가운데 놓고 동쪽과 서쪽에서 그리워하기만 하는 처지가 아닌가. 형님과 통화한 지도 벌써 1년이 가까웠으니 죄송한 마음뿐이다. 일송 형님은 나의 질녀 부부가 방문하였을 때 질서의 태도가 심히 마땅치 않았던 모양이다.

미국인 사위보다도 한국적인 예의를 모르더라고 노여워 하셨으니 나로서는 무어라고 변명할 바를 몰랐다. 그때 형님은 몬터레이(Monterey)에 사셨고 질서는 그곳 해군대학원에서 석사학위 과정을 마치고 후에는 동부에서 공학박사 학위를 취득하고 귀국하였다. 형님은 질녀 부부를 돕기 위하여 숙소를 수소문하였으나 연락이 원활치 못하여 헛수고로 그쳤다고 한다.

형님은 비록 미국에 살고 있지만 한국의 전통적인 가치관에 따라 예의범절의 기준을 가지고 있었는데, 질서는 비록 한국적인 기준을 가지고는 있으나 미국이라는 새로운 환경에 놓여진 탓으로 그것을 만족하게 실천하지 못한 듯하다. 한 가지 분명한 사실은 아무도 악의를 가졌던 것은 아니라는 사실이다. 예절이란 때와 장소에 따라 서로 다르게 판단되고 평가될 수 있기 때문에 사소한 부조화는 얼마든지 있을 수 있으니 그리 대단한 문제는 아니라고 여겨진다.

예절은 인류문화의 중요한 핵심을 이룬다. 남에게 피해를 주지 않고 커다란 불합리성만 없다면 고집스럽게 간직하고 지켜나가도 무방할 것 같다. 국내에서도 아름다운 전통문화가 스러져 가고, 해외에서도 2세와 3세로 내려가면서 전통문화가 단절되고 있으니, 결코 바람직하다고는 말할 수 없다. 전통문화가 단절된다고 하더라도 피부색과 얼굴 모습이

달라지는 것은 아니기 때문에 언젠가는 '뿌리'에 대한 회의가 일기 쉽다.

이민을 가든, 유학을 가든, 언제 어디에 있든지 한국인은 한국인다운 문화의식을 간직해야 한다. 그러나 기성 세대와 젊은 세대 사이에는 알게 모르게 형성되는 문화의식의 차이를 피할 수가 없게 된다. 일송 형님의 녹음을 들으며 그 강인한 생활력과 애당지심을 엿보게 되었고 흠모의 정 또한 누르기 어렵다.

(1996. 9. 15)

8. 백발가

마리나(Marina)에서 태평양을 건너 날아 온 일송 형님의 녹음테이프는 80평생의 회고에 이어 신세타령으로 이어졌다. 그것은 강원도의 〈정선아리랑〉이나 불교의 〈회심곡〉(?)과 같은 노래를 연상케 하는 것이었다. 그 내용을 받아 써보니 대체로 다음과 같았다.

이 몸 늙고 병이 드니
일거불회 황천길을 눈물로 떠나가네
무정한 철새(鐵鳥, 비행기)야 날 여기 실어다 놓고
환고향 시킬 줄을 왜 모르니
무정한 철새야 날 실어다 환고향 시켜다오
무정한 철새야 약속도 하다
무정한 철새야 날 실어다 고향산천에 보내다오

떠나오며 생각하니
못 잊을 고향산천
비행기에 몸을 싣고
허공청천 높이 떠서

고향산천을 바라보니
해는 저물어
하늘을 굽이치는 새빨간 안개
고향산천에 굽이쳐 주네
한 가닥 작은 불도 성(城)을 사르는데
이 가슴에 이는 불은 작다고 말아라
눈물이 비가 되면 타는 불은 끄지만
한숨이 바람 되어 타는 불이 더욱 탄다
고향산천 바라보니
애간장이 다 타고 구곡간장 다 녹는다
심장이 끊어진 듯 가슴만 아프구나

애닯다 이 세상을 타향에서 살다가
고향 한 번 못 가보고 타향원혼 되단 말가

허구한 이 세상을
눈물세상 보내다가
저승길 가는구나
정권 없는 노소운명
죽고 사는 생사운(生死運)을 어느 누가 면할 거냐

이팔청춘 생각하고
지난 세월을 생각하니
후회길만 남겨 놓고
눈물세상 보내다가
천신만고 우로 고통
고통 고통 하다가서
눈물 세상 보내다가

일거불회 황천길을 눈물로 떠나가네

애닯다 이 세상을
누굴 믿고 산단 말이
무얼 믿고 살다 가나
공도라니 백발이요 공수래 공수거라
빈 손으로 온 인생이
빈 손으로 떠나가네

어화 청춘 소년들아
백발타령 들어 보라
어화 청춘 소년들아
백발탄식 들어 보세
이팔청춘 소년들아
백발가를 들어 보라

백발이여, 백발이여
원통하고 가련하다 백발이여
어젯날의 내 청춘이
오늘 백발 웬 말이냐
백발이여, 백발이여
원수 놈의 백발이여
이팔청춘 어딜 갔니
백발노구 병든 신세
눈물세상 뿐이로구나

백발이여, 백발이여
원수 같은 백발이여

늙기도 서러운데
모양조차 흉해가네
화용월태(花容月態) 고운 몸이
가련하게도 늙는구나
이팔청춘 젊은 힘은
기진맥진 다 빠지고
일일삼생(一日三牲) 먹던 양도
한 두 술에 목이 메네

백발이여, 백발이여
원수 같은 백발이여
살 대같이 곧던 허리
활 등같이 굽어지고
칠같이 검던 머리
백설풍이 부는구나

백발이여, 백발이여
원수 같은 백발이여
떡가루를 칠했는지
채 머리는 어인 일고
백옥같이 희던 이는
가련하게도 다 빠지고
코가 무슨 죄가 있나
아래 턱은 코를 막고
일람총기 듣던 귀는 절벽강산 되어 있고
샛별같이 밝던 눈은 반소경이 되었구나
화용월태 고운 몸과
분꽃같이 고운 얼굴

주름살이 잡혀지고 검버섯이 돋아나네

백발이여, 백발이여
한심하다 백발이여
추워 한기 들었느냐 콧물은 웬일이며
무슨 설움이 겨워서 눈물은 웬일이냐

백발이여, 백발이여
원수 같은 백발이여
팔대기를 걷고 보니 수양버들 늘어지고
앞정강이 걷고 보니 비수같이 날이 서네

백발이여, 백발이여
원수 같은 백발이여
이 세상에 나왔다가
이팔청춘은 어디 가고
백발노구 병이 들어
눈물세상 보내는가

백발이여, 백발이여
원수 놈의 백발이여
행보출입 하자 하니
코가 먼저 앞을 서고
지팡이를 짚었으니 부모상을 당했느냐
백발이여, 백발이여
원수 놈의 백발이여
일행천리 하던 걸음 반 십리도 못 가겠고
한 걸음 두 걸음에 숨이 차서 못 가겠다

백발이여, 백발이여
가련하다 백발이여
나무라도 고목 되면 오던 새도 아니 오고
꽃이라도 늙어지니 오던 나비도 아니 오네
백발이여, 백발이여
가련하다 백발이여
비단 옷도 해어지면 물걸레로 돌아가고
좋은 음식도 쉬어지면 수채 구멍 찾아간다

백발이여, 백발이여
원수 같은 백발이여
일만 백발 늙어지면 병고행란 못 면하고
고통고통 눈물세상 이 세상을 보내다가
일거불회 황천길을 눈물세상 떠나가네
지난 세월 생각하니
어제 같은 세월인데
병고행란 못 이기어
눈물세상 보낸 세상
몇날 며칠이나 남았는가
그 지간을 사는 것을
눈물세상 보내다가
저승길로 가게 되네

백발이여, 백발이여
원수 같은 백발이여
백발노구 늙어지면 눈물세상 뿐이로다
명사십리 해당화야
네가 진다고 서러워 마라

너는 명년 삼월이면
너는 다시 피어나서
춘일 춘정 긴 긴 날에
봉화 접무 희롱하며
장장 춘일 놀련마는
인생 한 번 죽어지면
움이 나나 싹이 나나
영결 종천 그만이라
백발 노구 늙어지면
눈물 세상 뿐이로다
일락서산 지는 해는
어느 누가 금지하며
월출 동정 돋는 달은
어느 누가 금지하나
도옥 유수 굽이굽이
배회장단 흐르는 물
어느 누가 막을소냐
늙고 젊는 노소 운명
죽고 사는 생사운을
어느 누가 면하는가
백발 노구 늙어지면 황천길을 가게 되네

형님의 노래는 다시 '고향탄식'으로 이어졌다. 한 번 떠나고 보니 생전에도 가지 못하고 죽어서도 가지 못하게 되는 것이 서럽고, 부모님 전에 불효하고 동기간에도 불공하고 친구들에게도 미안하게 된다는 내용이다. 가사(歌詞)는 충분히 다듬어지지 않았지만 내용만은 애절한 감정을 잘 표현하고 노쇠한 음성에서 풍기는 정겨움을 느끼게 된다.

사람은 누구나 고향을 그리워 한다. 그것은 마치 동물들의 귀소본능(歸巢本能)과도 같은 것 같다. 사람들은 도대체 무엇 때문에 고향을 그리워 할까. 고향에는 부모 형제 일가친척 친구들이 있는 곳이다. 그리고 밤낮으로 뛰놀던 들판이나 언덕이 있고 개울이 있는 곳이다. 외로운 마음을 달랠 수 있고 편히 쉴 수도 있는 곳이다. 그러나 사람들은 고향에서 자라서 고향에서 일하다 고향에 뼈를 묻기보다는 타향에서 일하다 타향에서 뼈를 묻는 수가 많다. 살아서 의지하던 부모님이나 조상들을 죽은 후에도 의지하고 싶지만 모든 형편이 허락치 않으니 도리가 없다. 일송 형님도 고향을 그리워한다. 생전에 고향을 찾아가지 못한 것이 한으로 맺혔다. 그런데 고향과는 너무나 동떨어진 미국 땅에 묻히고 말 형편이니 한은 더욱 사무친다.

사람은 도대체 어디로부터 와서 어디로 가는가. 오기는 왜 왔는가. 무엇하러 왔는가. 먹으러 왔는가. 자식 낳으러 왔는가. 사람은 무엇 때문에 욕심을 부리고 교만을 떠는가. 무엇 때문에 부귀를 탐하고 잘 난 체하는가. 재물이나 권세나 재주나 지식이나 그것만이 인생의 전부는 아니지 않은가. 공자도 상지(上智)를 말하고 하우(下愚)를 말하였지만 그 자체가 사람의 존엄성을 구별하자는 것은 아니었다. 도대체 상지와 하우를 구별하는 잣대는 무엇인가. 어디에 금척(金尺)이 있는가. 잘 난 체하는 사람들이 만든 제멋대로의 잣대는 있어도 우주의 섭리에 부합하는 영원과 절대와 불변과 불후의 금척은 없지 않은가. 제 나름의 잣대, 함부로 만들어진 잣대를 가지고 자기는 대단하다 하고 남은 형편없다 하는 것이 어리석은 인간의 추태(醜態)가 아닌가.

고향을 그리워하고 늙고 병든 것을 서러워하는 것은 사람의 자연스런 성정(性情)이다. 어리석은 추태에는 사악이 있지만 자연스런 성정에는 천진(天眞)이 있다.

일송 형님께서 녹음으로 들려주신 모든 사연을 길이 기억하고 아름다운 성품을 기리고 싶다.

(1996. 9. 17)

9. 공원묘지

모든 생물은 그 수명에 한계가 있고 수명이 다하여 죽은 후에는 그대로 방치되거나 소각되거나 매장되는 것이 공통된 현상이다. 죽어서 방치되면 풍화작용으로 그 형태가 변화하거나 다른 동물에게 먹히기도 하며, 소각되면 재로 변하여 흩어지고 말며 매장되면 보이지 않는 사이에 부패한다.

인류는 옛날부터 사람의 시신을 여러 가지 방법으로 처리해 왔다. 풍장(風葬) 매장(埋葬) 화장(火葬)이 대표적인 처리 방법이었다. 풍장은 산이나 들에 나가서 바위에 올려놓아 새들이 쪼아먹게 하는 것으로 알려져 있는데, 일정한 의식에 좇아 행하는 것이므로 아무렇게나 방치하는 것과는 다르다. 시신을 나무 위에 올려놓거나 걸어 두는 것도 마찬가지이다. 매장은 땅을 파고 묻거나 암벽을 뚫고 묻는 것인데 여러 가지 관(棺)이나 곽(槨)을 사용하거나 시신만을 잘 싸고 묶어서 묻기도 한다. 화장은 시신을 일단 불태우고 남은 뼈를 부수어 바람에 날리거나 물에 흘리는 경우가 많지만 땅에 매장하기도 하고 납골당에 보관하기도 한다. 이밖에도 시신을 석관이나 기타 값나가는 관에 넣어서 건물 안에 보관하기도 하지만, 이는 특별한 인물에 국한되는 매우 보기 드문 일이다.

한국에서는 일반적으로 매장과 화장이 관습으로 전해져 오면서 화장은 불교적인 의식으로 인정되고 매장은 유교적인 의식으로 인식되어 왔다. 화장은 시신의 흔적이 없어지거나 소량의 유골이 보관되는 것이 보통이지만 매장은 일정한 토지의 공간을 점유하기 때문에 화장과는 차이가 있다.

매장은 반드시 한국에서만 행해진 것은 아니고 동양과 서양의 많은 나라에서도 행해졌다고 한다. 반드시 흙 속에만 매장하는 것이 아니라 암벽에도 매장하고 얼음 속에도 매장하고 바다 속에도 매장한 흔적이 있다. 그런데 흙 속에 매장하는 경우에는 일정한 넓이의 공간이 필요한 것이 문제로 제기된다. 죽는 사람은 끊임없이 늘어나고 매장할 장소는 점점 좁아지기 때문이다. 특히 한국에서는 풍수지리설에 따라 명당(明堂)을 골라서 매장하고 또한 봉분도 크게 하고 용미나 제절도 넉넉하게 하기 때문에 상당히 넓은 면적이 필요하게 되고, 더구나 상석이니 비석이니 망두석 따위를 설치하기 때문에 비용도 많이 들게 된다. 어떤 사람들은 자기의 권세를 과시하기 위한 것인지 하나의 무덤에 수백평의 토지를 할애하여 외국의 석재(石材)를 써서 치장하기도 한다. 이러한 현상을 그대로 방치하면 가히 묘지 망국론이 나올 만하여 일부의 지식인과 언론인들이 경종을 울리기도 하고 정부에서는 대책을 강구하기 위하여 법률로 매장제도를 규제하기도 한다. 그러나 한국에서는 해마다 무덤이 늘어나고 이에 따른 산림(山林)도 훼손되고 있다.

오늘은 J선생과 더불어 미국의 묘지를 찾아보기로 하였다. 유럽이나 동남아나 어디를 가던지 나는 항상 묘지에 관하여 관심을 가져 왔고 될 수 있는 대로 사진을 찍어 오기도 하였지만, 미국의 묘지는 좋은 관광거리가 되는 동시에 나의 식견을 넓히는 참고 자료가 될 것으로 보였다.

먼저 찾은 곳은 로스앤젤레스 시내의 웨스트 워싱턴 불바드(West Washington Boulevard)에 있는 로즈데일(Rosedale) 묘지였다. 영문판 안내서를 보니 1884년에 로즈데일 묘지협의회라는 법인이 설립되

LA 공원묘지

어 1894년부터 본격적으로 사용하게 되었으며, 초기에는 여유가 없게 된 시립묘지로부터 많이 이장해 오는 것을 받아들이기도 하였다. 이 묘지는 인종이나 신앙의 차별 없이 누구나 묻힐 수 있는 첫 번째의 남부지방의 장지(葬地)이기도 하였다. 묘지는 시원하게 늘어선 야자수와 여러 가지 관목과 꽃들이 가꾸어지고 예술품도 배열되어 있었으며 장례 전에 시신을 안치하는 영안실과 화장터가 갖추어져 있었다.

65에이커(263,042평방미터)나 되는 묘지이지만 거의 남은 자리는 없는 것처럼 보였다. 가로가 3피트에 세로가 9피트의 면적에 합장일 경우에는 장소에 따라 무덤의 가격이 690달러 · 890달러 · 1,290달러지만 장례비는 1,440.86달러 · 1,660.86달러 · 2,100.86달러라고 한다. 한국에서 유행하는 풍수지리설은 아니지만 미국에서도 역시 값비싼 자리와 그렇지 않은 자리가 있음을 알 수 있다.

로즈데일 묘지는 시내의 한복판에 자리잡고 있으며 거의 평평한 땅이고 설립된 지 벌써 100년이 넘는다. 따라서 분묘의 형태가 여러 가지라는 특징을 발견할 수가 있다. 종교에 따라 신전(神殿)과 비슷한 석조 건물 속에 시신을 안치하기도 하는 등 그 무덤의 크기와 형태와 비석이 모두 각양각색이다. 관리사무소에서 말하는 규격은 최근의 무덤에 적용하는 것임을 알 수 있다. 최근의 무덤이 옛 무덤이 있는 언저리에 없는 것은 아니지만 특별히 남동쪽에 많았다.

최근의 무덤은 면적이 일정하고 좌향(坐向)도 일정하지만 무엇보다도 공중으로 돌출한 석물(石物)이 없는 것이 중요한 특징이다. 다만 돌이나 철판에 문양이나 글씨를 조각하여 지면과 똑 같게 설치하였기 때문에 멀리서 보면 잘 다듬어진 잔디밭으로 밖에 보이지 않는다.

무덤에 새겨진 글귀를 보면 영어뿐만 아니라 스페인어 중국어 일본어 한국어가 보인다. 출생년도와 사망년도를 보면 나이 많은 노인만이 아니고 나이 적은 청년들도 수없이 많고, 부부의 경우에는 출생년도는 차이가 많아도 사망년도는 대다수 차이가 별로 없는 편이다. 부부간에 해로하다가 한 쪽에서 먼저 세상을 떠나면 남은 쪽에서도 곧이어 세상을 떠난다는 사실을 알 수 있다.

2미터가 넘는 높이에 두 사람의 시신이 안치된 무덤을 살펴보니 겉은 화강암이고 내부의 앞쪽은 대리석으로 축조되었고 단정한 검은 글씨가 보였다. 영문으로 된 글귀의 내용은 이러하였다.

안나 마가렛타
헨리 다우엘의 아내
1847. 3. 7생, 1911. 11. 16졸
잠들라, 잠들라, 사랑하는 사람아
그대의 모든 슬픔과
많은 질병과 고통을 떠나서.
예수 안에서 잠들라, 사랑하는 사람아
우리가 다시 만날 때까지.

한 자리의 무덤에 부부가 묻힐 때는 먼저 사망한 사람이 밑으로 들어

가고 나중에 사망한 사람이 위로 들어간다고 한다. 그 중의 하나를 보니 남자의 이름 밑에는 출생년도와 사망년도를 쓰고 그 밑에는 '사랑하는 남편'이라고 하였고, 여자도 같은 형식으로 쓰고 나서 '사랑하는 아내'라고 하였다. 사망년도로 보아 남편이 밑에 묻히고 아내가 위에 묻혔음이 분명하다. 사랑하는 아내를 남겨 두고 먼저 세상을 떠난 남편은 어떻게 눈을 감았는지 알 수가 없다. 차마 감을 수 없었기에 다른 사람의 손으로 감겨졌을 것이다. 그리고 남편을 먼저 보낸 아내는 얼마나 가슴이 아팠을까. 그의 가슴은 슬픔으로 가득 차고 그의 마음은 그리움과 외로움으로 멍들었을 것이다.

나는 형형색색의 무덤을 뒤로 두고 글렌데일(Glendale)에 자리잡고 있는 포레스트 로운 메모리얼 파크(Forest Lawn Memorial Park)를 찾아갔다. 한눈으로 보아서는 서남향의 아름다운 산디밭 공원이었다. 1906년부터 모든 장례절차가 진행될 수 있도록 시설이 완비된 공원묘지이다. 영안실, 묘지, 화장터, 납골당, 교회, 꽃가게 등이 고루 갖추어지고 맵시 좋은 나무들과 예술작품이 알맞게 배치되어 있었다. 정문은 쇠망치로 두들겨서 단련한 쇠로 만든 문으로서는 세계에서 가장 큰 것이라고 한다. 제일 높은 곳에 자리잡은 특수한 무덤들을 제외하고는 모두 평평한 모습이고 묻혀 있는 사람의 이름과 출생년도와 사망년도만이 기록된 철판들이 나란히 줄을 짓고 있다.

좌우로 즐비하게 늘어선 무덤들을 바라보며 올라가다가 장례준비로 흙을 파낸 곳에서 차를 멈추었다. 가까이 다가가 보니 광중은 매우 깊어서 컴컴하기만 하였다. 바로 길가의 무덤에는 50대로 보이는 남자가 꽃을 가져다 놓고 말없이 앉아 있다. 누구의 무덤에 온 것인지, 무슨 생각에 젖어 있는지 알 수가 없다. 홀로 남은 자신의 신세를 한탄하고 있는지, 이승에서 이루지 못한 소원을 저승에서라도 이루라고 축원하고 있는지 알 수가 없다.

다시 차를 타고 언덕을 달리다 보니 우거진 숲이 나타나고 아름다운 꽃들이 에워싼 교회와 박물관이 나타났다. 박물관에는 195피트나 되는 길이에 45피트나 되는 높이의 커다란 성화(聖畵)가 있다. 이것은 세계에서 가장 큰 성화인데 교황 요한 바오로 2세가 이 곳을 방문하여 하느님께 봉납한 것이라고 한다. 내용은 예수가 십자가에 못 박히기 직전의 비통한 순간을 그린 것이다. 아울러 예수의 부활을 그린 그림도 진열되어 있다. 예수의 부활은 기독교의 영생과 불멸을 뜻하는 것으로 보인다.

기독교는 사랑의 종교이다. 그러나 사랑은 저절로 베풀어지는 것이 아니다. 베풀기를 원하고 베풀기를 힘쓸 때 베풀어지는 것이다. 사랑은 오래 참으며 온유하며 투기하지 아니하며 자랑하지 아니하며 교만하지 아니하며 무례히 행치 아니하며 자기의 유익을 구하지 아니하며 성내지 아니하며 악한 것을 생각지 아니하며 불의를 기뻐하지 아니하며 진리와 함께 기뻐할 때 베풀어지는 것이다.

사랑을 받는 것도 마찬가지이다. 하느님의 사랑은 선한 자나 악한 자나 차별없이 베풀어질 수 있는 것이지만, 선한 자가 아니면 하느님의 사랑을 받을 수 있는 마음의 그릇이 준비되지 않았기 때문에 결국에는 선한 자만이 사랑을 받을 수 있을 뿐이다.

억눌리고 짓밟히고 설움 받고 소외되고 헐벗고 굶주리고 고달프고 외롭게 살다가 먼저 이승을 떠나간 모든 사람들에게 하느님의 진정한 사랑이 충만하게 베풀어지기를 빌어본다.

반년이 넘도록 비 한 방울 뿌리지 않는 맑은 하늘에서 태양은 빛나고 검게 소복한 까마귀는 한가로이 묘지를 날고 있었다.

(1995. 8)

10. 환태평양 한국학 국제학술회의

1992년 7월 27일부터 1주일 동안 하와이에서 열리는 제1회 환태평양 한국학 국제학술회의에 참가하게 되었다. 망망한 태평양의 한 가운데 있는 하와이는 한국의 동포들이 미주지역으로 망명하거나 이민할 때 제일 먼저 들렀던 관문이고, 항상 시원한 바람에 야자수가 춤추고 아름다운 모래 벌판에는 파도가 넘실대는 곳으로 알려져 왔다.

내가 일행과 함께 호놀룰루 공항에 도착하여 찾아간 곳은 애트킨슨 드라이브(Atkinson Drive) 410번지에 있는 알라모아나(Ala Moana) 호텔이었다. 프론트에서 등록을 마치고 받아든 전자열쇠 카드에는 플랜테이숀(Plantation) 카페, 마히나라운지(Mahina Lounge), 진져테라스(Ginger Terrace), 쓰까사(Tsukasa,都花嵯), 로얄가든(Royal Garden), 루마스(Rumoars) 나이트클럽, 니콜라스 니콜라스(Nicholas Nicholas) 등 동서양의 식당과 휴식처가 소개되어 있었다. 열쇠카드에는 전자기의 띠가 아래쪽으로 가도록 집어넣고 움직여서 파란 불이 나타날 때 문을 열면 된다는 간단한 사용법이 적혀 있었다.

한국정신문화연구원과 하와이대학교 한국학 연구센터에서 공동 주최하고 한국학술진흥재단에서 후원하는 학술회의는 예정대로 진행되었다. 회의분야는 철학종교 · 역사 · 어문학 · 예술 · 정치경제 · 사회민속

제1회 환태평양 한국학 학술회의. 필자의 주제발표

· 교육윤리 등 7개 분야였다. 나는 철학종교분야에서 '이이(李珥)의 천인상감론(天人相感論)' 이라는 주제로 논문을 발표하였다.

사람의 마음이 바르면 천지의 마음도 바르고 사람의 기(氣)가 순하면 천지의 기도 순해진다. 덕(德)이 닦여진 치세(治世)에서는 재이(災異)를 찾아볼 수 없었고 일식이나 월식과 같은 변괴가 모두 난세(亂世)에 생겼으니 천의(天意)와 인도(人道)가 서로 통하는 것을 알 수 있다. 성왕(聖王)이 백성을 다스리면 천지가 서로 통하여 5일마다 바람이 불고 10일마다 비가 내린다. 덕이 있으면 반드시 그 덕에 알 맞는 감응이 있을 따름이고 사사로운 후대(厚待)는 없다. 천지가 제 자리에 위치하고 만물이 육성되는 것은 군주의 수덕(修德)에 달린 것이다.

이것이 곧 이이의 천인상감론의 골자이다. 이이의 천인상감론은 그가 지은 〈천도책〉(天道策), 〈천도인사책〉(天道人事策), 〈수요책〉(壽夭策),

〈진미재오책차〉(陳彌災五策箚), 〈만언봉사〉(萬言封事)에 고루 나타나고 있다.

감응(感應)이라는 것은 어떤 사물의 자극에 의하여 반응을 일으키는 것으로 물리적인 감응과 심리적 영적 감응이 포함된다. 그런데 천인상감론에서 말하는 감응은 물리적인 감응의 단계를 초월하고 있다. 단순한 물리적인 감응은 자연과학의 지식으로 파악될 수 있다. 그러나 심리적이거나 영적인 감응은 자연과학의 지식으로는 파악되기 어렵다. 심리적으로 또는 영적으로 하늘과 사람이 서로 감응하려면 하늘과 사람이 다 같이 심령(心靈)을 가진 존재이어야 한다. 그런데 사람이 심령을 가진 존재라는 것은 의심의 여지가 없는 사실로 받아들여질 수 있으나 하늘이 심령을 가진 존재라는 것을 사실로 받아들이기는 매우 곤란한 것이 우리들의 일반적인 지식의 수준이다.

그렇다면 이이의 천인상감론은 어떻게 이해되고 해석되어야 할 것인가. 그는 어찌하여 하늘이 사람처럼 지각과 심령을 갖춘 존재임을 전제로 하는 천인상감론을 지지하고 주장하게 되었던가. 유가에서는 전통적으로 수기(修己)와 안백성(安百姓)을 중시하였다. 수기는 안백성의 선결 문제인 동시에 수단적 목적이기도 하다. 지극히 높고 큰 하늘을 공경하고 본받음으로써 자신을 수련하는 동시에 백성을 평안하게 할 수 있다. 이이는 이러한 수기치인을 강조하는 데 있어서 천인상감론을 적절히 원용하고 있다.

따라서 이이의 천인상감론은 인욕(人欲)을 막고 천리(天理)를 좇아야 하는 유가철학의 기본적인 명제를 합리화 하는 동시에 민본정치사상을 강조하고 있다.

유가(儒家)철학에서 말하는 천인상감론은 중국의 동중서(董仲舒)가 주장한 후로 학자들에게 널리 수용되었지만 일부에서는 비판적인 견해가 일어나기도 하였다. 이를테면 통치자의 마음이 바른 것과 시화연풍(時和年豊) 사이에는 아무런 관계가 없다는 것이다. 성군(聖君)에게도 흉년은 오고 폭군에게도 풍년은 오며 기우제를 지낸다고 비가 내리는 것도 아니라는 것이다. 그러나 율곡이 이러한 비판을 무릅쓰고 천인상감을 주장한 데는 남다른 의도가 있었던 것 같다.

학술회의가 진행되는 동안에 하와이대학교(University of Hawaii at Manoa) 한국학 연구센터(Center for Korean Studies. 1972년 설립, East-West Road 1881번지)를 방문하였다. 건물은 한국의 불교사찰을 모방하여 지었다고 하는데 외부는 그렇게 보이지만 내부는 서양의 건축술을 그대로 살리고 있었으며 건축기금은 한국의 불교계에서(?) 지원한 것이라고 한다.

마침 1992년은 한국인 하와이 이민(移民) 90주년 겸 하와이대학교 한국학 연구센터 설립 20주년을 기념하는 여러 가지 행사가 3주일 동안이나 진행되고 있었다. 오늘날의 하와이가 만들어지는 데는 한국인의 노동과 문학과 문화전통이 크게 공헌하였으며, 기념행사는 음악 · 무용 · 강연 · 시낭독 · 영화상영 · 박람회 등이었다. 'A FESTIVAL OF KOREA' 라는 안내(案內)를 보니 사물놀이 · 판소리 · 가야금연주 · 무용을 소개하는 사진과 '검은 공화국' · '꿈' · '장군의 아들' · '행복은 성적순이 아니잖아요' 등의 영화를 소개하는 사진이 보였다. 그리고 알라모아나 호텔에서 열렸던 학술회의도 페스티발(축제)의 하나라는 것을 알게 되었다.

한국학 연구센터의 전공분야와 교과과정은 대체로 다음과 같다.

예술 … 한국예술

아시아연구 … 현대 한국

무용 … 한국무용

동아시아 언어 … 기초한국어, 중급한국어, 고급한국어, 한국어문법, 한국어구문론, 한국어선독

동아시아 문학 … 한국문학번역시, 한국문학번역산문, 현대한국문학입문, 한국전통문학입문, 한국의 언어와 문화, 한국시

역사 … 한국사, 한국사연습, 한국사강독
언어학 … 한국어학
음악 … 기악, 한국음악 앙상블,
정치학 … 한국정치,
사회학 … 한국의 국민과 제도

한국학 연구센터에는 연구생제도가 있고 3 - 12 개월의 방문연구 교수제도가 있다. 방문자 중에는 이혜구 선생과 함석헌 옹이 있었고 그들이 강연하는 것을 안내책자에서는 사진으로 소개하고 있다. 함석헌 옹의 사진은 하얀 머리와 하얀 수염에 하얀 두루마기를 입고 하얀 양말(?)에 검정 고무신을 신고 강연하는 모습이다.

1974년 이후 개최한 학술회의는 북한에 관한 것, 남한에 관한 것, 남한의 산업화에 관한 것, 한국어에 관한 것, 한국의 해외 이민에 관한 것, 한국문학사에 관한 것, 한국공연예술의 사회적 역사적 전망, 한국어의 로마자화, 한미관계 100주년 기념, 소련에 있는 소수 한국인에 관한 것(1974~1983)이 소개되어 있다.

교수진은 14명이 소개되어 있는데 그 가운데 10명이 한국교포이다.

한국학 연구센터의 로고(logogram symbol)는 6세기 경 고구려의 건축에서 쓰이던 기와의 막쇠이고 문양은 연꽃이다. 당초의 디자인은 누가 한 것인지 알 수 없으나 현재의 디자인은 김삼(Kim Sam)의 작품이다.

하와이에서 또 한 가지 기억할 만한 것은 '하와이 대한국민회'이다. 국민회의 건물은 푸우누아(Puunua) 계곡의 언덕 위에 스페인 양식으로 약 8에이커(32,374평방미터)의 대지에 지어진 하얀 2층집이다. 1902년 12월 102명의 동포가 인천항을 출발하여 1903년 1월 13일 호놀룰루에 도착한 이후 1905년까지 7,226명이 들어와 사탕수수 농장과 파인애플 농장에서 일하였다. 그들은 조국을 빼앗긴 비운을 맞고 독립운동자금을 모았으며 국민회는 1909년에 단일조직으로 발족하였다. 초대회장에 안창호 선생이 취임하고 점점 발전하여 전 세계에 116개의 지부를 두었다. 국민회는 한국의 독립운동을 돕는 동시에 한국인의 지위와 인권옹호를 위하여 활동하였으며 이민자들의 자녀교육을 위하여 학교를 세우고 교과서를 제작하여 배포하였다. 국민회의 박용만과 이승만은 친분이 매우 두터웠음에도 불구하고 한인학교 설립문제로부터 의견이 맞지 않아 대립하고 말았다. 군사교육을 강조하던 박용만은 나중에 중국에서 독립운동을 전개하다가 1928년에 암살 당하고 이승만은 독립운동자금에 관련된 문제로 국민회에서 일탈하여 한국동지회를 만들었다.

국민회는 임시정부의 독립운동자금을 지속적으로 지원하였고 한국에 '독립기념관' 이 설립되자 많은 자료를 헌납하였다. 현재 국민회 건물은 50여명이 내는 회비와 일부의 건물임대료로 겨우 유지하고 있는 형편이다. 한국정부의 관심과 외교적 재정적 지원이 요구된다고 한다.

(1996. 9)

*여기 한 가지 덧붙이고 싶은 것은 김남주(金南柱 1877~1925)선생에 관한 것이다. 그는 경상북도 청도군 화양면 동천동(慶尙北道 淸道郡 華陽面 東川洞)에서 김장헌(金章憲 ?~1913. 1. 3) 선생의 장남으로 출생하여 소년시절부터 학문을 익히다가 1903년경부터 1911년경까지 하와이에 체재하면서 한국 어린이들을 가르쳤다고 하는데 필시 대한국민회에서 일한 것으로 추측된다. 그는 한학(漢學)에 조예가 깊어서 유학의 경서(經書)와 의서(醫書)에 통달하여 청도군 내에서는 이름이 크게 알려진 탓으로 그가 서거한 후에 장서를 수습하기 위하여 찾아 온 청년들이 있었다고 한다.

그의 장남 김석범(金碩範 1903. 12. 17~1962. 12. 4)은 청도군과 영주군(榮州郡)에서 공직생활을 하다가 1940년경부터 1945년 조국광복까지 만주국 사평성 동풍현 사하촌 사하진(滿洲國 四平省 東豊縣

沙河村 沙河鎭)에서 사립학교를 설립하고 운영하다가 귀국하여 대구시에서 언론계에 종사하였다고 한다. 김남주 선생은 필자의 처조부인 바청도군 화양읍장 발부 호적등본과 내자(金英熙, 1935. 3. 7~, 경북대사대 졸업)의 말을 참조하여 간략히 기록한다.

(2003. 12)

11. 하와이제도

아주 옛날에 하와이에는 마카푸우(Makapuu)라는 반신반인이 바다 동굴에서 살고 있었다. 그는 물고기를 잡다가 왼쪽 눈을 다쳤다. 이때 바다의 여신 히나(Hina)는 자신의 영역에서 마카푸우가 진주를 훔치는 것을 보고 한 번 혼내주기로 마음을 먹었다. 그리하여 히나는 살아있는 굴 속에 날아다니는 물고기를 한 마리 넣어두었는데 마카푸우가 그것을 모르고 굴을 들여다보다가 물고기가 튀어나오는 바람에 다쳐서 눈이 멀고 말았다. 마카푸우는 케이키 할로나(Keiki Halona)라는 어린 고래의 눈을 훔치기 위하여 마법의 그물로 어린 케이키를 잡아당겼다. 그러자 케이키는 살려달라고 소리치고 케이키의 엄마는 히나에게 도와달라고 애원하였다. 마카푸우와 히나는 서로 힘을 겨루어 해일이 일어나고 고래가족들은 바닷가 절벽 밑돌에 깔리어 지금도 히나가 도와줄 때를 기다린다. 어부들은 지금도 마카푸우 언덕 등대 밑에서 고래가족의 목소리를 들을 수 있다고 한다. 하와이 전설의 한 토막이다.

하와이제도는 18세기 후반에 샌드위치제도로 알려지기 시작하였다. 1776년 7월 영국의 탐험가 쿡선장이 샌드위치경의 후원을 받아 두 척의 배를 이끌고 세 번째의 항해를 시작하여 1년 6개월만에 오아후섬과

카우아이섬을 발견하고 샌드위치제도라고 명명하였다. 그 후 제임스 쿡(James Cook) 선장은 마우이섬과 하와이섬을 발견하고 1779년 1월 하와이섬 서해안의 케어라케후아만(Kealakekua Bay)에 상륙하였다. 이 때 추수를 감사하는 마히키의식을 진행 중이던 주민들은 농경의 신 로노(Rono)의 재림으로 알고 정중히 대접했다. 그러나 출항 후 배가 고장나서 되돌아 온 쿡 선장은 주민들에게 살해되고 말았다.

이 무렵 여러 부족이 패권을 다투고 있었는데 이를 통일한 사람이 카메하메하(Kamehameha) 대왕이었다. 대왕은 1753년 하와이섬의 코하라(Kohala)에서 태어났다. 1771년 프코하레헤이와(Pkohare-heiwa) 대신전을 건립한 그는 1774년까지 마우이 몰로카이 라나이섬들을, 1775년에는 오아후섬을 정복하고 카우아이섬을 영입하여 통일의 위업을 달성하고 1795년 마우이섬의 라하이나(Lahaina)를 수도로 하여 왕국을 세웠다. 그는 서구문명의 이점을 적극적으로 받아들이는 한편 전통을 중시하여 신망을 얻었다. 1819년 카메하메하 대왕이 죽은 후 장남 리호리호(Riho Riho)가 카메하메하 2세로 즉위하여 전통적인 타부제도를 폐지하였다. 그 후 1820년 이후 기독교가 침투하여 학교가 설립되고 신문이 발간되었으며 사탕수수 농장을 개발하고 포경기지(捕鯨基地)를 설립하기도 하였다.

1840년 입헌군주국으로 세계의 승인을 받고 5년 후에는 수도를 호놀룰루로 옮기었으나 구미의 자본세력에 의해 왕정의 위협을 받다가 2년 후에는 영국의회선거에 의해 칼라카우아왕이 즉위하였다. 칼라카우아왕은 일본을 방문하여 위기를 면하려고 하였으나 실패하고 뒤를 이은 릴리우오칼라니여왕은 1893년 백인의 쿠데타로 실정하였고 하와이왕조는 종결하였다. 1898년 8월 12일 하와이는 미국의 영토가 되고 1959년에는 미국의 50번째 주가 되었다.

나는 학술회의의 자투리 시간을 틈타서 알라모아나 호텔 뒷편에 있는 알라모아나 공원(Alamoana Park)을 찾았다. 공원은 나무그늘과 산책

하와이 알라모아나 거리, 이계학 박사 부부와 함께

길이 조성되었고 낚시를 즐길 수 있는 호수도 있지만, 그보다도 매력적인 것은 해수욕장이다. 그리고 보기만 해도 아슬아슬하고 신나는 파도타기는 더욱 눈길을 끈다. 산등성이처럼 밀려오는 거센 파도를 타고 넘으며 때로는 파도 속에 파묻혔다가 다시 나타나는 젊은이들의 묘기는 손색없는 금메달감 곡예다.

하루는 그 유명한 와이키키 해안(Wikiki Beach)을 찾았다. 매년 7백만 명의 관광객들이 찾아온다는 이곳은 다이아몬드 헤드(Diamond Head)로부터 알라와이(Alawi) 요트장까지 4킬로미터가 넘는 하얀 모래사장이다. '와이키키' 라는 말은 하와이 말로 '솟아오르는 물' 이라는 뜻인데, 1800년대에 카메하메하(kamehameha) 왕조의 왕들이 별장을 짓고 휴양하다가 1900년대에 들어와서는 호텔이 들어서기 시작하여 현재는 무려 20여 개의 호텔이 들어섰다고 한다.

일행이 야자수의 거리를 걷고 있노라니 웬 금발의 미인이 나에게 다가오며 '니혼징' (日本人)이냐고 묻는다. '코리안' 이라고 하였더니 '연애합시다' 라고 한다. 아닌 밤중에 홍두깨라더니 별일도 다 많았다. 그러나 시치미를 떼고 내가 관심을 보였더니 더욱 가까이 따라오며 말을 걸었다. 그의 이야기를 구체적으로 듣고 싶었지만 그럴 만한 계제가 못 되었다. 그런데 왜 하필이면 다른 사람을 다 제쳐두고 그녀는 나에게 수작을 걸어왔을까. 그것은 내가 일행의 맨 뒤에서 걸었던 까닭이고 양복을 입었던 까닭이라고 보인다. 일행의 뒤편이니 말 붙이기가 편리하고 복장을 보니 하와이에 온 지 며칠 되지 않은 관광객의 티가 물씬하고 인상을 보니 어수룩하고 만만하게 보였던 모양이다. 호텔에 돌아가 L교수에게 들으니 만일 냉담하게 거절하지 않고 수군거리는 태도가 경찰에게 발견되면 즉시 연행되어 유치장에 들어가게 되고 법정에 나가서 재판을 받는다고 한다. 하마터면 억울하게 형사피의자가 되어 망신을 당하고 직장의 명예를 실추시킬 뻔한 셈이다. 남자는 언제나 여자를 경계해야 한다는 평범한 철학을 다시 일깨우게 되었다.

하와이에서 손꼽히는 유명한 관광지로는 진주만(眞珠灣, Pearl Harbor)이 있다. 1941년 12월 8일 일본의 공군폭력기가 기습하여 미국의 전함(戰艦) 애리조나(Arizona)호를 비롯한 많은 함정이 격침을 당하거나 파괴당한 곳이 진주만이 아닌가. 일본 정부는 진주만 기습작전에 성공하자 지체 없이 선전(宣戰)을 포고하고 태평양전쟁에 돌입하였다가 원폭의 세례를 받고 4년 8개월만에 무조건 항복으로 전쟁을 끝내고 말았다. 일본의 군벌이 제 아무리 득세하더라도 그처럼 엄청난 일을 저지를 줄은 몰랐는지 미군 병사들은 주말의 휴가를 즐기고 있었다니 1950년 6월 25일의 한국전쟁과 비슷한 점이 많다.

진주만에는 지금 애리조나 기념관(Arizona Memorial)과 해군 박물관을 만들어 놓고 그 날의 비극을 마음 속에 되새기고 있으며, 다이아몬드 헤드와 와이키키 해변이 멀리 바라보이는 펀치바울(Punchbowl)에는 국립묘지를 원형(圓形)으로 조성하여 22,000여명의 미군의 영령(英靈)을 안장하고 있다. 인류 역사는 끊임없는 전쟁으로 점철되어 왔다. 그러나 어느 전쟁도 평화를 내세우지 않았던 전쟁은 없었으니 아이러니가 아닐 수 없다. 묘지에 잠든 영령들은 말이 없지만 진정한 평화는 전쟁으로 성취되는 것이 아니라는 것을 우리에게 말해 주고 싶을 것 같다.

하와이제도는 카우아이(Kaui)섬, 오아후(Oahu)섬, 몰로카이(Molokai)섬, 마우이(Maui)섬, 하와이(Hawaii)섬과 니이하우(Niihau)섬, 라나이(Lanai)섬, 카호올라웨(Kahoolawe)섬들이 동서로 늘어서 있다. 주정부(州政府)와 하와이대학교가 있는 호놀룰루(Honolulu)시는 오아후섬에 있으며, 하와이섬은 빅 아이랜드(Big Island)로 통한다.

나는 학술회의가 끝나고 한국으로 돌아오기 전 날 하와이섬을 일주하게 되었다. 30~40분을 비행기로 날며 하와이가 하나의 섬이 아니고 여러 개의 섬이라는 것과 모두가 화산도(火山島)라는 사실을 확인하는 기회가 되었다. 하와이제도에서 가장 큰 하와이섬에는 산도 있고 숲도 있고 폭포도 있고 푸나루우 흑사해변(黑砂海邊, Punalu'u Black Sands)도 있다.

하와이 블랙샌드 비치에서, 이계학 박사 부부와 함께

마우나 로아 마카데미아 과수원(Mauna Loa Macademia Nuts)도 있고, 난정원(蘭庭園, Orchid Garden)도 있고, 사탕수수(sugar cane) 밭도 있고, 생강(ginger) 밭도 있다. 그리고 원주민들의 유물 가운데는 돌로 지은 건축물과 요새(要塞)가 있고 거기에는 우리나라의 장승처럼 높은 목조각품(木彫刻品, 죽은 사람의 시신이 들어 있다고 함)들이 서 있어서 눈길을 끈다.

하와이 원주민촌

그러나 가장 눈길을 끄는 것은 화산과 분화구와 용암대지(溶岩臺地)가 아니던가. 마우나케아(Mauna kea) 화산, 마우나로아(Mauna Loa) 화산, 후알랄라이(Hualalai) 화산은 지금도 하얀 연기를 뿜으며 활화산의 기개를 뽐내고, 킬라우에아(Kilauea) 화산은 칼데라(caldera,원형으로 함몰된 분화구)의 장엄한 모습을 나에게 보여주었다. '화산' 이라면 일단 산이기 때문에 부근의 평지보다는 상당히 높은 것으로 생각한 나로서는 킬라우에아 화산의 분화구가 너무나 평범한 평지라는 사실이 놀라웠다. 세 개의 분화구로 된 커다란 칼데라의 주변에는 1974년과 1982년에 용암이 흘렀다고 하니 사화산(死火山)이 아니고 휴화산(休火山)인 셈이다.

화산은 흔히 깊숙한 지하에 있는 암장(岩漿)이나 가스가 지층을 뚫고 지상으로 올라오는 작용으로 이루어진다고 한다. 그리고 암장은 녹은 상태로 있다가 지표에 올라오면 암석으로 변하며, 분출하는 가스는 대개 수분이기 때문에 마치 하얀 연기를 내뿜는 모습으로 보인다. 킬라우에아 화산 일대는 공원으로 조성되어 수많은 관광객이 몰려들고 있으며, 화산의 정체를 가장 여실히 보여주고 있다. 화산관측센터에서는 많은 자료를 전시하고 있는데 비디오 테이프를 통하여 보여주는 화산작용은 자연의 신비와 공포와 외경을 느끼게 한다. 화산작용은 지각을 흔들기도 하고 솟아 오르게도 하고 폭발시키기도 하면서, 내뿜는 뜨거운 김으로 모든 생명을 위협하고 흐르는 용암으로 모든 것을 뒤덮어 버리기도 한다. 하와이 화산 국립공원 일대에서 보는 화산의 모습은 허구한 많은 사연을 말해준다.

화산의 정체(正體)는 암장에 의하여 드러난다. 사람의 정체는 무엇에 의하여 드러나는가. 그것은 불교에서 말하는 진여(眞如)와 무명(無明)이 아닐까. 진여와 무명은 깊은 땅 속에 숨겨진 암장이나 가스와 같아서 우리의 현실을 넘나들면서 모든 것을 위협하고 뒤덮기를 반복하는 것 같다. 진여가 나타나면 우리의 모든 탐 · 진 · 치(貪 · 瞋 · 癡)가 뒤덮여지고 말지만, 무명이 나타나면 우리의 모든 자비(慈悲)가 자취를 감추게 되지 않을까. 불가에서 평생을 염불하고 수도하는 것도 암장이나 가스가 지각(地殼)을 뚫고 위력을 발휘하듯이, 진여가 모든 삶을 지배하는 위력을 발휘하게 하는 것이라고 생각된다.

하와이섬은 다른 화산도와 마찬가지로 암장과 가스가 솟아오르며 만들어 놓은 화산이다. 더구나 그 넓고 깊은 태평양의 한 가운데서 솟아오른 화산이고 보니 놀랍기도 하다. 하와이주에서 손꼽을 만한 관광지는 다음과 같다.

고래박물관으로 유명한 카르타지니언(Carthaginian) 호수
휴화산 분화구를 중심으로 펼쳐진 할레아칼라(Haleakala) 국립공원

칼라카우아왕이 여름별장으로 이용한 훌리헤에(Hulihee) 궁전
고대하와이 종교신전이 있던 성지 푸우호누아 오 호나우아우(Puuhonua o honauau) 역사공원
무지개로 유명한 레인보우(Rainbow) 폭포
하와이 원주민들의 도구를 전시한 라이만(Lyman) 기념박물관
하와이 열대식물원
화산 국립공원
카우아이(Kauai) 박물관
와이메아 캐년(Waimea Canyon)
폴리네시안 문화센터(Polynesian Cultural Center)

하와이는 나에게 많은 이야기를 들려주고 있었다. 그 이야기는 다시 태평양 상공을 날고 있는 나를 놓치지 않고 따라오고 있었다. 폴리네시아(Polynesia)의 역사여! 문화여! 안녕…….

(1996. 9)

Ⅲ. 훌륭한 외교관

그의 모습을 가만히 훔쳐 보니 키는 크지만 체구는 가냘픈 편이고 얼굴은 길게 보였으며, 화장하지 않은 소박한 모습과 간소한 복장은 청순한 인상을 느끼게 하였다.

뉴오리엔스 스퀘어에서는 '카리브해의 해적' 이 볼 만하였다. 컴컴한 곳에서 보트를 타고 동굴을 지나면서 해적의 생활모습을 보는 것은 대모험의 항해였다. 보물을 훔쳐다 보관하고 전쟁도 하고 술에 취한 모습도 보였다. 한숨을 몰아쉬고 어두운 지옥을 빠져 나왔다.

1. 서러운 황혼

위성중계로 서울과 LA에서 동시에 인쇄되어 발행한다는 J일보를 펼치니 놀라운 글자들이 나타났다.

서울 당고개, 난곡에 홀로 사는 노인촌
자식 생이별… 서러운 황혼
사장 아들 두고도 불화 못 이겨 가출
아침은 라면, 점심은 과자로 끼니 때워
'자식 있다' 고 생활비 안 줘 취로사업

'충격 르포, 현대판 고려장' 이라는 제목 아래 뽑아낸 큰 글자들이다. 내용을 읽어보니 K노인은 중소건설회사 사장으로 일하는 50대의 유능한 아들이 있지만 4년 전부터 노인성 치매증세로 일어나는 가족 사이의 불화를 참지 못하여 1평 남짓한 전세방을 얻어 나온 것이라고 한다.

지하철 4호선 당고개 역에서 30~40도의 가파른 길로 이어지는 언덕(노원구 상계4동)에는 300~400가구의 무허가 판잣집이 다닥다닥 붙어 있는데, 이 판자촌에는 가족에게 버림받거나 자식과의 불화 때문에 흘러 들어와 사는 노인이 100여명이라고 한다. 그들은 한 사람이 똑바로 누우면 꽉 찰 정도의 방 하나와 간이 부엌에서 아침엔 라면으로, 점심엔 초코파이로, 저녁엔 빵 부스러기로 때우는 수가 많은데 동사무소에서 약간의 쌀을 보내주지만 끓여 먹을 기운이 없다고 한다.

관악구 신림 7동의 난곡에는 120여명의 노인이 혼자 살고 있는데 지난 20여 년 동안에 열여덟 번이나 이사하였다는 어느 노인은 30년 전에 아내를 잃고 2년 간 큰아들 집에서 함께 살았으나 따돌림을 당하여 반 강제로 집을 나오게 되었고, 한 달 전에는 길에서 넘어져 뒤통수가 터지고 눈언저리가 몽우리져서 거동조차 못하게 되어 대기업의 과장으로 일하는 아들 집에 전화하였으나 "왜 자꾸 전화하느냐"는 꾸중(?)만 들었을 뿐이라고 한다.

어떤 자식들은 늙은 부모를 학대하다가 직접 버리거나 스스로 나가게 만들어 놓고 호적에도 실종이나 사망으로 정리해 놓는다고 한다.

서울 동작구 대방 지하철 역 앞에 있는 '시립 부녀 보호소'에는 116명이 수용되어 있는데 이 분들도 자녀들에게 버림받은 할머니들이 대부분이고 그들은 60~70퍼센트가 치매증세를 보이고 있으며 아무런 의료혜택도 받지 못한다고 한다. 이 곳에서 1년 이상 견뎌낸 사람중의 일부는 경기도 용인시 이동면 '시립 영보자애원'으로 옮겨가기도 하는데 이 곳에는 1,000여명이 수용되어 있고, 지난 겨울에는 어떤 사람이 할머니를 이불에 싸서 이 곳에 버리고 갔다고 한다.

현대판 고려장 시리즈 세 번째 기사에는,

공원으로 출근 … 해지면 노숙
지하철 환풍구에 떨어진 돈 주워 끼니 해결
자식 구박, 술로 삭이다 폐인 되기도

라는 커다란 글씨들이 보인다. 어느 노인은 맞벌이 하는 아들 부부로부터 한 달에 3~4만원의 용돈을 받고 매일 공원으로 나오는데 용돈이 너무 적어서 다른 노인들과 함께 종로나 동대문 지하철역의 환풍구 바닥에 떨어져 있는 지폐나 반지나 시계 따위를 낚싯대로 건져내어 팔거나 길거리의 동전을 주워서 점심을 해결한다고 한다. 몸이 아프거나 비 오는 날에는 일찍 집으로 들어가고 싶지만 열쇠가 없어서 아들 부부가 귀가하는 시각에 맞추어야 하기 때문에 하는 수 없이 8시까지 공원 부근에서 기다린다고 한다.

그래도 이런 노인은 여건이 나은 편이라고 한다. 어떤 분들은 자식들에게 버림을 받고 구걸과 노숙으로 죽을 날만 기다리는 사람도 많은 까닭이다. 현재 탑골 공원에는 1,000여명, 남산공원에는 300여명, 독립문 공원에는 150여명, 장충단 공원에는 70여명의 노인들이 매일 나와서 시간을 보내고 있는데 그들은 물건을 줍거나 구걸하거나 또는 경로승차권을 팔기도 하여 주린 창자를 채워 나가고 딱딱한 벤치에 앉아 자식에게 버림받은 아픔을 달래기 위하여 술을 과음하다가 점점 폐인이 되어 가는 수도 많다고 한다.

'노인을 버리는 사회' 라는 J일보의 사설도 보인다.

"버려진 노인, 진통제로 통증을 달래며 죽음을 기다리는 노인, 정처 없이 떠도는 치매증 노인… 정부는 우리의 경제력이 총체적으로 세계 11위에 이르고 있음을 자랑하고 있지만 이런 실태를 보면 우리 사회는 아직도 초기의 정글 자본주의 수준에서 벗어나지 못했음을 알 수 있다."

"다행히 우리 사회에는 아직 효사상과 경로사상의 뿌리가 깊으니 이를 잘 활용하여 노인 봉양이 큰 경제적 부담이 안 되도록 여건을 마련해주고 국가는 가정이 감당할 수 없는 것만을 떠맡는 2인3각적 대책을 마련한다면 문제는 훨씬 가벼워질 수 있다. 열쇠는 선성장(先成長) 후복지(後福祉)의 사고방식을 버리는 데 있다."

기사를 쓰는 취재반과 사설을 쓴 논설위원의 노고와 정성과 바른 판단력이 돋보인다. 우리 사회가 정말 어찌하다가 이 지경에 이르렀는지

해답을 찾기가 쉽지 않다. 경제가 성장하면 국력도 따라서 성장하기 쉽다. 국력이 성장해야 하기 때문에 경제도 성장해야 한다. 그렇다고 복지는 버려져도 좋은가. 홀아비나 과부나 부모 없는 어린이나 자식 없는 노인들이 봉양이나 양육을 받지 못하고, 불구자나 폐질자가 보기 흉한 들짐승처럼 버려져도 좋단 말인가. 반드시 그래야만 경제가 성장하고 국력이 성장하는가.

그런데 한국의 '현대판 고려장' 으로 희생되는 주인공들은 정부의 직접적인 복지정책과 반드시 뗄 수 없는 문제는 아니지 않은가. 근원적인 문제는 자녀들이 늙은 부모들을 공경하지 않는 데 있다. 부모들은 자녀를 위하여 일생을 희생한 분들이다. 비록 자녀들 보기에는 하잘 것 없는 것처럼 보일지 몰라도 말이다. 사람은 누구나 늙으면 병들거나 기력이 쇠약하여 활동력이 없어지고 돈을 벌지도 못할 뿐만 아니라 돈을 축내기만 하게 된다. 그러나 노인들은 젊어서 열심히 벌었고 재산을 축적하였다. 만일 물질적으로 축적하지 못하였다면 그 물질은 자녀의 양육에 투입된 것이고, 자녀의 양육은 물질적인 축적보다도 훨씬 값진 또 하나의 재산을 축적한 것이다. 다시 말하면 자녀의 양육 자체가 억 만금과도 바꿀 수 없는 재산의 축적이다.

따라서 어떤 형태로든지 재산을 축적해 놓은 노인들이 늙어서 자기의 재산을 가지고 먹고 입고 쓰는 것은 당연하다. 동산이나 부동산이나 자기가 벌어서 저축한 재산은 자기의 것이요 자기가 사용하고 수익하고 처분할 수 있는 것이다. 동산이나 부동산이 없이 자녀만 양육하였을 경우에는 자녀가 부모의 재산과 애정으로 양육되었으니 만큼 늙은 부모를 봉양하는 것이 당연한 인과응보(因果應報)의 논리이다. 이 인과응보의 논리를 깨닫지 못한 채 자기의 부모를 권세 있고 돈 많은 다른 부모에게 비교하기만 하고 자기가 양육 받은 은혜에는 감사할 줄도 모르고 보답할 줄도 모르며, 심지어는 여러 가지 핑계로 멀리하거나 혐오하거나 박대하거나 내쫓거나 버리는 행위는 짐승만도 못한 행위일 수밖에 없다. 왜냐하면 자연의 법칙에도 어긋날 뿐 만 아니라 미풍양속에도 어긋나고 민법과 형법에도 위배되기 때문이다.

제 부모에게 양육을 받고도 성장한 후에는 제 부모를 봉양하지 않으려는 마음씨는 무엇인가. 사람과 사람 사이에는 그 관계가 어떤 것이든지 간에 은혜를 입은 대로 갚는 것은 당연하지 않은가. 말할 것도 없이 부모들은 반드시 자녀들로부터 되돌려 받으려고 그들을 양육하는 것은 아니다. 거의 이해타산을 초월하여 본능과 신앙으로 양육하고 희생한다. 그런데 그토록 지극한 부모의 양육을 보답하려 하지 않고 오히려 박대하고 버리는 것은 은혜를 원수로 갚는 것이나 다를 바 없다. 예수는 '원수를 사랑하라' '일흔 번씩 일흔 번이라도 용서하라' 고 가르치고 있다. 원수는 사랑하고 은인은 미워하라는 말인가. 원수는 용서해 주고 은인은 용서하지 말란 말인가. 먹을 줄 알고 마실 줄 알고 말할 줄 알고 생각할 줄 아는 '사람' 이라면 어찌 그 뜻을 모를까 보냐. 정말로 모른다면 그는 사람이 아니고 인두겁을 쓴 야수요 괴물일 수밖에 없다.

사설에서 경로 효친사상을 활용하자는 주장은 매우 온건하며, 타당성과 실현성을 보인다. 우선 노인문제를 가정에서 해결해 나가고 가정에서 해결할 수 없는 문제들은 국가에서 맡아서 해결해 나가자는 것이다. 노인복지가 따로 있는 것이 아니라 가정에서 자녀가 부모를 평안히 봉양하는 것이 복지의 가장 이상적인 형태이다. 따라서 노부모를 모시는 자녀들에게는 국가에서 여러 가지 혜택을 주어 정신적으로나 물질적으로 지원하는 것이 매우 중요하며, 자녀로서는 도무지 해결할 수 없는 특수한 문제들을 국가에서 감당해야 한다. 국가에서 아무리 편리한 시설과 위로를 베풀어 주어도 부모와 자녀가 얼굴을 마주 대고 손을 잡고 대화하며 음식을 나누어 먹는 일보다 더 나을 수 없기 때문이다.

양로원 제도는 선진국에서 발달한 것이지만 그것이 가장 이상적인 제도이기 때문에 발달한 것은 아니고 부득이한 궁여지책으로 발달한 제도이다. 서구 선진국에서는 여러 가지 여건으로 부모와 자녀가 오래도록 함께 생활하기 어려운 문제들이 발생하여 핵가족이 되고, 부모를 봉양하기 어렵게 되고, 국가가 자녀의 일을 대리로 맡게 된 것뿐이다. 말하자면 사회적 역사적 배경에 따라서 자연스럽고 합리적으로 노인 복지 제도가 발달한 것이다.

나는 지난 주에 가까이 있는 '윈저 가든즈'(Windsor Gardens)라는 미국의 양로원을 찾은 일이 있다. '콘버러슨트 호스피탈'(Convalescent Hospital)이라는 글귀가 붙어 있는 것을 보고 회복기의 병자들을 돌보아 주는 병후보양소(病後保養所)임을 알게 되었다. 이 곳에 입원한 환자들은 모두 65세 이상이며 침식이나 의복이나 치료가 완전 무료인데, 본디 65세 이상의 노인들에게 지급되는 혜택(웰페어)은 모두 양로원 측에서 인수하여 모든 비용에 충당한다.

J여사의 자당님은 당뇨증세가 악화하여 몇 년 전부터 입원 중인데 1주일에 3번씩 전문병원에서 혈액을 정화하는 치료(투석, 透析)를 받는다고 한다. 병실마다 2~3명의 환자가 수용되어 있고 함께 식사하는 식당도 있으나 환자에 따라서는 직접 병실에서 간호사들이 식사를 돕는다고 한다. 100여명의 환자에 약간의 의사와 약사와 10여명의 간호사가 환자들을 돌보는데 환자들은 모두 휠체어를 이용하고 있었고, 직원들은 모두 친절한 말씨와 정중한 처치와 미소의 치료효과를 인식하고 있음이 눈으로 느껴졌다. 그들은 현대의학에서 활용되는 모든 분야의 치료를 받는 것으로 보였으며, 카드놀이나 영화감상이나 연회나 외출의 기회가 마련되는 등 여러 가지 혜택을 누리고 있었다. 다만 자녀들을 비롯한 가족이나 친지들과 격리되어 있기 때문에 때때로 고독감을 느낄 수 있을 것이므로 가족이나 친지들이 자주 방문하는 것이 바람직하게 보였다.

미국의 노인들은 국가의 시책에 따라 거의 충분한 혜택을 받는다. 국립이나 주립이 아니고 사립으로 운영되는 시설이라도 모두 국가의 시책에 따라 보호와 지원을 받기 때문에 한국과는 비교되지 않을 만큼 노후의 생활이 안정되어 있다. 따라서 부모와 자녀가 멀리 떨어져 살더라도 사회적으로 커다란 문제를 일으키지 않는다. '콘버러슨트 호스피탈'과 같은 요양기관에 들어갈 필요가 없는 노인들은 매월 614달러 이상을 받는 후생 연금으로 노인 아파트 주거비(임대료)의 일부를 부담하면서 비교적 여유 있게 살고 있어서 자녀의 도움이 없어도 거의 불편이 없다. 다만 그리운 것은 자녀와 손자 손녀의 얼굴과 정다운 대화이다.

한국에서 자녀가 부모를 멀리 하는 것은 선진국에서 일어나는 핵가족화 현상의 겉모습만을 모방하여 그것이 커다란 죄가 된다는 것을 모르는 것 같다. 인류학자들이 핵가족제도보다는 확대가족제도에 많은 장점이 있다는 것을 지적하는 것도 잘 깨달아야 한다. 부득이하여 부모를 모시고 살지 못하는 핵가족 가정에서는 부모가 아닌 다른 사람이라도 함께 사는 대가족제도를 통하여 많은 장점을 발견할 수 있을 것이다. 한국에서 벌어지고 있는 '현대판 고려장' 은 한국의 미풍양속과 한국인의 체면을 여지없이 깎아 내리고 인간의 존엄과 양심을 파괴하는 행위이기도 하다.

(1995. 9)

2. 허탕

무슨 일을 애써서 추진하다가 아무런 효과가 없거나 실패로 돌아가거나 손해만 보았을 때 '허탕이다' 또는 '허탕쳤다' 고 말한다. 이를테면 물고기를 잡으러 개울로 나갔다가 잡지 못하거나, 도서관으로 보고 싶은 책을 열람하러 갔다가 그 책이 없을 때 흔히 허탕쳤다고 한다.

미국에 와 보니 주변에서 복권에 관한 이야기가 심심치 않게 들린다. 만일 당첨만 되면 한국의 화폐로 수백 억원(5,400만 달러)이나 되는 거액을 땀 흘리지 않고 차지하게 되므로 누구나 한 번 복권이 사고 싶어지고 추첨일을 손꼽아 기다리다가 결국 허탕이라는 것을 체험하게 된다.

나는 어렸을 때부터 허탕친 경험이 헤아릴 수 없이 많다. 말하자면 큰 일이나 작은 일이나 허탕치기를 거듭하며 살아온 것이 나의 일생이라고 해도 지나친 말이 아니다. 허탕치는 일 가운데는 남에게 웃으면서 즐겁게 털어놓아도 좋은 것이 있지만 그저 쓴웃음만 삼키고 말 일도 많다.

나는 대학입학 시험에 합격하고 등록까지 하였다가 갑작스런 정부의 정책에 따라 입학이 좌절되고 말았을 때 심한 충격을 받았다. 몽매간에도 잊을 수 없었던 대학이요 학기 중에 실시하던 중간고사에도 응하지 않고 정치가의 강연을 들으러 다니며 대학에서 정치학을 공부하여 훌륭한 정치가가 되겠다고 모든 정성을 기울인 일들 모두 허사가 된 허탕 친

셈이었다. 한 번 허탕치고 나니 비슷한 일이 거듭되었고 나의 대학진학은 많은 우여곡절을 겪게 되었다.

1970년대 초(?), 대전시 유성에서 국제학술회의가 열려 당시 세계적으로 유명한 미국의 정치학자 브레진스키 교수가 발표한다는 신문기사를 읽고 달려갔으나 첫 날은 등록과 리셉숀 뿐이고 발표회가 없어서 허탕을 치고 돌아 온 일이 있다. 처음부터 불청객으로 찾아가서 함부로 끼어 들기도 곤란하여 청주로 돌아 왔다가 이튿날 다시 찾아갔던 기억이 지금도 생생하다.

나는 대학에서 조교로 근무하면서 강의를 맡고 있을 때 어느 처녀에게 프로포즈한 일이 있다. 직접적으로 만나 본 일도 없는 처지에 편지만 두어 차례 띄우고 어느 날 몇 시에 어느 학교의 정문 앞으로 나와 달라고 일방적으로 요구하고 나가서 기다리다가 허탕을 치고 말았다. 며칠 후에 처녀의 집으로 찾아가 그 부친에게 인사를 드리고 정식으로 청혼하였으나 허탕이었다.

최근에는 미국에서도 허탕친 일이 자주 있었다. 그 중의 하나는 방송국에서 유럽문화 탐방기행 사은행사로 퀴즈를 내놓고 정답을 엽서에 적어 보내라고 하기에 그대로 응하였다가 허탕친 일이었다. 장난삼아 재미로 한 일이기는 하지만 그래도 12일 동안이나 라디오를 열심히 듣고 정답을 기록하였다가 인편에 엽서를 사오게 하고 우표를 얻어서 네 사람의 이름으로 넉 장의 엽서를 보냈으니 번거롭고 수고로웠던 것이 사실이다.

그런데 어제는 또 하나의 허탕이 일어났다. 나는 미국(LA)의 지리에 생소하여 안면이 있는 택시기사(고학생)에게 역사박물관을 알아보아서 데려다 달라고 부탁하였다. 그가 메모해 준 것을 보고 한 번 가볼 만하다고 생각되어 숙소를 출발하였다. 그는 전화로 확인하고 목적지를 찾았지만 그 목적지가 쉽게 발견되지 않았다. 수십 층의 고층빌딩이 늘어서고 금융가로 알려진 다운타운의 한 구역을 맴돌며 묻고 물어서 찾아낸 것은 역사박물관이 아니라 현대미술박물관이었다. 나의 완강한 태도에 그도 버티지 못하고 지도책을 이 잡듯이 뒤져서 마침내 역사박물관의 위치를 확인하게 되었다. 그것은 다운타운과는 전혀 무관한 곳이었다.

LA시내를 멀리 벗어나 6~7개의 위성도시를 거쳐야 갈 수 있는 곳이었다. 멀기도 하고 이미 두 시간 이상이나 더위와 공해에 시달린 데다가 월요일이라 문을 여는지조차 알 수도 없었으나, 운전기사가 희망적으로 말하기 때문에 용단을 내려 찾아가기로 하였다. 60번 프리웨이를 동쪽으로 달려 엘 몬테(El Monte)시의 타일러(Tyler) 애비뉴에 이르러 사람들에게 묻고 맴돌기를 거듭한 끝에 겨우 발견한 것은 조그만 민가나 다름없는 건물이었다. 표지판의 위치도 착각하기 십상인 데다가 건물이 너무 작고 간판도 나무에 가려져서 그다지도 찾기가 힘겨웠던 것이다. 간판을 보니 1850년부터 1958년까지의 기념물을 소장한 것 같고 규모는 너무나 작았다. 정문이 잠겨져서 뒷문으로 가보니 건물 안에는 들어갈 수가 없고 근무하는 사람도 없었다.

뜨거운 불볕 아래 지칠 대로 지쳐서 식당을 찾았다. 멕시칸들의 식당만 보일 뿐이고 맥도날드집도 찾을 수가 없어서 한참이나 헤매다가 찾아간 곳은 중국식당이었다. 들어가 보니 내가 타이완에서 자주 이용하던 쯔주찬팅(自助餐廳, 셀프서비스 간이식당)과 흡사하였다. 나와 내자는 한 접시의 음식을 함께 먹을 수 있었으나, 운전기사는 라면 한 그릇을 주문하였지만 구미에 맞지 않아 먹지 못하고 새우만 따로 주문하여 조금 먹고 말았다.

식당에서 박물관으로 전화를 걸었지만 아무도 받지 않았다. 나는 모처럼의 중국음식을 즐기면서 식당의 주인과 아가씨에게 말을 건넸다. 타이완에서 왔느냐, 중국(대륙)에서 왔느냐, 언제 왔느냐고. 그들은 아버지와 딸이고 중국의 광동(廣東)에서 8년 전에 왔지만 중국인이 아니고 월남인(越南人)이었다. 자유월남의 패망으로 중국으로 탈출하였다가 다시 미국으로 온 것 같다. 중국어 간판이나 영어 간판은 가뭄에 콩나듯하고 멕시코 간판만 보이는 빈민촌이지만 박물관을 보고 싶은 마음에 귀로를 재촉할 수가 없었다. 그러나 방법이 없었다. 60번 프리웨이를 서쪽으로 달려 숙소로 돌아오고 보니 5시간 이상을 뙤약볕 속에 헤매면서 60여 달러를 낭비한 셈이었다. 이것이 허탕이 아니고 무엇이랴.

사우스 코스트 보타닉 가든(South Coast Botanic Garden, 식물원)을 함께 갔던 윤 기자에게 어제의 일을 이야기하였더니 "오늘도 또 허탕이지요?"라고 웃는다. 신문에 게재할 기사를 쓰기 위하여 가는데 함께 가자고 나를 유인한 책임을 느끼며 그는 미안한 태도를 보였다. 그러나 허탕도 허탕 나름이었다. 식물원이 초라한 편이기는 하지만 자원봉사자를 만나고 또 그 실상을 확인한 것이니 허탕이라고 볼 수는 없다.

목적을 수행하지 못하였을 때는 '허탕'이라고 말해도 좋다. 그러나 무용지용(無用之用)이라는 말도 있으니 '허탕'이 어찌 '허탕'으로 그치랴. 허탕은 허탕대로 쓰일 곳이 있을 테니 말이다. 오늘의 허탕이 당장 나의 글감이 되고 있지 않은가.

(1996. 8. 9)

3. 한국 통일에 대한 관심

한국의 통일은 한국뿐만 아니라 북한이나 미국이나 일본이나 중국이나 독립국가 연합을 비롯하여 여러 나라의 중요한 관심사라고 볼 수 있으며, 특히 당사국의 국민들에게는 그들이 국내에 있거나 해외에 있거나 매우 중요한 관심사가 되어 왔다. 한국의 국토 분단은 한민족의 의사와는 전혀 관계 없이 미국과 소련을 주축으로 하는 열강에 의하여 창출된 것이며 인류 역사상 최대 비극의 행렬이라고 표현할 만큼 처참한 난민의 생활과 죽음과 부상과 기아와 파괴를 경험하게 되었다.

조국 광복 50년이 지난 오늘에 이르기까지 국토의 분단은 이념적 군사적 정치적 경제적 대립을 빚어내어 모든 분야의 민족적 역량을 소모하게 하였으며, 특히 이산가족의 통한을 지속시켜 왔다. 따라서 이러한 민족적 역량의 소모와 이산가족의 통한을 근본적으로 해결하는 방법은 곧 남북의 통일이라고 인식하고 한국 정부에서는 정부 수립 이후 오늘에 이르기까지 갖은 노력을 기울이는 동시에 국민들도 지속적인 관심을 가져왔다.

방송을 들으니 '95년도 LA 조국통일 국제학술토론회' 가 한반도 통일 연구회 주최로 열리는데 그 대주제는 '21세기를 맞는 한민족의 진로' 라고 한다. 회의장에 도착하니 학술회의는 대회사와 기조연설과 특

한국전쟁 참전용사 공원(뉴욕)

별강연에 이어 제1, 제2분과의 주제 발표와 토론이 끝나고 제3분과와 종합토론이 남아 있었다. 특별강연의 주제는 〈탈냉전시대의 남북한 관계와 한민족 공동체 형성의 과제〉이고, 제1분과의 주제는 '21세기와 한민족의 진로' 이고, 제2분과의 주제는 '통일 한국으로 가는 길' (분단 해소를 위한 4강 및 남북한의 책임)이고, 제3분과의 주제는 '남북 통일시대에 즈음한 해외 동포의 역할' 이고, 제4분과의 주제는 '통일을 위한 여성의 참여와 역할' 이었다.

발표와 토론의 내용을 체계적으로 이해하지는 못하였지만 그 대강은 다음과 같이 요약된다.

첫째는 북한의 현 체제는 장기적으로 존속된다. 김일성이 사망하기만 하면 신통한 변화가 오고 통일이 곧 달성될 것이라고 기대하는 사람이 많았지만 결코 그렇지 않으며, 종교계에서 '하느님의 이름으로' 를 내세우는 것처럼 북한에서는 '김일성의 이름으로' 를 내세우면서 별다른 변화 없이 체제를 유지한다는 것이다. 남북관계는 아직도 제로 섬 게임(zero sum game)이며 평행선을 그리고 있다는 것이다.

둘째로 통일의지가 중요하다. 지금 한국에는 국토의 통일이 필요하다는 것은 인정하지만 별로 관심이 없는 사람이 많으며, 특히 한국전쟁(6.25 사변)을 겪지 않은 젊은 사람들은 더욱 관심이 적다는 것이다. 젊은이들의 심정적 거리는 북한보다는 오히려 미국이나 일본과 더 가깝다. 독일과 오스트리아 양국의 국민들은 분단된 지 100년도 되지 않았지만 재통합을 원하지 않는 사람이 대부분이라고 하는데 한국에 있어서도 비슷한 현상이 나타날지도 모른다는 사실을 부정할 수 없다고 한다. 이를테면 이산가족의 애달픈 사연도 2세대, 3세대로 내려갈수록 희석되고 오히려 외면하고 싶은 충동을 느끼게 될 것이니 말이다.

셋째로 통일능력을 배양해야 한다. 이 능력은 전쟁을 억제하는 능력과 경제적 능력을 가리킨다. 전자는 주로 전쟁을 방지하는 능력이며 만일의 사태에 대처할 수 있는 국방력의 강화이고, 후자는 이른 바 통일비용의 확보이다. 통일비용은 남북이 통일된 후에 예상되는 모든 분야에서 요구되는 재정을 말한다. 통일비용을 자력으로 마련하지 못할 경우에는 외국의 차관을 도입해야 할 형편을 고려하여 우방과의 긴밀한 우호관계를 유지해야 한다.

넷째로 정부는 국민의 신임을 얻어야 한다. 국민의 신임을 얻기 위하여는 부정부패를 척결하고 빈부의 격차를 없애야 한다. 아무리 GNP(국민총생산액)의 지표가 높더라도 일부에서는 지나친 재산의 축적으로 사치와 낭비가 심하고, 일부에서는 절대 빈곤 속에서 인간다운 생활을 누릴 수 없다면 국민의 연대의식은 유지될 수 없고 총체적인 통일역량은 길러지기 어렵다. 결국 국민은 국민을 잘 살게 하고 사회정의를 확립하고 민족의 장래에 희망을 불어 넣어주는 정부에게로 돌아가게 된다는 것이다.

다섯째로 원숙한 외교 활동이 전개되어야 한다. 이를테면 카자흐스탄 공화국에는 한국대사관과 북한대사관이 주재하고 있는데 한국의 국가보안법과 안전기획부를 폐지하라는 북한의 주장과 이에 맞선 방어전 때문에 옥신각신하고 있으며, 일단 평양에 다녀 온 사람은 한국 측에서 멀리하기 때문에 제2, 제3의 조총련이 발생하지 않도록 한층 유연하고 원숙한 외교정책이 필요하다는 것이다.

한 번은 한국측 대사관에서 여러 나라의 외교관과 귀빈을 초청하여 연회를 베풀었는데 취지도 좋고 호응도도 높아서 성대한 모임이 이루어졌으나 어느 귀빈의 건배 제의에서 북한 용어가 섞여 나왔다는 이유로 한국 측이 매우 불쾌하다는 반응을 보여서 연회가 깨어지고 말았다고 한다. 그 자리에서 문제가 되었던 북한 용어라는 것은 '만수무강' 이라는 것이었는데 그것이 굳이 김일성에게만 사용하는 북한 용어라고 보기도 어렵고 설령 그렇게 느껴졌다고 하더라도 그것을 즉석에서 지적하여 연회를 망칠 필요는 없었다는 것이다.

다음으로 논의된 것은 북한에 대한 여러 가지 경제적 지원 문제였다. 어느 목사는 자기의 체험담을 소개하였는데 '애향단체' 를 구성하여 현금을 송금하려 하였으나 실패하였고 지금은 '염소 기르기' 를 후원하기 위하여 그 방안을 추진 중이라고 한다. 그리고 5명의 이산가족을 인솔하여 북한을 방문하였는데 한국에서 보내는 물품 중에서 한국산 상표는 모두 제거되고 블루진과 입던 옷은 모두 압수 당하였다고 한다. 블루진은 퇴폐적이고, 입던 옷은 북한 주민의 자존심을 손상케 한다는 것이다.

끝으로 주목할 만한 논의는 이른바 '제2조총련의 출현' 이다. 현재 미국에는 북한 정부를 직접 또는 간접적으로 지지하거나 지원하는 단체들이 무려 20여 개나 있고, 그 구성원들 중에는 유력한 경제인을 비롯하여 목사, 변호사, 의사, 교수 등이 가담되었다고 한다. 이에 대하여 대수롭지 않게 여기는 사람들이 있는가 하면 매우 심각한 문제로 보는 사람도 있다. 심각한 문제로 보는 것은 그들의 활동이 매우 조직적이며 북한과 일본으로부터 유력한 인물이 미국에 들어와서 조직을 강화하고 있으며, 현재는 그 역량이 미약한 편이지만 점점 발전하여 마침내는 일본에서와 똑 같은 '조총련' 의 친북 친공 활동과 반한(反韓) 반미(反美)활동이 전개될 것이라는 것이다.

어떤 토론자는 위에서 언급한 단체의 명칭을 구체적으로 파악하고 있으며 또한 그 단체들을 옹호하는 듯한 발언자에 대하여 면전에서 격앙된 어조로 반박하기도 하였다. 재미한국인 사회에서도 일본에서와 같이 조총련계(朝總聯系)니 민단계(民團系)니 갈라져서 서로 반목하게 될는지도 모른다는 걱정이다.

그리고 남북한을 합하여 수백만 명의 동포가 죽거나 다치고 천만 명의 이산가족이 발생하고 모든 산업시설이 파괴되고 물심(物心) 양면의 모든 분야에서 황폐화를 초래케 한 한국전쟁을 일으킨 김일성과 북한체제에 대한 냉엄한 비판이 없는 것을 개탄하는 것으로 보였다. 어떤 사람의 논조를 빌면 실제로 남한에 대한 비판은 많아도 북한에 대한 비판은 거의 찾아보기 어렵다고 한다. 북한에 대해서는 잘 알지 못하기 때문에 비판할 수 없다는 변명도 있지만 그것은 진실성을 의심받을 수밖에 없

뉴욕 맨하탄, 자유의 여신상

고, 만일 진실한 답변이라고 하더라도 북한을 그토록이나 연구하지 않았다는 사실은 더욱 납득할 수 없다는 것이 친북 세력의 확대를 경계하는 사람들의 입장이다.

한민족은 국내에 있거나 해외에 있거나 냉철한 가치관과 온건한 국가관을 가지고 살아야 한다. 사사로운 이해관계나 일시적인 충동에 따라 역사적 사실을 외면하거나 왜곡해서는 아니 되고, 민족의 장래에 검은 그림자를 드리워서는 아니 된다.

미국은 자유의 나라이다. '자유의 여신상' 은 모든 이민자들이 추구하는 자유의 상징물이다. 그러나 인류가 추구하는 자유의 근본이 무엇인지를 냉엄하게 통찰해야 한다. 아직도 인류는 진선진미한 자유를 그려내지 못하였을 뿐만 아니라 진선진미한 사회를 건설하지 못한 것이 사실이다. 다만 거기에 도달하려고 노력할 뿐이며 역사적, 풍토적, 민족적, 전통적 변수(變數)에 따라 여러 가지 형태의 차이를 나타낼 뿐이다. 그리고 그 차이는 매우 현저하게 나타나고 있음을 본다. 지상에서 공산주의 체제가 점점 쇠퇴하는 현상은 그들이 표방하는 이념이야 어떤 것이건 간에 자유를 추구하는 과정에서 중대한 과오와 시행착오를 범해 왔다는 사실을 입증한다.

미국인들이 말하는 '자유' 의 근본과 '자유는 공짜가 아니다' (Freedom is not free)라고 외친 참 뜻을 이해해야 한다. 자유의 나라 미국에 뿌리를 내리는 한국인의 자유는 어떤 모습으로 꽃 피어야 하는가. 우리의 한마디 말과, 한 줄의 글과, 일거수 일투족이 지극히 엄숙하다는 사실을 알아야 한다. 한반도에서 한민족이 성취해야 할 과업은 통일이다. 그러나 남한과 북한에서 주장하는 통일의 이념과 방법은 반드시 같은 것이라고 볼 수는 없다. 따라서 양쪽에서 주장하고 실천하는 이념과 방법의 정체(正體)를 정확히 인식하는 것이 중요하며 무엇이 진정한 통일인지도 알아야 한다. 한민족은 통일을 갈구하지만 인간의 존엄성과 자유의 포기를 원하지는 않기 때문에 다각적인 분석과 냉철한 판단이 요구된다.

통일에는 이념이 있어야 하고 방법이 있어야 하고 절차가 있어야 한다. 통일이 민족의 지상명제(至上命題)라고 하여 이념이나 방법이나 절차를 모두 도외시해서는 안 된다. 황성모 박사는 1990년 한국정신문화연구원의 지원을 받아 독일의 통일과정을 현지에서 직접 관찰하고 연구하여 300여 면에 달하는 《통일독일 현장연구》(도서출판 일념, 1990)를 출판한 바 있는데, 정치인들은 말할 것도 없고 국내외의 모든 국민이 반드시 읽어야 할 책으로 안다.

(1995. 8)

4. 열 번 죽었다 깨어나도

7월 8일 11시. 월드 타임 테이블을 보니 한국은 7월 9일 04시다. 한국을 떠난 지도 벌써 15일째다. 텔레비전과 라디오에서는 한국어 방송이 이어지고 신문도 서울의 주요 일간지가 LA판으로 발행되어 영어를 모르는 한국 교포들도 거의 불편을 느끼지 않을 정도다.

요즘 대중매체에서 가장 떠들썩한 주제는 서울의 서초구에 있는 삼풍백화점 붕괴사건인 것 같다. 사고발생 10일째 150여명의 사망자, 500여명의 부상자, 200여명의 실종자로 집계된 대형사고가 일어나 아직도 구조작업이 진행중이라는 보도와 함께 어찌하다가 대한민국이 이 지경에 이르렀느냐고 탄식하는 논조가 반복된다. 여객선의 침몰, 비행기의 추락, 가스폭발, 성수대교의 붕괴, 지하철 공사장 사고 등에 이어 또다시 백화점이 붕괴하였으니 한국은 대형사고의 왕국이고 죄 없는 학생 · 여객 · 고객 · 시민이 무더기로 죽고 다치는 어처구니없는 나라라고 여겨진다는 것이다.

한국에서는 대형사고가 나면 정치지도자들이 다시는 그런 일이 일어나지 않도록 특별히 대책을 강구하겠다면서 사과할 뿐이고, 사고와 관련된 자들은 엄중하게 처벌되지 않으며, 단지 사고의 원인이 공무원의 부정부패와 밀접히 관련되어 있다고 한다. 대형사고의 결과는 죄없는 사람들이 죽고 다치는 데 그치지 않고 해외에 진출한 한국의 기업이나 해외거류민의 사업에도 크게 지장을 초래하게 된다. 어느 서울 시민은 언론기관의 기자에게 "한국에서는 살기가 싫다. 아무 데로나 빨리 외국으로 떠나고 싶다"고 말했다. 다른 선진국에서는 도저히 상상할 수도 없는 일들이 잇달아 일어나는 까닭에 그렇지 않아도 지존심을 지키기 어려운 해외에서 도저히 얼굴을 들 수가 없게 되었다고 한다.

한국에서 대형사고가 연발하는 것은 '빨리빨리병' 때문이라고도 한다. 아무리 중요한 공사라도 그저 빨리만 해치우면 그만이라는 생각이 '빨리빨리병' 인데, '빨리빨리병' 은 한국의 농사와도 관계가 있다고 말하는 사람이 있다. 한국의 기후는 사시(四時)가 분명하여 만일 시기를 놓치면 폐농하기 쉽기 때문에 폐농하지 않기 위해서는 '빨리빨리' 가 상책(上策)이라는 것이다. 농사에 필요한 '빨리빨리 철학' 이 한국인의 일상적인 철학이 되어 그저 무엇이나 빨리빨리 해치우게 되고 그 결과가 대형사고로 나타난다는 것이다.

농부가 농사철을 놓치지 않고 일을 서두르는 것은 농사를 잘 짓기 위한 것이다. 무턱대고 빨리만 하려고 기후를 무시한 채 채소를 심거나 오곡이 익기도 전에 수확하는 것은 아니다. 때맞추어 씨뿌리고 때맞추어 거름주고 때맞추어 거두는 것이 농사이다. 그러니 한국의 농사를 한국의 대형사고 연발에 끌어 붙여서 해석하려는 것은 견강부회가 되기 쉽다. 그럼에도 불구하고 '빨리빨리병' 에다 농사를 끌어대는 까닭은 무엇일까.

너무나 한심스럽고 답답하다 보니 억지 소리가 나온 것 같다. 한국의 농부들이 농사를 짓듯이 한국의 기업인과 공무원들이 공사를 진행하면 거의 실패는 없을 것이다. 한국의 농부들은 나무뿌리, 풀뿌리, 돌뿌리를 캐어내고 흙을 깊이 갈아엎고 밑거름과 윗거름을 주며 절후표(節侯表)를 들여다보면서 정확하게 때를 맞추어 씨뿌리고 김매고 거두어들인다. 만일 그리 하지 않으면 풍요한 수확이 있을 수 없고 농사의 보람을 느낄 수도 없다. 농부는 성실과 정직으로 농사를 짓는다.

그런데 한국의 기업인과 공무원은 어떠한가. 과연 농부들처럼 어기지도 않고 속이지도 않고 공사에 열중하는가. 그들은 기초공사를 충실하게 하지 않은 채 구조물을 축조하고, 법을 어겨 설계하고 공사하며, 물리적인 법칙을 무시하고 함부로 증축하며, 모든 불법한 공사를 뇌물로 해결해 버리고 만다. 대형사고만 나면 기업인이나 시공자나 공무원들이 증거를 인멸하고 도망쳐 버린다. 법은 다 어디로 갔는지, 검찰과 경찰은 다 무엇을 하는지 그들을 잡지도 못하고 엄벌하지도 못한다.

불안전한 공사를 그대로 진행하거나 위험한 구조물을 그대로 방치하면 언젠가는 인명을 위협하는 사고가 발생하리라는 것을 예측하면서도 목전의 이익과 부정부패와 안일무사주의로 방관하다가 드디어는 일을 저지르고 만다. 검찰에서는 과실치사상이라는 혐의로 가볍게 처리되고 만다. 그러나 인명희생을 예측하면서도 안전대책을 강구하지 않다가 저질러진 인명희생이 어찌 과실치사상에 그칠 수 있으랴. 그것은 분명히 미필적 고의에 의한 살인 상해라는 것이 많은 사람의 법학적 식견이다.

LA 헐리우드 거리

새로 개봉한 유명한 영화를 보기 위하여 수천 명에 이르는 사람들이 빽빽히 모여들고 있는 곳에서, 높은 곳에서 돌을 집어던지면 김 서방인지 박 서방인지는 몰라도 누군가는 얻어맞아 죽거나 다친다는 것을 알면서도 돌을 집어던져서 사상자를 빚어낸 행위는 과실치사상이 아니라 미필적 고의에 의한 살인이요 상해인 것이다.

수많은 상품을 보기 좋게 진열해 놓고 최신상품이니 파격적 세일이니 감언이설로 고객을 불러 놓고 안전대책을 무시한 채 영업만 계속한 사람은 맛있는 미끼를 달아놓고 물고기를 유혹하여 잡아먹으려는 낚시꾼이나 다름없고, 맛있는 먹이를 달아놓은 덫으로 새나 짐승을 유인하여 잡아먹으려는 사냥꾼이나 다름없지 않은가.

오늘도 LA에서 발행된 한국어 신문을 보니 '열 번 죽었다 깨어나도 이해할 수 없는 일'이라는 커다란 제목이 한 눈에 들어온다. 서울의 S대 명예교수 K씨의 글도 같은 내용이다.

어찌하여 한국인들은 열 번 죽었다 깨어나도 이해할 수 없는 사건들을 저지르고 있는지 식음을 전폐하고라도 따지고 따져서 그 뿌리를 송두리째 뽑아버려야 하겠다.

(1995. 7)

5. 디즈니랜드

디즈니랜드(Disney Land)를 구경하느냐 마느냐 하는 마음의 갈등을 하면서 올림픽 불바드와 웨스턴 불바드를 거쳐 10번 프리웨이를 동쪽으로 달리고 다시 5번 프리웨이를 남쪽으로 달리다가 하버(Harbor)에서 내리니 곧이어 디즈니랜드 안내판이 나타났다.

디즈니랜드는 어린이들이나 놀러 가는 곳이지만 어린이들만 보낼 수 없기 때문에 보호자들이 따라가서 함께 즐기는 곳으로 인식한 나는 불볕 더위를 무릅쓰고 달려 갈 마음이 없었다. 그러나 디즈니랜드에 15회 이상이나 다녀왔다는 Y씨는 나의 인식을 뒤집어 놓고야 말았다. "도대체 디즈니랜드를 안 보고 어떻게 미국을 이해할 수 있느냐"는 것이었다. 그는 특히 '팬타즈믹' (Fantasmic)이라는 프로그램을 반드시 보아야 한다고 강조하면서 평일에도 그것이 진행되는지 수소문하기도 하였다. 그러면서 애석하게도 팬타즈믹을 볼 수 없지만 메인 스트리트에서 전개되는 퍼레이드를 비롯하여 '카리브해의 해적' 등 중요한 관광시설을 소개하였다.

팬타즈믹은 가장 최근에 개발된 것인데 저녁 9시에 어둠을 이용하여 펼쳐지며 호수의 물을 인공적으로 솟아오르게 하여 그것을 스크린으로 삼아 선(善)과 악(惡)이 싸워서 결과적으로는 선(善)이 이기는 건전한 주제의 쇼(show)가 진행되는데 그 작품성과 기술이 매우 훌륭하고 놀라워서 미국이라는 나라의 문화수준을 역력히 보여 준다고 한다. 그러나 나는 그 좋은 것을 보기를 볼 수 없었고 그 나머지의 나머지나마 살펴보기 위하여 달려가게 되었다.

매표소에 이르니 매표구가 즐비하고, 사람들이 20여명씩 모두 줄을 서서 차례를 기다리고 있었다. 경비원에게 어디 가서 줄을 서는 것이 좋은지, 입장권의 요금은 얼마인지 물어보고 줄을 서서 기다렸다. 가만히 살펴보니 입장권은 1일 관광이냐 2일 관광이냐 3일 관광이냐에 따라 다르고, 가이드를 쓰느냐 안 쓰느냐, 나이가 몇 살이냐에 따라 달랐다. 나는 사우스 코우스트 식물원에서 노인에게는 요금을 할인해 주던 기억이 떠올라서 혹시 그런 조건이 안내판에 써있는지 살폈으나 헛수고였다. 그러나 헛 일삼아 매표구의 여인에게 말하였더니 두 사람이 모두 60세 이상이냐고 묻고 10달러를 할인해 주었다. 아내와 나는 28달러짜리 1일 입장권(One Day Senior Passport)을 받아들고 공원 안으로 들어섰다.

너무나 넓고 시설이 많아서 몇 차례씩 가 본 사람도 모두 구경할 수는 없었다고 하니 Y씨가 소개한 몇 가지만을 보고 즐길 수밖에 없다고 생각하고 우선 안내소에 들러 안내서를 받고 간단한 조언을 들었다.

나는 역으로 가서 공원을 순환하는 열차를 탔다. 어드벤쳐랜드, 뉴올리언스스퀘어, 크릿터칸츄리, 프론티어랜드, 믹키즈툰타운, 팬타시랜드, 투모로우랜드들이 잇달아 보이고 도중에는 모형(模型) 그랜드 캐년도 나타났다. 메인 스트리트를 지나 투모로우랜드에서는 써클 비젼(Circle Vision)을 통하여 중국의 신기한 구경거리를 보고, 매직 아이 씨어터(Magic Eye Theater)에서는 마이클 잭슨이 캡틴으로 출현하는 3차원 뮤지컬 영화를 감상하였다. 특수한 안경 때문에 광대무변한 흑암의 우주를 여행하는 것 같고 출현하는 인물이나 물체가 모두 코앞에 와 닿는 것같이 느껴졌다. 매직 아이 씨어터는 360도의 완전한 원형 스크린에서 웅장한 영상을 제공하는 써클 버전에 못지 않게 미국영화의 첨

디즈니랜드 풍경

단을 보여 주었다.

기분을 전환하기 위하여 모노레일(monorail)을 탔다. 투모로우랜드를 두어 바퀴나 돌고 넓은 주차장을 돌아 디즈니랜드 호텔을 거쳐 다시 되돌아오는 순환열차이다. 출발점에 돌아와 차를 내려서 찾은 곳은 잠수함 항해였다. 30~40명이 탈 수 있는 잠수함은 바다 속의 신비한 어패류와 해조류를 보여 주는가 하면 수백 년이나 수천 년 전에 지각(地殼)의 변동으로 함몰된 문화유적과, 침몰한 선박의 유물들이 보이고 해저 화산도 보였다. 동식물과 해저의 지각이 모두 살아서 움직이는 모습을 보이고 있어서 신비스러웠다.

이윽고 매터호른 봅스레드(Matterhorn Bobsled)가 나타났다. 몸집이 엄청나게 크고 온 몸이 털로 덮인 설인(雪人)으로 전하는 괴물이 사는 험한 설산(雪山)에서 괴물을 피하여 마구 달리는 썰매를 만들어 놓은 것이다. 3~4명이 탈 수 있는 뚜껑 없는 객차가 두 개씩 이어져서 달리며, 그 험한 설산 속을 오르락 내리락하며 급한 커브를 돌기 때문에 매우 겁나게 보였다.

경고문에는 건강해야 하고 심장이 좋아야 하고 멀미나 척추병 등이 모험 때문에 악화할 만한 신체적 장애가 없어야 하며, 또한 임산부나 세 살 이하의 어린이는 봅스레드 승차를 금지하며 어린이들은 반드시 어른이 동반해야 한다고 써 있었다. 아내는 경고문을 읽기 전에 나의 만류를 뿌리치고 벌써 입장하였기 때문에 일은 이미 저질러지고 말았다. 불안한 마음으로 서성거리는데 아내는 벌써 모험을 끝내고 나에게 다가오고 있었다. 무섭기는 하지만 아주 재미있더라는 것이다.

나는 믹키즈툰 타운 입구의 벤치에서 뙤약볕을 피하고 앉아 있었다. 아내는 혼자서도 구경거리에 정신을 팔았다. 다른 장소에서 연극을 보아야 할 텐데 시간은 가고 초조해졌다. 지나다니는 사람들을 보니 모두 간편한 여름 복장에 노출이 심한 편이었다. 더구나 모자를 쓰지 않은 사람이 많고 겨우 걸음마를 배운 어린이들도 모자도 쓰지 않은 채 어른들에게 이끌려 다니는 것이 신기하기도 하였다. 어린이들도 견디는데 나는 견디기 어려우니 한심스럽다는 생각이 들고, 햇볕도 견디고 모험도 즐기는 아내가 부럽기도 하였다.

연극은 팬타시랜드 극장의 '더 스피리트 오브 포카혼다스'(The Spirit of Pocahontas)였다. 화톳불이 타오르고, 천막이 있고, 우물이 있고, 바위가 있고, 커다란 나무가 있는 무대이다. 아메리칸 인디언들이 살고 있는데 하나의 백인 청년이 나타나서 인디언 처녀와 사랑하는 사이가 되어 죽음을 면하고 사랑을 성취한다는 줄거리이다. 인디언들의 생활 모습 가운데 늙은 나무로부터 지혜를 얻는 것은 그들의 신앙과 관계되는 것처럼 이해되며, 대체로 수준 높은 연극으로 보였다.

스몰월드에서 보트를 타고 동굴 속에 펼쳐지는 여러 나라의 풍물을 구경하고, 또 스토리 북크랜드에서는 운하 보트를 타고 동화의 세계를 맛보았다. 아더왕(King Arthur)의 회전목마를 타며 50여 년 전의 소년으로 돌아가 보았다. 나무 가지를 두 다리 사이에 끼우고 끌고 다니던 나의 어린 시절에는 회전목마가 무엇인지 알지도 못하였지만…….

인디언 촌의 기념품점

뉴 오리엔스 스퀘어에서는 '카리브해의 해적'이 볼 만하였다. 컴컴한 곳에서 보트를 타고 동굴을 지나면서 해적의 생활모습을 보는 대모험의 항해였다. 보물을 훔쳐다 보관하고 전쟁도 하고 술에 취한 모습도 보였다. 한숨을 몰아쉬고 어두운 지옥을 빠져 나왔다.

프론티어랜드에 들어서서는 톰 소여(Tom Sowyer)의 섬으로 가는 뗏목을 타보고 다시 되돌아 나와 마크트웨인 기선을 타고 아메리카 리버를 돌았다. 높은 산에서 쏟아지는 폭포와 인디언 촌이 돋보였다. 세계를 일주한 미국 최초의 돛단배로 알려진 콜럼비아호를 모방하여 만들었다는 배는 한가로이 매여 있고 물오리가 유유히 헤엄치는 강물도 한적한 시골 풍경을 자아내었다.

디즈니랜드를 찾으면 월트 디즈니(Walt Disney, 1901~1966)가 어떻게 그처럼 커다란 놀이터를 만들게 되었는지 알아야 하고 그러기 위해서는 메인 스트리트에 들어서면서 '더 월트 디즈니 스토리'(The Walt Disney Story)를 먼저 들러야 한다. 그러나 안내서를 제대로 읽지 않고 돌아다니다 보니 시간은 다 가고 떠돌이 관광이 되고 말았다.

사흘이면 볼 만한 것은 거의 볼 수 있겠지만 이제 그럴 만한 여유가 없어지고 말았다. 귀국의 발걸음을 총총히 옮겨야 하기 때문이다.

월트 디즈니 씨는 부모와 어린이들이 함께 즐겁고 행복한 디즈니랜드가 되기를 생각하였다고 전한다. 어떻게 하면 돈을 많이 벌 것인지를 생각한 것이 아니라 어떻게 하면 손님들이 즐겁고 행복할 것인지를 생각한 것이다. 안내소에 근무하는 사람에게 들으니 평일에는 2만 명, 주말에는 5만 명이나 되는 관광객이 찾아온다니 평균 수입도 하루에 5억 원이나 된다는 계산이 나온다. 돈을 벌려고 하면 손님이 오지 않아 수입이 적고, 손님들을 즐겁고 행복하게 하려고 하면 손님이 많이 찾아 와서 저절로 수입이 많아진다. 그림엽서에 "디즈니랜드는 지구 위에서 가장 행복한 곳"이라고 쓴 것이 터무니없는 과장은 아닌 것 같다.

(1995. 9)

6. 훌륭한 외교관

"헬로우."

30대 후반으로 보이는 여인의 가냘픈 목소리였다. 씨애틀 공항에서 로스앤젤레스로 가는 비행기는 오른쪽으로 두 자리에 왼쪽으로 세 자리밖에 안 되는 중형 비행기인데 복도 쪽으로 비어 있는 자리에 앉으면서 곁에 앉아 있는 나에게 걸어오는 말이었다.

"하우 아 유?" 나즈막한 응답이 내 입에서 튀어 나왔다. 그러나 나도 모르게 "하우 두 유 두?"로 다시 고쳐 말하였다. 전자는 서로 잘 아는 사이에 쓰는 말이고 후자는 처음 만난 사이에 쓰는 말이라고 생각하였기 때문이다. 아무튼 여인은 미소를 머금고 자리에 앉아 앞자리의 뒤에 붙은 포켓에서 인쇄물을 꺼내들고 들여다보고 있었다. 그의 모습을 은근히 훔쳐 보니 키는 크지만 체구는 가냘픈 편이며, 얼굴이 유난히 작은 것으로 보였고 화장하지 않은 소박한 얼굴과 간소한 복장에서 청순한 인상을 느끼게 하였다.

미국에 온 지도 그럭저럭 한 달이 되었지만 젊은 금발의 여인과 이야기를 나눌 기회는 거의 없었는데 마침 비행기에서 옆자리에 앉고 보니 들뜬 기분을 누르기 어려웠다. 그런데 막상 말을 걸려고 하니 먼저 궁금한 생각이 들었다. 그 여인은 백인임에는 틀림이 없었지만 캐나다인지,

영국인인지, 프랑스인인지, 또는 독일인인지, 스페인인지 알 수가 없는 일이었다. 그러나 상대방의 모든 것을 알고 이야기를 시작하기는 당초부터 어려운 일이 아닌가. 나는 망설이기를 멈추고 말을 걸었다.

"두 유 리브 인 로스앤젤레스?"

그는 시애틀에 살고 있으나 로스앤젤레스에 살고 계시는 부모님을 뵈러 가는 길이라고 한다. 나는 그가 효성스럽게 보였다. 주말을 이용하여 부모를 찾아가는 딸이 효녀이지, 효녀가 따로 있는 것은 아니라고 여겨졌다. 대화는 서서히 진행되었고 비행기는 시엘라 산맥을 왼쪽으로 끼고 조용히 날고 있었다. 온 산이 흰 눈으로 덮인 레이니어산(Mt. Lainier)이 웅장한 모습을 드러내었다. 해발 4,800여 미터나 되는 높은 산으로 둥글고 풍만한 모습을 드러내는 발군(拔群)의 거봉(巨峰)이다.

나는 여인에게 미국은 매우 거대한 나라이고 아름다운 산도 많다고 말하면서 1980년 5월 18일 세인트 헬렌이라는 화산이 폭발하여 생긴 분화구의 아름다운 호수를 비행기에서 보았다고 말하였다. 그는 나에게 한국에도 그런 것이 있는지 물어왔다. 한국에는 한라산과 백두산이 있는데 모두 분화구에 호수가 있다고 대답하였다.

그리고 산 이름을 한자(漢字)로 써서 그 뜻을 설명하였더니 매우 재미있다는 모습을 보이며 한국에서는 한자를 사용하느냐고 질문하였다. 한자와 한글을 함께 쓰는 경우가 많은데 한자는 중국에서 전래된 문자이지만 한글은 한국의 세종대왕이 약 오백년 전에 학자들을 모아서 함께 연구하여 만든 고유문자이고 매우 과학적인 문자라고 설명하였다. 그는 나에게 직업이 무엇이냐, 대학에서 가르치고 있느냐, 무엇을 전공했느냐… 여러 가지 질문을 계속하였다. 나는 대답에 덧붙여 한국의 철학과 사상은 모두 한문으로 기록되어 있기 때문에 나로서는 그것을 정확하게 읽고 해석하고 학생들에게 강의하기가 쉽지 않다고 말하였다.

그는 내가 연구하는 자료들이 모두 고문(古文)이라는 것을 깨닫고 충분히 납득하는 눈치였다. 그리고 자기의 직업도 소개하였다. 그는 심리학과 정신감응을 연구하고 여러 나라 사람들이 모인 공동생활집단에서 카운셀러로 근무하고 있는데 그의 명함에는 '무브먼트 테라피스트'(movement telephist)라고 쓰여 있었다. 나는 그의 직업에 대하여 관심을 가지고 여러 가지로 대화를 나누면서 한국에서 '심령과학' 이라는 말을 들은 적이 있다고 말하고 글자를 풀어주었더니 매우 즐거워하였다.

그는 직장에서 아주 훌륭하게 직책을 수행하지는 못한다고 말하였다. 나는 그의 말을 액면대로 받아들이고 싶지 않았다. 어쩌면 내가 그러하듯이, 또한 많은 사람들이 그러하듯이 그도 자신의 직책을 완전무결하게 수행한다고는 믿지 않는 것이 사실이라고 하더라도 그의 태도는 매우 진실하고 겸손하게 보였기 때문이다. 그래서 나는 그가 매우 현명하고 착실하게 일할 것이라고 말하고, 다만 겸손하게 말할 뿐이라고 하였다. 그는 웃으면서 "자기는 정직하다"고 말하였다. "당신은 정직하다. 그러나 지금은 정직하게 말하고 있지는 않다"고 나도 웃으면서 응답하였다. 그는 즐겁게 웃으면서 나에게 "굿 디플로마트"(good diplomat)라고 하였다. 나는 어리둥절하였다. 무슨 뜻인지 몰라서 다시 귀를 기울여 물으니 똑 같은 말을 되풀이하였다. 나는 곧 깨달았다. 나를 '훌륭한 외교관' 이라고 칭찬했다는 것을.

한국인의 한 사람으로서 미국인에게 즐거운 대화를 나누어주고 친숙해졌으니 그것이 곧 훌륭한 외교관의 역할을 수행한 것과 다름이 없다고 평가하는 것 같았다. 그러나 나는 국제관계를 연구하지 않았으며 외교관은 절대로 아니라고 대꾸하였더니, 또 한 바탕 깔깔거리며 웃어대었다. 하기야 훌륭한 외교관이 따로 있으랴. 민간외교관이라는 말도 있지 않은가. 반드시 외무부에 근무하는 외교직 공무원이라야 외교관이 아니라 외국인과 접촉하면서 서로 이해하고 친숙해지고 원만한 인간 관계를 맺게 되면 개인적으로도 유익할 것이요 나아가서는 국가적으로도 유익할 것이 아닌가. 나는 나도 모르게 외교관의 역할을 조금이나마 수행하였는지도 모를 일이다.

비행기는 어느덧 로스앤젤레스 공항에 도착하고 그는 나에게 작별의 악수를 청하였다. 부드러운 그의 손은 이지적인 얼굴과 함께 어울려 내 마음을 아쉬움에 사로잡히게 하였다. 숙소로 돌아와 사전을 들고 'diplomat'를 찾았다. '외교관'이라는 말로만 쓰는 것이 아니고 '사람을 잘 다루는 사람'(a person skilled in dealing with other people), 약삭빠른 사람, 재치 있는 사람(tactful person)이라는 의미로도 쓰는 것이었다. 사람을 잘 다루는 것은 사람을 재치 있게 힘들이지 않고 즐겁게 해주면서 자기를 좋아하는 사람으로 만드는 것이 아닐까. 그렇다면 여자를 잘 다루는 남자는 여자에게 갖은 입술발림으로 칭찬하면서 호감을 사고 나아가서는 유혹하기도 잘 하는 남자가 아닌가.

생각이 여기에 이르니 아찔한 생각마저 든다. 그 여인이 나에게 한 말은 '훌륭한 외교관'이 아니고 '훌륭한 아첨자나 유혹자'가 아닐까. 나는 그의 말이 전자이기를 바란다. 그러나 후자라고 하더라도 그다지 못마땅할 것은 없다. 위트와 유머를 가지고 민족과 국가를 초월하여 대화하며 상대방을 즐겁게 해주는 젊은 여인의 지성미가 넘치는 말이기에.

(1995. 7)

7. LA에서 서울로

6시에 잠이 깨었다. 참고자료와 메모지들을 제대로 정리하지 않은 것이 마음에 걸렸다. 이미 20여 편의 글을 썼으니 별로 필요하지 않은 자료들도 꽤 많이 끼어 있기 때문이다. 그러나 그것을 모두 새로 검토하여 정리하기에는 시간이 부족할 것 같았다.

오늘도 어김없이 불볕 더위가 엄습할 터이니 소매 긴 드레스 셔츠를 입을 수가 없어서 하는 수 없이 반소매를 입기로 하였다. 휴지를 정리하고 J선생에게 반환해야 할 책들과 연필과 연필깎이 따위를 모두 정리하여 책상 위에 올려놓았다.

7시 반이 되어 J선생은 손자를 돌보러 나섰다. 밖으로 나가 석별의 인사를 나누었다. 그는 내가 머물고 있던 석 달 동안 마음껏 돌보아주지 못하여 매우 미안하다는 말을 거듭하였다. 인정 많은 그, 나를 가까운 형제처럼 생각하고 따뜻하게 돌보아 주던 그는 미안하게 생각하는 태도가 역력하다. 바른 대로 말하여 나는 아무런 불편도 느낄 수 없었고 폐를 너무 끼쳐 오히려 미안하게만 생각하고 있는데 저쪽에서 너무 미안하게 생각하고 있으니 내가 더욱 미안하게만 느껴진다. 몽당 숟가락 하나 준비하지 않은 우리에게 모든 것을 배려해 주었고, 가족들의 모임에도 끼워주고, 자동차로 항상 픽업해 주고, 교회도 동행해 주고, 가족예배도 함께 보고, 식사도 한 타령으로 해왔으니 그보다 어떻게 더 베풀어 줄 수가 있는가. 그는 나에게 방세를 받아서 미안하다고 하지만, 베이비 시팅(baby sitting)으로 약간의 수입을 얻고, 남는 방에서 약간의 임대료를 받아 겨우 생계를 유지하고 있는 처지에 뭐가 미안하단 말인가. 사실 다른 사람들에게 방세를 받는 것은 당연하게 생각하면서도 나에게 받는 것은 미안하다니 그는 나를 특별히 생각하기 때문이다.

나머지 짐을 챙기려는 순간 순간에 나는 가벼운 현기증을 느끼고 가슴이 답답해 왔다. 초대를 받아 가주(加洲) 슈퍼마켓에 있는 '길목' 식당에서 고기와 냉면을 포식한 탓인지, 길을 나서는 일로 흥분되어서인지 알 수가 없다. 그러나 J선생과 인사를 나누고 화장실을 다녀오고 식사도 하고 양치질도 하고 나니 두근거리고 답답하던 가슴이 안정되고 현기증도 가라앉았다.

거실에 붙은 작은 방에서 독신으로 생활하는 윤정혁 기자가 나를 보고 몇 시에 떠나느냐고 묻고 시간 여유가 있으니 공항까지 픽업해 주겠다며 택시예약을 취소하란다. 사양해 보았으나 그의 호의는 끝내 뿌리칠 수가 없었다. 짐을 꾸리고 나니 2개의 트렁크와 2개의 작은 가방에 또 다른 짐들로 모두 일곱 개나 되었다. 앉은뱅이 저울로 큰 트렁크를 달아보니 25킬로그램밖에 되지 않았지만 나는 그것이 몹시 무거웠다.

윤 기자는 약속한 시간에 와주었다. 폐를 끼쳐서 미안하다고 하였더니 자기도 남에게 폐를 많이 끼치고 도움을 받았다고 한다. 은혜를 갚는 것은 반드시 은혜를 베풀어 준 사람에게만 갚는 것이 아니라 전혀 다른 사람에게도 갚는다는 것을 일깨워 주는 말이었다. 사람이 남에게 은혜를 베푸는 것이 어찌 되받기 위한 것일까. 베풀어 주고도 까맣게 잊어버린다는 것은 되받는다는 조건을 초월한 것이요, 조건을 초월하다 보니 순수한 베품이 되는 것이 아닌가. 그는 순수한 은혜를 받고 순수한 은혜를 베풀 줄 아는 훌륭한 청년이었다. 그와 내가 이야기에 열중하다 보니 어느덧 공항에 이르렀으나 출국 터미널을 제쳐놓고 입국 터미널 쪽으로 들어서고 말았다. 다시 한참이나 우회하여 출국 터미널에 이르러 짐을 내려놓고 악수를 나누며 나는 한국에서 떠날 때 준비하였던 양말 한 켤레를 기념으로 건네주었다.

짐을 부치고 보딩 패스를 들고 게이트 22로 가서 쉬면서 면세점을 들렀다. 학생용 볼펜을 몇 자루 사고 녹음기를 찾아보았으나 마음에 드는 것이 없었다. 나는 전자수첩을 사기 위하여 여행자 수표로 값을 치르고 영수증만 받아서 보관하고 나오다가 노점상에 들러 두 개의 핫도그를 샀다. 며칠 전에도 어느 관광지에서 한 차례 먹어 본 것이다. 몇 가지 소스를 발라 대합실로 들고 가서 아내와 함께 먹고 나서 탑승구 직전의 복도에서 면세품(전자수첩)을 받아 들고 47번 A석을 찾아 좌정하였다.

보딩 게이트에서 우연히 만나 함께 탑승한 교포 사업가 김 선생(제프리군의 아버지)은 일등석(executive class)이기 때문에 나의 좌석(economy class)과는 거리가 멀었다. 김선생은 피혁가공품을 무역하는 사업가인데 나와는 여행도 함께 하고 세인트 카타리나(Catalina)섬이 내려다보이는 이에스트 롤링 힐에 있는 자기 집으로 나를 초대한 일이 있었다. 그의 집은 작은 골프장이 있고 수도꼭지가 금으로 도금된 호화

샌프란시스코 풍경

로운 대저택이었다. 태평양이 한없이 아름답게 펼쳐지는 그의 집에서는 아무리 감정이 무딘 사람이라도 시를 쓸 수밖에 없을 것만 같았다.

안전벨트를 매고 대한민국 출입국 신고서와 여행자 휴대품 신고서를 쓰고 나니 비행기는 날개를 늘어뜨리며 세차게 떠올랐고 태평양의 푸른 물결이 출렁이고 있었다. 피서철도 지나고 평일인 탓인지 사람도 없는 한가한 모래벌판을 내려다보며 카메라의 셔터를 눌렀다. 물결과 구름과 섬이 아름다운 예술을 연출하고 있었다.

1시 방향으로 보이는 기내의 스크린에서는 지도를 보이며 비행기가 LA를 떠나 싼타 바바라(Santa Barbara)를 거쳐 샌프란시스코를 지나 베링해를 향하여 날고 있으며, 목적지까지 걸리는 시간은 앞으로 11시간 39분, 날고 있는 높이는 9,400미터(31,000피트), 속도는 1시간에 894킬로미터, 바깥 기온은 섭씨 영하 39도, 앞바람(역풍: 逆風)은 시속 35킬로미터라고 소개하며 출발지의 현재 시각과 목적지의 현재 시각이 상세히 나타났다.

이어서 KBS뉴스가 진행되었다. 가만히 시청하다 보니 차량과 사람들이 통행하는 교량의 난간을 본드(bond)라는 접착제로 시공하여 모두 허물어진 장면이 나타났다. 겉으로 보기에는 무쇠로 만든 볼트와 너트가 콘크리트에 붙어 있지만 그것이 끈끈한 접착제로 붙어 있을 뿐이어서 웬만한 충격에도 파괴되고 마는 형편이라는 것이다. 시공회사의 간부는 질문하는 기자에게 "취임 전의 일이라 알 수 없다. 상식적으로 이해할 수 없다"고 한다. 주민들의 말로는 시공자들이 '새로운 특수 공법'이라고 설명하였다고 한다. 삼풍백화점 붕괴사건, 성수대교 붕괴사건…들이 뇌리를 스친다.

시공에 참여한 기업인과 공무원들은 지금 어디서 무얼 하고 있는지, 뇌물은 또 얼마나 바치고 얼마나 얻어 먹었는지, 도대체 눈감고 아웅하는 공사가 탄로된 지금 그들은 무엇이라고 변명할 것인지, 또 다시 흐지부지하는 결과로 끝날 것인지 매우 궁금하다. 국민의 혈세(血稅)만 축내고 배만 채우는 기업인과 공무원의 도둑질과 속임수를 어떻게 근절할 수 있을는지, 청와대는 무얼 하며 검찰과 경찰은 무얼 하고 있는지 알 수가 없다. 내 입에서는 차마 내뱉을 수 없는 더러운 욕설이 소용돌이쳤다. 참자니 답답하고 내뱉자니 내 입이 더러워지겠으니 어찌하면 좋단 말인가.

뉴스는 이어서 ○○도 의회 의원과 교육위원 입후보자 사이에 일어난 금품수수사건을 보도한다. 정말로 기가 막히는 일이요, 나라가 망할 수밖에 없는 일이다. 미주 한인(재미 한국 교포)사회에서 본국의 정치를 크게 걱정하는 데는 까닭이 있다. 미주 한인 사회의 대중매체(언론)가 지나치게 본국 정부에 대하여 관심을 갖는다는 비판도 나오고 있지만 도대체 본국의 정치인과 경제인들이 저지르는 추악한 꼴들이 온 세계에 보도되는 것을 보고도 가만히 견딜 수 있는 사람이 얼마나 있을까. 만일 가만히 견디는 사람이 있다면 그는 한국인이 아니요, 목석(木石) 같은 사람이요, 숙맥 중의 숙맥이요, 한국이 멸망하기를 간접적으로 방조하는 자가 아니고 무엇일까.

도착시간은 아직도 7시간 이상이나 남았다. 스크린을 보니 어느 백인이 흑인들의 빈민굴로 알려진 할렘가에서 "나는 검둥이를 미워한다"는 선전광고판을 메고 시위하다가 봉변을 당하게 되자 어느 흑인 한 사람이 그의 목숨을 구해 주는 장면이 나타난다. 백인이 왜 자기의 목숨을 구해 주었느냐고 묻자 흑인은 "백인의 목숨을 구한 것이 아니고 흑인의 목숨을 구한 것"이라고 대답한다. 만일 그 자리에서 백인이 살해당했더라면 떼지어 달려 온 경찰에 의하여 수많은 흑인이 살해당하였을 것이기 때문이란다. 백인은 누구이며 흑인은 누구인가. 돈의 위력으로 번지르르하게 사치하며 산다고 그렇지 못한 다른 인종을 능멸하고 배척할 만한 권세가 누구로부터 주어졌단 말인가.

비행기는 지금 베링해를 가로지르는 알류샨(Aleutian) 열도를 지나 캄차카(Kamchatka) 반도 남쪽 쿠릴(Kuril) 열도를 향하여 10,700미터의 고공(高空)을 날고 있다. 시간은 아직 5시간 가까이나 남았다. 데이트 라인(날짜변경선)을 넘어섰으니 순간적으로 하루 앞서게 되었다.

LA는 금요일 11시요, 서울은 토요일 15시다. 비행기는 러시아의 영공을 피하여 일본의 혼슈(本州)를 가로지르며 동해를 지나 서울로 날아가고 있다. 10,000미터를 넘는 고공(高空)에서 순풍과 역풍을 가리지 않고 힘차게 날아가는 비행기 속에서, 다시 연구실로 돌아가 책과 더불어 고뇌하고 땀 흘리기를 다짐해 본다.

(1995. 9)

8. 어머니!

어머님! 어머님께서 늘 기도해 주시는 덕분으로 해외 출장을 무사히 마치고 돌아왔습니다. 출장 기간에는 미국에서 한국 교포들을 많이 만나고 여러 도시와 관광지와 또 다른 나라도 여행하고 미국의 유명한 주립대학과 사립대학도 방문하였습니다.

미국에는 부모와 함께 와서 공부하는 학생들이 많지만 그와는 달리 혼자 와서 부모가 보내주는 학비로 공부하는 학생들도 많이 있는데 혼자 와 있는 학생들 가운데는 한국에서 좋은 고등학교나 대학에 입학할 자신이 없어서 '영어' 라도 배우라고 부모가 보낸 경우가 많다고 합니다. 그런데 이 영어라도 배우기 위하여 온 학생들이 문제거리라고 합니다. 한국에서 제대로 공부하지 못하는 학생은 미국에 와서도 마찬가지랍니다. 그들은 차츰 차츰 먹고 마시고 노는 데 시간과 정력을 쏟고 학교에는 등록만 해 놓을 뿐 출석도 잘 하지 않는다고 합니다. 학생도 어리석지만 부모가 더 어리석다고 합니다. 학비만 보내는 것이 아니라 자동차까지 사주어서 얼마든지 놀러 다니기 좋은 조건을 갖추어 주기만 하고 얼마나 어떻게 공부하는 지는 잘 챙기지 않는답니다.

어떤 학생은 부모의 눈을 피하여 한국에 가서 놀다 오는 학생도 있다고 하며 남녀교제가 문란하고, 특히 LA 6번가에는 놀기 좋아하는 한국

U.C.L.A. 캠퍼스에서

학생들이 밤을 지새우는 카페가 있어서 저에게 한 번 가서 눈으로 확인해 보라는 교포도 있었습니다. 청소년들의 교육은 한국에서나 해외에서나 항상 중요한 문제이고 특히 부모들이 정성을 기울여야 하겠습니다.

미국에 사는 한국 교포들은 한국에서 일어나는 여러 가지 일에 대하여 관심이 깊습니다. 한국의 정치가와 공무원과 실업가와 교육자들이 저지르는 여러 가지 부정부패와 무책임한 행동에 대하여 매우 실망하고 분개하기도 합니다. "도대체 왜들 그 모양이냐, 그게 정치가냐, 실업가냐, 공무원이냐, 교육자냐"고 한탄합니다. 한국은 그들의 조국입니다. 그들은 10년이나 20년이 지나도 영주권만 신청하고 시민권을 신청하지 않는 사람이 많습니다. 될 수 있는 대로 한국인으로 남아 있고 싶어 합니다. 기회만 있으면 다시 한국에 와서 살고 싶어합니다. 그들은 아무리 시민권을 가지고 살아도 "미국인이 아니라 한국인이다"라는 생각을 버리지 못하는 것 같습니다. 한국에서 들려오는 소식에 따라 그들은 즐거워 하고 기뻐하고 자랑스러워 하기도 하지만, 한편으로는 얼굴을 찌푸리고 실망하고 부끄러워 하기도 합니다. 그들은 비록 2만 5천리 이상이나 떨어진 해외에서 살지만 한국인이라는 감정을 그대로 간직하고 있습니다. 백인들이 지배하는 나라이고 적응하기가 어렵기 때문이기도 하지만 고향(고국)을 그리워하는 나그네의 심정을 벗어 던질 수가 없기 때문입니다.

어머님! 미국에 다녀 온 이야기를 많이 들려 드려야 하지만 한꺼번에는 어려울 것 같습니다. 아무튼 많이 보고 듣고 배우고 깨달았다고 생각합니다. 어머님께서 갖은 어려움을 무릅쓰고 저를 길러 주신 덕분으로 세계에서 가장 부강한 나라를 여행하게 된 것입니다. 미국뿐만 아니라 아시아의 여러 나라, 유럽의 여러 나라도 여행하고 거기서 학술회의에 참석하여 듣기도 하고 토론하기도 하고 발표하기도 하였으니 어머님의 은덕이 얼마나 큰 것입니까. 아버님의 은덕도 말할 필요 없이 똑 같습니다. 그리고 형님들이나 형수님들이나 그밖에 모든 가족의 은덕도 저로서는 절대로 잊을 수가 없습니다. 잊어서도 안 됩니다. 만일 잊는다면 어찌 사람이겠습니까. 하찮은 짐승이나 새들도 은혜를 안다고 하는데 말입니다.

미국에서 떠나던 날 아침에 잠자리에서 일어나니 머리가 무겁고 어지러운 것도 같고 가슴이 답답하고 심장이 뛰어서 걱정이었습니다. 그러나 하늘나라에서도 그치지 않는 어머님의 기도에 하느님의 응답이 내려와서 서서히 안정하게 되고 저는 무사히 한국으로 돌아 올 수가 있었습니다. 금요일 14시에 출발하여 비행기로 12시간 30분이나 걸려 태평양을 건너오니 토요일 오후 19시가 다 되었습니다. 땅거미를 헤치고 집에 돌아와서 짐을 풀고 아이들에게 선물을 나누어주었습니다. 선물은 아주 값싼 물건들이지만 아이들은 기뻐하였습니다. 비싼 물건을 사지 않는 저라는 것을 잘 알기 때문이겠지요. 만일 어머님께서 아직도 저희 곁에 계시다면 가장 값지고 귀한 선물을 준비하였을 터인데 그러지 못한 것이 서글픕니다. 옛 사람들이 말하기를 "나무는 고요하고자 하나 바람이 그치지 아니하고 자식이 봉양하고자 하나 부모가 기다려 주지 않는다"고 하였습니다. 뒤늦게나마 철이 드는 듯하온데 아버님께서 먼저 저희를 버리시고 또 얼마 아니하여 어머님께서도 저희를 버리시고 떠나셨으니 애달픈 마음을 달랠 길 없습니다.

일요일은 쉬고 월요일에는 은행을 다녀오고 화요일에는 준호를 중국으로 보냈습니다. 어머님께서 길러 주시고 가장 귀여워 하시던 손주 준호가 벌써 석사 학위를 받고 군복무를 마치고 중국 북경으로 공부하러 떠난 지 2년이 넘었습니다. 수요일에는 화죽으로 내려가서 형님들과 형수님들, 누님, 종형님, 조카들과 함께 어머님의 3주기 추도 예배를 올렸습니다. 중형이 사회를 맡고 하느님의 말씀을 읽으며 어머님의 은혜를 다시 아로 새기었습니다. 예배 후에는 저의 승용차로 큰형님과 중형님을 모시고 성묘를 다녀왔습니다. 금요일에는 직장으로 출근하여 원장님을 비롯하여 몇몇 교수들에게 인사하고 금요강좌에도 참석하였습니다. 장마로 쏟아진 물이 복도를 타고 저의 연구실에 스며들어 책이 젖었으나 조교가 젖은 것들을 말려 놓아서 다행이었습니다.

식전에는 채소밭을 다녀왔습니다. 친구가 비료를 뿌려주고 북을 돋아주어서 제법 채소밭처럼 보이게 되었습니다. 10평도 못 되는 작은 밭이지만 들깨가 우거지고 토란 잎이 너울거렸습니다. 봄채소를 뿌렸던 자리에는 피와 배랭이가 우거졌더군요. 어머님과 함께 청주의 텃밭에서 상추와 쑥갓을 가꾸던 생각이 떠오릅니다. 남에게 임시로 빌린 땅이라 내년에도 채소를 뿌리게 될는지 모르지만 잡초를 뽑고 시금치나 골파라도 심어 볼 생각입니다.

어머님! 오늘은 이만 쓰겠습니다. 어머님의 아들답게 착하고 성실하게 살아가겠습니다.

(1995. 9)

9. 미국에서 쓰고 싶었던 글

다른 여행과는 달리 이번의 해외여행에서는 보고 듣고 느낀 것을 써보기로 하였다. 나는 환갑이 지나도록 국내나 해외를 많이 여행하지 못한 편이고 어쩌다가 여행하게 되어도 여행기를 쓴 일은 매우 드물다. 국내는 '설악산 원정기'와 '한라산 원정기'가 고작이고 해외는 대학의 학보사에서 부탁하는 바람에 '파리를 돌아보고'를 한 편 쓴 것이 고작이다.

돌이켜 생각해 보면 유럽의 7개국을 여행하면서 보고 듣고 느낀 것은 나에게 모두 새로운 것이고 그것을 나 혼자만 간직하고 말 것이 아니라 동기간이나 이웃에게도 알려주고 싶은 것들이었다. 국제화시대를 넘어 세계화시대를 맞이한 오늘날 해외여행은 일상적인 다반사처럼 되었지만 그래도 여행의 목적지나 보고 듣고 느낀 것이 사람마다 다를 수 있다. 유럽에 가면 먼저 파리에서 놀라고 로마에서 더욱 놀란다고 한다. 영국이나 독일이나 그 밖의 여러 나라에서도 놀라는 것은 거의 마찬가지이다. 거리나 식당이나 호텔이나 미술관이나 박물관이나 대학이나 도서관이나 교회나 유적지에서 발견되는 새로운 지식과 정감은 여행을 통하여 얻을 수 있는 값진 소득이다.

나는 유럽뿐만 아니라 중국이나 일본을 포함하는 아시아의 여러 나라를 여행하면서도 여행기를 거의 쓴 일이 없다. 여행하는 기간에는 하나라도 더 보고 싶고 집으로 돌아간 후에는 반드시 기행문을 쓰려고 사진도 찍고 그림엽서도 사고 자료도 수집하고 메모도 하지만 막상 돌아오고 나면 이 핑계 저 핑계로 차일피일하다가 결국에는 몇 달이 지나고 몇 년이 지나고 심지어는 십여 년이 지나도 쓰지 못하고 만다. 세월이 흐르고 나서 글을 쓰려면 보고들은 내용이 명료하지 않고 느낀 것도 희미하고, 사진과 메모와 자료들이 어디에 있는지 찾아내기도 쉽지 않다. 그러니 그때그때 쓰지 못한 것이 애석하기만 하다.

이 번 만은 다시 뉘우치지 않도록 하기 위하여 틈이 나는 대로 붓을 들었다. 귀국할 무렵이 되니 가져간 원고지가 모자라게 되어 일부는 백지에 쓰고 일부는 신문기자에게 부탁하여 원고지를 얻어 쓰게 되었다. 그럭저럭 20여 편을 썼지만 모두 수박 겉 핥기가 되어 미국의 참된 모습을 그리지도 못하고 내가 느낀 것을 제대로 나타내지도 못한 것 같다.

나는 미국에 관하여 쓰고 싶은 글이 많이 남아 있다. 우선 높은 산과 긴 강과 넓은 바다와 사나운 허리케인(hurricane)과 수풀과 사막과 계

워싱톤 백악관 후원

곡에 관하여 쓰고 싶다. 그리고 농업과 임업과 수산업과 경공업과 중공업과 도로와 철도와 항공로에 관해서도 쓰고 싶고, 정치 · 경제 · 사회 · 교육 · 예술뿐만 아니라 인종과 풍습과 그들의 가치관에 관해서도 쓰고 싶다. 특히 미국의 대학을 모두 샅샅이 찾아다니며 살펴보고 글로 쓰고 싶다.

나는 J선생의 막내가 수학교사로 근무하며 미식축구 코치로 활약하는 사우스 파사데나(South Pasadena)고등학교 운동장에서 열렸던 미식축구경기를 보러 갔다가 한국 교포부부를 만났다. 아들은 밴드부원으로 색스폰을 불고 딸은 응원단원으로 춤을 추고 있었다. 교포부부는 아들과 딸을 위하여 이민한 것이 다행이라고 하였다. 한국은 상급학교 입시 때문에 학생들이 자살하는 지옥이지만, 미국은 입시에 고생하지 않는 학생들의 천국이라고 한다. 미국은 어찌하여 학생들의 천국이 될 수 있는 지 알고 싶고 그것을 글로 써서 한국 사람들에게 알려주고 싶다.

워싱턴의 미국 국회의사당에는 상원과 하원이 있어서 상원에는 의원들의 책상과 의자가 있으며, 고등학교 학생 5명이 의장석 앞에 앉아서 의사진행을 지켜볼 수 있을 뿐만 아니라 미국 시민은 말할 것도 없고 외국인들도 아무나 방청할 수가 있다. 하원에는 의원들의 책상은 없고 의자만 있지만 의자도 지정석이 아니어서 늦게 출석한 사람은 맨 뒤 자리나 구석에 앉게 마련이다. 의원들은 세계적으로 자랑하는 도서관에서 자료를 조사하고 의회에서 논의되는 안건을 연구하기에 바쁘다. 그리고 워싱턴에는 수많은 박물관이 즐비하기로 유명하다. 자연사박물관 하나만 하더라도 그 규모가 놀라울 정도다.

뉴욕에는 자유의 여신상이 우뚝하다. 미국 독립 100주년을 기념하기 위하여 프랑스에서 보냈다는 여신상은 자체의 높이가 46미터나 되고 좌대의 높이도 같아서 무려 92미터나 하늘 높이 솟구쳐 있다. 여신상을 세우는 데는 많은 사람이 협력하였는데 퓰리처(Joseph Pulitzer, 1847~1911)는 신문에 광고하여 모금하는 데 공로가 있었다고 한다.

오늘날 자유의 여신상은 무엇을 말하고 있는가. 당초에는 종교의 자유를 찾아 목숨을 걸고 대서양을 건너 온 신교도들의 자유를 말하였겠지만, 오늘날에는 무엇을 말해야 하는가. 헌법은 모든 국민의 신체의 자유, 거주와 이전의 자유, 직업선택의 자유, 주거(住居)의 자유, 종교의 자유, 양심의 자유, 언론 출판 · 집회 결사의 자유, 학문과 예술의 자유 등을 규정할 뿐만 아니라 근본적으로 모든 국민은 법 앞에 평등하며 누구든지 성별 · 종교 또는 사회적 신분에 따라 정치적 · 경제적 · 사회적 · 문화적 생활의 모든 영역에서 차별을 받지 아니한다는 취지를 규정하고 있는 것이 일반적이다. 그러나 미국에서는 무엇보다 중요한 것이 인종에 따라 차별을 받지 않는 것이라고 보인다.

지금 미국에서는 인종문제가 어떻게 되어 있는가. 한 때 로스앤젤레스 연방 지방법원에서 진행되고 있는 오제이 심슨(O. J. Simpson)의 살인혐의 재판에서는 '인종재판'이라는 말이 나올 정도로 인종문제가 심각하지 않은가. 미식축구의 스타라고 불리는 흑인 심슨이 만일 유죄로 평결되면, 백인 경찰관의 흑인 로드니 킹(Rodney King, 운전사) 집단 구타사건을 계기로 1992년에 일어났던 유혈 인종폭동이 재연될는지도

뉴욕 메모리알

모른다는 것이며, 반대로 무죄로 평결되면 백인들의 법적 대응이 매우 강력하게 나타날 것이라고 한다. 미국에서 벌어지고 있는 인종문제는 주로 백인과 유색인과의 갈등이며, 인종이나 성별이나 종교나 사회적 신분에 따라 차별을 받지 않는 것을 전제로 하지 않는 모든 자유는 감정과 편견에 의하여 좌우될는지도 모른다. 할렘 가의 폐허를 바라보면 세계 최고의 부자들이 뽐내는 5번 가나, 패션의 거리 7번 가나, 예술의 거리나, 그리니치 빌리지(Greenwich Village)가 같은 뉴욕 시내에 자리 잡고 있다는 사실이 놀랍기만 하다. 알코올과 마약에 찌들고 쓰레기통이나 뒤지면서 거리에서 노숙하며 사는 사람들, 건물이나 담장이나 분별 없이 휘갈겨진 낙서들, 꼬리에 꼬리를 무는 강도 살인 사건들은 미국 사회의 어두운 단면을 보여준다.

뉴욕은 세계에서 가장 큰 도시이고 세계 경제의 중심지라고 한다. 하늘을 바라보기 어려울 만큼 수십 층이나 되는 높은 빌딩이 숲을 이루고 있다. 100만점인지 200만점인지나 되는 그림이 모여 있는 미술관이 있고 세계적인 대재벌의 이름이 붙은 록펠러 센터(Rokefeller Center)가 있다. 록펠러 2세는 뉴욕시내에 상수도 시설을 준공하여 시 정부에 인계하였고 시민들은 수도료를 부담하지 않는다고 한다.

미국인들은 재물을 맹목적으로 축적하지 않고 이웃과 사회와 나라를 위하여 기부하기 좋아하고, 주 정부와 연방정부는 노인이나 어린이나 불구자나 병자나 실직자들을 최대한으로 돕는다. 일만 부지런히 하면 돈도 벌 수 있고, 공부하고 싶은 사람 치고 돈이 없어서 못하는 사람은 거의 없으며 모든 직종의 전문성이 존중된다고 한다.

나는 미국의 모든 것을 더 알고 싶고 이를 글로도 쓰고 싶다. 그러나 좀 더 책을 읽고 미국을 여행하며 보고 듣고 느끼지 않고서는 알 수도 없고 쓸 수도 없다. 시간과 건강이 허락해 준다면 몇 번이고 거듭하여 찾아가서 보고 듣고 연구해야 할 나라가 미국이다.

(1995. 10)

Ⅳ. 미국 역사의 뒤안길

… 여기서 '톨러런스'(tolerance)라는 단어의 의미가 새롭게 형성되고 빛을 발휘하게 되었다. 그것은 나와 남이 다르고 나의 생각과 남의 생각이 다를 수 있고 그 다름을 너그러이 인정하고 받아들이는 정신이었다. 다수의견만이 존중되어야 하는 것이 아니고 소수의견도 당연히 존중되어야 한다는 가치판단이다. 진리는 다수의견으로 좌우되는 것이 아니다.

1. 식민지사회의 발전
2. 진취적 기상
3. 아메리칸 인디언
4. 에이브라함 링컨과 미국의 인권
5. 빈민가와 사회적 정의
6. 미국의 프래그마티즘(실용주의)
7. '초원의 빛'
8. 『러브 스토리』

1. 식민지 사회의 발전

영국 사람들이 아메리카 대륙에 이주한 역사는 1607년 4월 크리스토퍼 뉴포트 선장 휘하의 배들이 체서피크 항구 가까이 닻을 내림으로써 시작되었다. 그들 앞에는 울창한 삼림과 꽃이 만발한 토지, 크고 맛 좋은 딸기, 맛있는 굴, 들끓는 짐승들, 공중을 뒤덮는 새떼들, 많은 칠면조, 곡식으로 만든 원주민들의 빵과 구리 파이프에 넣어 피우는 담배를 가져다주는 인디언들이 나타났다. 그러나 그들은 인디언의 공격을 받고 종기와 이질과 열병과 기아로 살아남기가 어려웠다.

아메리카 대륙에는 대황야가 가로놓여 있고 동부의 3분의 1은 사람이 다닐 수 없는 삼림이었고 높은 산과 강과 호수와 들판은 엄청나게 방대한 것이었다. 북부는 겨울에 너무나 춥고 남부는 여름에 불타는 더위가 사람들을 괴롭혔다. 그러나 북위 26도에서 55도 사이에 자라잡고 있는 북아메리카 대륙은 산물이 풍부하고 관개(灌漑)가 잘 되는 곳이기도 하다. 이 곳의 기후는 사람들의 건강에 적합하고 여름에는 풍부한 곡식을 생산하고 겨울의 추위는 사람들의 활동을 촉진시킨다. 정착민들은 그 곳에서 맥류(麥類)를 비롯하여 콩과 당근과 파를 생산하였고, 그들은 옥수수와 감자를 발견하였다. 사슴과 들소는 수백만 마리나 돌아다니고 있었고 공중을 날으는 비둘기 떼는 하늘을 캄캄하게 뒤덮고 바다에는 물고기 떼가 풍부하게 헤엄치고 있었다. 그 뿐만 아니라 철 · 동 · 석탄 · 석유가 엄청나게 많이 매장되어 있었다.

동부의 넓은 강들은 내륙 깊숙이 많은 정착지를 개척하는 데 도움이 되었고 이러한 동부 해안에 자리잡은 들판 뒤에는 넓고 험악한 아팔라치아 산맥(Appalachian Mountains)이 1,500마일이나 뻗어 있었지만 그 뒤에는 다시 중앙부의 거대한 미시시피(Mississippi) 분지가 펼쳐져 있었다. 이 분지는 여러 개의 강을 통하여 동부와 서부로 연결되어 있었고 남북으로도 연결되어 수상교통이 가능하였다.

뉴멕시코에서 알라스카에 이르는 록키산맥(Rocky Mountains)의 서쪽에는 물소사냥꾼의 뒤를 따라 가축을 사육하는 사람들이 정착하게 되고 금광과 농장이 증가하면서 1890년에 이르러서는 변경지대(프론티어)가 사실상 없어지게 되었다.

아메리카 대륙에 식민사회가 발달하면서 나타난 특징은 첫째로 정부보다는 개인의 역할이 컸다는 점이다. 특히 영국의 식민지들은 이윤 추구를 목적으로 하는 자본가들과 신앙의 자유를 찾으려는 종교인들의 힘으로 발전해 나갔다. 영국의 식민지들은 스페인이나 프랑스나 네덜란드의 식민지와 매우 달리 본국의 제도나 간섭이 매우 적은 편이었다. 영국의 식민지들은 주로 주식회사에 의해 건설되었기 때문이다. 둘째로는 일찍부터 개인의 이윤추구(profit motive) 동기가 인정되어 사유재산제도가 확립되었다는 사실이고, 셋째로는 대표자를 통하여 주민의 의사를 반영하는 대의제도가 발달했다는 사실이고, 넷째로는 식민지 정부들의 부당한 행위를 막고 주민들의 기본적인 권리를 보장하기 위해 기본법들이 생겨나기 시작한 것이다.

그리고 무엇보다도 중요한 특징은 평등주의 사상의 보편화였다. 그들은 대부분이 유산계급에 속하였고 혈통이나 가문이나 학식보다도 재산이 중요한 평가기준이 되었다. 이것은 능력이 중시되는 것이고 그 능력은 주로 재산을 모으는 능력을 가리키는 것이었다. 청교도나 퀘이커 교도들은 열심히 일하고 돈을 벌고 사회적으로 성공하는 것이 구원을 받는 증거라고 믿었다.

그들은 영국 정부에서 부과하는 모든 세금을 거부하였다. 주민들에게 세금을 부과하는 권한은 영국 정부에 있는 것이 아니라 각 식민지의 의회에 있다고 주장하였다. 그리고 영국 정부가 식민지의 주민들에게 세금을 부과하는 것은 인간의 자연권에 속하는 재산권을 침해하는 것으로 보았다. 이에 대하여 영국 정부가 완강히 대응하자 식민지에서는 굽히지 않고 1774년에 그들의 대표자들로 하여금 대륙의회를 구성하게 하였다. 이리하여 영국 정부와 식민지들은 1775년부터 무력의 충돌로 발전하여 총격전이 일어나게 되고 버지니아주의 죠지 워싱턴은 대륙군의 사령관이 되었다.

그 후 식민지의 대표들은 1776년에 필라델피아에 모여 영국으로부터의 독립을 선포하였다. 토마스 제퍼슨(Thomas Jefferson)이 작성한 독립선언문의 내용은 이른바 계몽사상의 핵심을 이루는 생명에 대한 권리, 자유에 대한 권리, 행복을 추구할 권리 등을 포함하는 남에게 양도할 수 없는 자연권이었다. 식민지가 연합하여 영국군과 독립전쟁을 수행해 나가는 데는 많은 어려움이 있었다. 그러나 영국과 오랜 동안 경쟁관계에 있던 프랑스와 스페인이 병력을 보내어 원조하였기 때문에 큰 도움이 되었다. 1781년에는 버지니아의 요크타운에서 마지막 승리를 거두고 1783년에는 파리회의에서 미국의 독립이 승인되었다. (이주영, 『서양의 역사』, 대한교과서주식회사, 1994, 3판 참조.)

미국이라는 나라는 뭐니뭐니 해도 물자가 풍부한 나라이다. 사막도 많고 황무지도 많긴 하지만 국토가 잘 관리되고 생산물이 많아서 세계의 곡물시장을 지배하는 세계 최대의 무역국이다. 자동차가 세계에서 가장 많은 나라지만 휘발유 값은 세계에서 가장 싼 나라다. 고기값도 세계에서 가장 싸고 과일값도 마찬가지다.

나와 평소에 친분이 두터운 L박사는 건강이 좋지 않아 걱정이었는데 미국에 가서 맑은 공기를 마시고 고기와 과일을 알맞게 먹어서 1년만에

LA 그리피스 천문대

건강을 완전히 회복하고 돌아왔다. 달고 맛있고 향기로운 캘리포니아(California)산 배꼽 오렌지(navel orange)를 날마다 실컷 먹었더니 건강이 좋아지더란다. 나는 그가 미국에서 돌아 왔을 때 너무나 딴판으로 변한 그의 얼굴을 보고 깜짝 놀랐었다. 내가 로스앤젤레스(Los Angeles) 사우드 놀튼에 머물고 있을 때 이웃집엘 갔더니 배꼽 오렌지가 나무에 주렁주렁 달려 있고 나무 밑에는 여러 개가 떨어져 있는 것을 보고 '왜 버려 두느냐' 고 물었더니 아무도 관심을 갖지 않기 때문이라고 하였다. 내가 너무나 아깝지 않으냐고 다그치자 필요하면 가져가라는 것이었다. 나는 여러 개를 주워들고 돌아 와 맛있게 먹은 일이 있다. 이와 같은 일은 다른 집에서도 반복되었다.

미국은 세계 어느 나라보다도 영토가 넓고 자연자원이 풍부하고 기후가 좋고 경치가 아름답고 물자가 풍부한 나라라고 할 만하다.

(2002. 10)

2. 진취적 기상

내가 처음으로 미국 사람들을 본 것은 1945년 8월 이후에 미국 군인들이 남한에 진주한 후의 일이다. 우리 집에서 초등학교까지는 6킬로미터 이상이 되는데 대부분이 산골길이고 약 1킬로미터는 자동차가 많이 다니는 신작로였다. 나는 거기서 미군들이 군복을 입고 '지 · 엠 · 시' 라는 자동차를 몰고 지나가는 모습을 볼 수 있었다. 그 때 미국사람들은 모두 백인인 줄 알고 있다가 흑인도 있다는 것을 알게 되었다. 자갈이 깔린 비포장도로에 먼지를 일으키며 지나가는 미군 자동차를 보면 미군의 얼굴이 은근히 무서웠다. 그러나 그 무서운 생각은 점점 사라져서 이따금 고장난 자동차를 고치는 미군을 가까이 다가가서 구경할 기회가 있었다.

나는 초등학교를 졸업하고 도청 소재지에 있는 도시의 중학교로 진학하게 되어 미군뿐만 아니라 민간인 미국 사람들도 만나게 되었다. 그들은 대체로 키가 크고 코가 높고 건장하게 보였다. 그들은 태평양전쟁이 끝나기 전 초등학교 게시판에 붙어 있던 미국 트루먼 대통령과 영국 처칠 수상의 초상화와는 너무나 달랐다. 게시판에 붙어 있던 초상화는 완전히 짐승 같고 괴물 같고 귀신 같았다.

나는 1947년 가을부터 중학교에서 영어를 배우기 시작하고 미국에 대하여 점점 알게 되고 미국에서 엄청나게 보내오는 구호물자를 보며 미국의 국력을 실감하게 되었다. 더구나 일본은 흉내도 못 내는 B-29라는 비행기가 얼마든지 있고 그 비행기가 원자폭탄이라는 것을 일본의 히로시마(廣島)와 나가사키(長崎)에 투하하여 삽시간에 불바다를 만들고 그렇게 잘 난 체하던 일본을 항복시켰다는 사실이 너무나 대단하게 보였다. 나는 나도 모르는 사이에 미국의 강대한 국력에 감탄하고 어떻게 해서 그런 강대한 나라가 될 수 있었는지 궁금하였다.

나는 미국을 알고 싶었다. 그리고 언젠가는 가보고 싶었다. 나는 석사과정을 마치고 미국으로 유학을 가고 싶었다. 영어공부에도 열을 올렸다. 미국 선교사들이 가르치는 바이블 클래스(Bible Class)를 열심히 쫓아다녔다. 병역을 미필한 상태여서 미국유학이 실지로 가능한지 남모르게 후암동에 있는 국방부를 찾아가 문의하기도 하였다.

나는 미국에 대하여 관심을 가지면서 미국인들은 개척자들의 후손이라는 것과 개척은 끊임없는 도전으로 이루어지고 하나의 도전은 또 하나의 도전으로 이어지며 하나의 개척은 또 하나의 개척으로 이어진다는 것을 깨달았다. 나는 미국인들의 도전과 개척을 진취적 기상이라고 이해하였다. 미국사의 뒤안길에는 진취적 기상이 줄기차게 자라고 있었다.

아메리카 대륙으로 맨 먼저 건너간 사람들, 그 가운데도 영국인을 비롯한 독일인들과 스코틀랜드계 아일랜드인들과 스웨덴인들과 화란인들은 신천지를 개척한 선구자들이었다. 그들은 새로운 개척지에서 제지공장, 맥주공장, 철공소, 유리공장, 인쇄공장을 세우고 영어신문과 독일어신문을 발간하였다. 독일인들은 편리하고 쾌적한 주택을 건설하기에 앞서 밀농사에 힘을 기울이고 가축을 기르며 생산고를 올리는 데 힘을 썼다.

많은 개척자들은 거친 들판에 뛰어들어 수렵을 하고 토지를 개간하고 목조가옥을 짓고 농장을 건설하였다. 그들은 개척하고 건설하면서 많은 인종이 모여 함께 살면서 혈통을 융합시켰다. 혈통만 융합하는 것이 아니고 종교와 관습과 지식과 기술과 가치관을 모두 융합해 나갔다. 이것은 아메리카의 국민성을 새롭게 창조하고 발전시키는 중요한 기초가 되었다. 유럽에서는 상상하기 어려웠던 새로운 사실이었다.

초기 이주자들이 발견한 울창한 삼림으로 뒤덮여 있는 해안지대는 새로운 변경지대였다. 그들은 인디언들을 통하여 곡식을 심고 가꾸고 콩을 요리하고, 한 사람이 타고 다니는 작은 카누(canoes)를 만드는 법을 배우고, 눈 위에서 신는 신을 만들고, 사냥하고, 노루가죽을 말리는 방법을 배웠다. 그들은 거센 강물을 소급해 올라가고 험한 산줄기를 넘어가며 개척에 개척을 거듭하였다. 그들은 삶에 대한 완강하고 실질적이며 소박한 가치관을 가지고 승승장구하였다.

그들 가운데 영국에서 5년씩이나 일해야 겨우 임금을 받는 연기근로자(年期勤勞者)들, 감옥에서 풀려난 채무자들, 황폐한 팔라티네이트(Palatinate, 라인강 서부에 있는 선제후의 영토)로부터 도주한 독일인들, 영국의 중상주의 정책에 밀리어 쫓겨난 스코틀랜드계 애란인들은 신천지로 이주함으로써 유럽에서는 상상도 하지 못한 성취의 기회를 맞이하고 예속과 구속에서 벗어나는 해방과 독립을 맛보게 되었다. 이주민의 대부분은 유럽의 상류사회에 속하는 사람들이 아니고 중류 이하와 하류의 빈궁한 사람들이었고 새로운 생활양식과 새로운 사회제도와 새로운 법률 속에서 새롭게 태어나는 소생을 맞이하였다. 그들은 농업과 공업을 일으키고 학교를 세우고 도서관을 세우고 신문과 잡지를 발간하며 문화를 발전시켜 나갔다.

이주민사회가 확대되고 발전함에 따라 이주민들의 자치를 위한 의회와 정부가 구성되었다. 이주민들은 종교의 자유를 누릴 수 있게 되고 특히 서로 다른 혈통을 가진 민족끼리 관습과 도덕과 가치관이 서로 다름에 대한 편견이나 적대감을 초월하여 이해하는 정신을 갖게 되었다. 영국인 애란인 독일인 화란인 스웨덴인들이 모두 융합하였던 것이다. 여기서 '톨러런스'(tolerance)라는 단어의 의미가 새롭게 형성되고 빛을 발휘하게 되었다. 그것은 나와 남이 다르고 나의 생각과 남의 생각이 다를 수 있고 그 다름을 너그러이 인정하고 받아들이는 정신이다. 다수의견만이 존중되어야 하는 것이 아니고 소수의견도 당연히 존중되어야 한다는 가치판단이다. 풀뿌리 민주주의의 다수 소수 원리(majority minority rule)가 이를 바탕으로 발전한 것이다.

우리는 흔히 다수의견이면 항상 정당하다고 믿거나 최선이라고 믿거나 진리라고 믿거나 그대로 강행하여도 좋다고 생각하는 수가 있다. 그러나 그것은 크게 잘못된 믿음이나 생각일 수 있다. 이른바 총체의지(total will)가 항상 일반의지(general will)일 수는 없기 때문이다. 비지성적이고 비이성적인 다수에 의하여 진리가 왜곡되고 사회정의가 파괴되는 경우는 얼마든지 있다. 다시 말하면 소수의견이 진리일 수 있고 사회정의일 수 있는 것이다. 따라서 다수라고 횡포하지 않고 소수라고 극한투쟁으로 나가지 않는 것이 바람직한 사회의 기강이다. 이것은 곧 서로 다름을 수용하는 '톨러런스'가 기초를 이루는 사회윤리이다. 이러한 사회윤리는 유가철학에서 말하는 주이불비(周而不比)의 윤리와도 얼마쯤은 상통할는지 모른다.

그리고 그들은 개인주의를 발전시켰다. 새로이 개척하지 않으면 안 되는 새로운 환경에서 그들은 개인의 능력과 가치를 존중하고 개인의 책임을 강조하는 정신을 함양해 나갔다. 그들은 모두가 평등하며 균등한 기회를 가진다는 민주주의의 이념을 신봉하게 되었다. 유럽의 전통사회에서 볼 수 있었던 특권층이나 기득권층이 없고 누구나 같은 조건 밑에서 열심히 노력하면 아무리 비천한 처지에서도 가장 고귀한 자리로 신분이 상승할 수 있게 되었다. 누구나 수준 높은 교육을 받을 수 있고 누구나 능력을 발휘할 수 있고 누구나 명예로운 자리를 차지할 수 있는 사회가 되었다.

그들은 노력하면 성공할 수 있고 무한히 발전할 수 있다는 쾌활한 낙관주의와 진취적 기상을 갖게 되었다. 새로운 국가 미국은 약속의 국가요, 희망의 국가요, 행복의 지평선이 펼쳐지고 서광이 빛나는 신천지였다. 미국인들은 영국을 이기고 프랑스를 이기고 스페인을 이기고 제1차 세계대전에 참전하여 이기고 제2차 세계대전에서 이기고 그 후에도 아시아와 아랍을 비롯한 세계 도처에서 군사력과 경제력을 과시하면서 초강대국으로서의 역할을 수행하고 있다. 그들의 역사는 개척의 역사요 승리의 역사이다.

존 F 케네디 대통령이 뉴 프런티어(New Frontier)의 깃발을 내세운 것도 미국의 전통적인 진취적 기상을 보여준 것이다.

(2003. 11)

3. 아메리칸 인디언

지금 한국교원대학교에 봉직하고 있는 L교수는 미국을 여행하면서 우연히 어떤 유색인종을 만났는데 그 사람은 L교수에게 바짝 다가와서 손을 잡고 반가운 표정을 지으며 어디서 왔느냐고 묻더란다. L교수는 주저하지 않고 "I am from Korea" 라고 대답하였더니 전혀 기대에 어긋난다는 듯 물러나더라고 한다. 알고 보니 그는 아메리칸 인디언(American Indian)이었다는 것이다. 인디언의 눈에는 L교수가 인디언으로 보였고 그 고향이 어디인지 궁금하였던 것이다.

L교수는 수년동안 같은 직장에서 나와 함께 연구실을 이웃하였고 그의 용모와 성품이 훌륭하여 나와는 남다르게 가까이 지내던 사이였다. 그의 용모는 체격도 당당한 데다가 윤곽이 뚜렷하고 단정하여 드물게 보는 미남인지라 한국인의 대표적인 남성이라고 할 만하다. 그런데 미국의 인디언이 L교수를 보고 자기의 형제로 알고 달려와 손을 잡았으니 인디언들의 모습이 L교수와 매우 닮았으리라는 것을 짐작케 한다.

나는 미국을 여행하면서 L교수의 말이 떠올라 인디언의 모습에 관심을 갖게 되었다. 그리하여 백인과 함께 여행하면서 인디언의 모습을 물어보기도 하고 한국 사람들 가운데 인디언과 가장 닮은 사람이 누구인지 지적해 달라기도 하였다. 그리고 다른 일행은 온천에 가서 목욕을 하는 시간에 나는 홀로 버스기사와 이야기하면서 인디언의 마을에 자리잡은 인디언의 손으로 만든 기념품 가게를 둘러보기도 하였다.

인디언은 몽골로이드(Mongoloid, Mongolian)라고 한다. 몽골로이드가 빙하시대에 통로가 열린 베링해협을 통하여 12,000년 내지 30,000년 전에 북미와 남미 대륙으로 진출하여 문명을 이루었지만 15세기 백인들의 진출로 정복당하고 쇠퇴하여 지금은 겨우 명맥만이 유지되고 있을 뿐이다. 그 때 인디언에 대한 백인들의 정책은 나라마다 달랐다. 스페인 사람들은 인디언을 기독교로 개종하여 지정된 지역으로 이주시키려 하였고, 프랑스인들은 인디언과의 교역관계를 중시하였고, 영국인들은 1763년 선언을 통해 애팔라치아산맥 서부지역을 인디언의 영토로 규정하기도 하였다.

그러나 이러한 초기 정책은 많은 변화를 일으켜 1876년 수족과 샤이엔족의 커스터 학살을 포함해 무시무시한 전쟁을 겪으면서 인디언들은 영토를 강탈당하고 압박도 계속받다가 1934년 이후에야 인디언 재조직법(Indian Reorganization Act)에 따라 인디언의 지위가 향상되기도 하였다. 미국의 인디언 소탕전은 한 때 미국문학의 소재가 되어 백인이 인디언을 죽이는 것은 마치 사냥꾼이 들소나 멧돼지를 잡는 것처럼 신나고 용감하고 자랑스런 일로 묘사되었다.

인디언들은 한국 사람들처럼 신생아의 엉덩이에 몽골반점이 있고 아기를 등에 업어서 기른다고 한다. 혈액형은 O형이 대부분이라고 하는데 O형은 그 성격이나 기질이 인내심이 강하고 고집이 세고 잔인하다고 하니 그런 기질이 아메리카 대륙의 풍토에서 살아남을 수 있는 원형질인지도 모른다.

북아메리카 인디언들 사이에는 '유령 춤'(ghost dance)이라는 일종의 종교적 의례행위가 유행하였었다고 한다. 미시시피강과 록키산맥 사이에 널리 퍼져 살던 포니(Pawnee)족들은 여럿이 모여 예언자의 지시에 따라 약초로 만든 환각제를 먹으면서 며칠동안이나 계속하여 춤을 추다가 드디어는 실신상태에 빠지고 몽환의 세계를 경험한다. 거기에는 아름답고 풍요로운 광활한 자연과 평화로운 마을이 펼쳐지며 오래 전에 죽은 그들의 조상들이 나타나고 그들은 조상들과 함께 노래하며 즐거운 시간을 보낸단다.

그들은 많은 금기사항을 지키는데 농사일을 하지 않는 것도 하나의 중요한 금기 항목에 속한다. 농기구로 땅을 일구는 일은 어머니의 젖가슴을 칼로 찍는 일이며 땅속의 돌멩이를 파내는 것은 어머니의 살 속에 있는 뼈를 파내는 것이라고 생각한다. 어머니의 젖가슴을 찍으면 자신이 죽어서 묻힐 곳이 없고 어머니의 뼈를 파내면 죽었다가 다시 태어 날 수가 없다고 생각한다. 이러한 생각 속에는 백인들이 아메리카 대륙을 정복하면서 자연을 파괴하는 데 대한 강렬한 저항심과 백인들이 침략하기 이전의 평화로운 세계를 갈망하는 마음이 깊이 응어리져 있는 것이라고 한다.(김기선 지음, 『에스키모와 인디언 문화』, 민속원, 2003 참조.)

아메리카 대륙에서 인디언들은 땅을 빼앗기고 충격을 받고 처참히 죽어갔으며 지금까지 살아남은 사람들은 제한된 보호구역(Indian reservation)에서 인디언 관리소(Indian agency)에 파견된 백인 감시인(agent)이 주야로 감시하는 제한된 생활을 꾸려가고 있다. 말이 좋아 보호구역이지 수용소나 유배지와 다름없이 거주 이전의 자유가 제한되어 있다. 자연계에만 약육강식의 논리가 지배하는 것이 아니라 인간의 세계에도 약육강식의 논리가 지배한다.

백인들은 인디언을 자신들과 똑 같은 사람으로 보지 않고 다만 '사람처럼 생긴 짐승'으로 알고 그렇게 대접하고 그렇게 짓밟고 그렇게 물리쳤던 것이다. 인디언을 몰아내는 전쟁 중에서 가장 처참하였던 것은 남부에서 벌어졌던 크리크(Krik)족과의 전쟁, 플로리다의 늪지대와 삼림 속에서 벌어졌던 세미놀(Seminol)족과의 전쟁, 인디아나에서 벌어졌던 터쿰슈(Tuckumshu)의 지지자들과의 전쟁이었다고 한다. 인디언들은 백인들이 요구하는 대로 일정한 토지만 양보하고 물러나면 평화를 유지할 수 있으리라고 믿었었지만 그것은 어리석은 생각이었다.

백인들의 욕심은 한도 없고 끝도 없는 것이었다. 이른바 5대 개화부족(開化部族)에 속하는 크리크족이나 촉토족(choctaws)이나 치카소(Chikaso)족이나 세미놀족이나 체로키(Cherokee)족은 검소한 농민이 되어 훌륭한 가옥을 건축하고 물방아간을 만들고 가축을 길렀으며 자녀들을 선교학교(宣教學校)에 보내어 교육하였다. 그럼에도 불구하고 그들은 백인들에게 축출 당하여 고향을 떠나 머나 먼 곳으로 이주하지 않으면 아니 되었고 마차나 도보로 이동하면서 기아와 질병으로 신음하고 사망자가 속출하였다. Allen Nevins와 Henry Commager가 공동으로 지은 "History of the United States"의 부제는 〈The Story of a Free People〉로 되어 있다. 총칼로 남의 땅을 빼앗고 남의 자유를 빼앗고 남을 죽인 사람들을 일컬어 자유민이라고 한다면 그 자유라는 말은 강탈이나 살육이라는 말과 무엇이 다를까.

미국에서 흑인들은 1862년 9월 22일 링컨 대통령이 노예해방을 선포(Emancipation Procramation)한 이후 1863년 1월 1일부터 차별이 차츰 없어져서 정정당당한 미국 시민의 대접을 받게 되었지만 인디언들은 그 넓고 넓은 땅을 빼앗기고 보호구역 안에 갇혀 살면서 선거권이나 피선거권이 없는 형언할 수 없는 차별을 받고 있다.

인디언들의 종교생활은 샤마니즘(shamanism)이라고 할 수 있다. 샤마니즘은 중앙아시아를 비롯하여 시베리아나 유럽이나 아메리카 대륙에 널리 퍼져 있는 원시 종교에 속한다. 샤만(shaman, 무당)의 역할은 역시 질병을 치료하는 것이고 그들은 초인적인 능력을 가지고 초인적인 주술에 의존하여 질병을 치료한다. 샤만은 몸에 들어온 병원체를 쫓아내어 건강을 회복시켜 주는 질병치료 행위도 하지만 육신에서 사라진 영혼을 찾아 회복시킴으로써 건강을 회복하게 한다.

인디언들은 자연을 사랑하고 자연을 어머니로 생각하고 자연을 부활의 원천으로 생각한다. 그들은 자연을 정복의 대상으로 생각하는 것이 아니라 생명의 원천으로 생각하고 외경한다. 물질문명에 눈 먼 백인들은 인디언의 맑고 겸허한 정신을 본받아야 할 것이다.

(2003. 11)

4. 에이브라함 링컨과 미국의 인권

미국의 남북전쟁에서 로버트 에드워드 리(Robert Edward Lee, 1807~1870) 사령관은 훌륭한 영웅의 모습을 보였다. 그는 훌륭한 지휘력을 발휘하고 열성을 보였으며, 패전한 후에는 북부에 대하여 충성스런 협동자가 되라고 남부인들에게 호소하였다. 전쟁이 끝난 후 겨우 5년밖에 살지 못하였지만, 정치적 · 경제적 · 문화적 모든 분야에 있어서 남부를 재건하는 데 헌신하였다.

북부에서는 더 한층 훌륭한 영웅 에이브라함 링컨(Abraham Lincoln, 1809~1865)이 나타났다. 그러나 링컨은 본디 시골티가 나고 풍채가 멋없고 학교도 제대로 다니지 못했고 초라하게 보이는 서부의 변호사에 지나지 않았다. 링컨 정부의 제2대 육군장관이었던 사람마저 링컨을 가리켜 '고릴라'(gorilla)라고 부르고 언론에서도 그를 무능자라고 평가할 정도였다. 그러나 시간이 지나감에 따라 국민들은 링컨의 총명함과 진리에 대한 깊은 사랑과 강한 인내력과 무한한 관대성을 이해하게 되었다. 그는 결코 공정하지 못한 수단이나 방법을 사용하지 않았으며 항상 지성에 호소하였고 남부 주민에 대하여 불손한 언어를 사용하지 않았다. 전제군주와 같은 막강한 권력을 행사하였으나 완전한 국민의 신뢰를 받았다.

그는 게티스버그 연설(Gettysberg Address)과 제2차 대통령 취임연설 등을 통하여 위대한 웅변가의 모습을 보였다. 그는 1863년의 게티스버그 연설에서 '사람은 누구나 평등하게 태어났으며, 미국에는 하느님의 가호를 받고 새로운 자유가 탄생하였다는 것과 인민의, 인민에 의한, 인민을 위한 정치는 지상에서 멸망하지 않는다' 고 외쳤다. '인민의 인민에 의한 인민을 위한 정치' 라는 말은 당시의 설교가이던 쇼도 바커(Shodo Barker, 1801~1860)의 저서에서 보이고 그보다도 먼저는 정치가이고 웅변가이던 다니엘 웹스터(Daniel Webster, 1782~1852)도 이 말을 사용하였으며, 또 이보다 훨씬 먼저 1384년에 출판된 영국의 죤 위클리프(John wycliffe)가 영어로 번역한 『구약성서』 머리말에 이 말이 쓰여 있다고 한다.

노예제도는 일찍이 동양이나 서양에 다 같이 존재하던 제도이다. 노예는 주인에게 생사여탈권이 인정되는 까닭에 주인은 노예를 하나의 가축이나 다름없이 사용할 수 있고 수익할 수 있고 처분할 수 있었다. 세계 역사에서 고대 로마의 노예제도가 가장 비인도적인 것이었다고 하는데 그것은 노예를 하나의 인간으로 보지 않고 하나의 소유물이고 재산(동산)으로 보았기 때문이다.

그런데 노예도 분명히 사람임에는 틀림이 없는데 어찌하여 주인이 소유하는 재물로 인정되었을까. 고대사를 거슬러 올라가 보면 대개 전쟁에서 생포된 자나 반역자나 살인자나 강도와 같은 범죄자와 그들에게 딸린 가족들이나 혹은 자력으로는 도저히 살아나갈 능력이 없는 사람이 스스로 노예가 되어 주인에게 생계를 의탁하였거나 그밖에 인신매매로 인하여 노비가 된 사람이었다. 이 가운데 전쟁에서 전투원으로 참가하지 않은 양민들이 붙잡히기도 하고 또한 범죄자의 경우에도 단순히 범죄자의 가족이라는 이유로 노예가 되거나 입에 풀칠할 능력이 없다는 이유로 노예가 된다는 것은 너무나 억울하고 비인도적인 일이었다.

미국의 노예들은 대개 노예상인들로부터 매매된 흑인이었다. 노예상인들은 아프리카에서 짐승처럼 붙잡혀 온 흑인들을 헐값으로 사서 비싸게 팔았고, 노예를 사들인 백인들은 넓은 농장에서 강제노동을 시키거나 집안에서 일을 시켰다. 그런데 노예들도 가족이 있기 때문에 일하지 못하는 가족이 딸린 노예는 값이 덜 나가고 그렇지 않은 노예들은 값이 비싸기 때문에 백인들은 노예를 시장에 내다 팔 때 일하지 못하는 가족을 강제로 떼어놓고 팔려고 하였다. 어떤 젊은 노예는 백인의 무서운 채찍에 견디지 못하여 처자를 버리고 다만 늙은 어머니만은 함께 가게 해달라고 애원하지만, 백인은 끝내 들어주지 않고 무자비하게 젊은 노예만 팔아 넘기기도 하였다.

이러한 비인도적인 노예제도는 이름 없는 스토우 부인(Mrs. Stowe, 1811~1896)이 쓴 소설 『엉클 톰즈 캐빈』(Uncle Tom's Cabin, 톰 아저씨의 오두막집, 1852년 보스턴에서 출판)에서 잘 드러났고 이 소설은 불과 수개월만에 무려 15만 부나 팔렸다고 한다. 스토우 부인은 뉴잉글랜드의 열렬한 퀘이커 교도의 집안에서 태어나 교육자와 혼인하였다. 그는 노예를 인정하지 않는 오하이오주에 살고 있었는데 노예제도가 실시되는 켄터키주에서 목숨을 걸고 도망쳐 오는 흑인노예의 비참한 모습을 여러 번 목격하고 사회적 불의를 세상에 폭로하게 되었다. 사람이 마소처럼 매매된다는 사실과 매매된 사람이 채찍을 맞아가며 작렬하는 태양 아래 일한다는 것을 생각할 때 인간이 창조한 세계가 얼마나 피비린내 나는 약육강식의 아수라장인가를 상상하게 한다.

당시 미국의 북부에서는 자본주의 공업이 발달하여 보호관세와 중앙집권을 주장하게 되었고 남부는 농원제농업(農園制農業)의 발달에 따라 자유무역과 각 주(州)의 자립을 주장하게 되었다. 북부의 자본주의 공업은 자유로운 노동력의 흡수가 유리한 데 반하여 남부에서는 토지에 고정시킬 노예노동이 농업에 유리하였다. 그리고 서부지방의 개척에 따라 새롭게 만들어진 주를 자유주(自由州)로 할 것인지 노예주(奴隷州)로 할 것인지에 대하여 남북의 의견은 날카롭게 대립하고 충돌하다가 1860년에는 노예제도를 반대하는 링컨이 대통령으로 당선되자 남부의 여러 주는 연방으로부터 탈퇴하고 아메리카 맹방(The Confederate

States of America)을 구성하여 독립을 선포하고 북부와 전쟁을 감행하게 되었다.

그 후 1862년 9월 22일, 링컨 대통령은 1863년 1월 1일부터 어느 주를 막론하고 노예의 신분에 놓여 있는 자는 모두 영구히 자유인이 된다는 것을 선포하였다. 북부군은 우세한 해군으로 남부를 봉쇄하고 펜실베이니아주의 게티스버그(Gettysburg)에서 승리를 거두고 1865년 5월에는 남부의 수도였던 버지니아주의 리치몬드(Richmond)를 함락시킴으로써 5년간의 지루한 전쟁은 끝났다.

스토우 부인의 소설은 전쟁을 일으키고 노예를 해방시킨 책이라고 말한다. 링컨은 스토우 부인을 만나 "당신이 이 커다란 전쟁을 일으킨 조그만 여성입니다." "노예해방의 싸움에서 부인의 펜의 힘은 북부군의 명장 그랜드 장군이 이끄는 10만 대군의 힘보다 강했습니다"라고 말하였다고 한다.

노예를 해방하는 남북전쟁에서 승리한 링컨 대통령은 1865년 4월 14일 밤, 부인과 함께 워싱턴의 포드극장에서 '우리 아메리카의 사촌'(Our American Cousin)이라는 희극을 관람하다가 남부 출신의 한 청년에게 총격을 받았다. 그는 귀 뒤에 총탄을 맞아 의식을 잃고 그 자리에 쓰러졌고 이튿날 아침에 운명하고 말았다. 범인은 존 윌키스 부즈(John Wilkes Boothe)라는 배우였는데 링컨을 저격하고 나서 무대 위로 뛰어올라가 "폭군의 말로는 으레 이런 것이다"라고 소리치고 달아나 극장의 창고 속에 숨었는데 항복하고 나오지 않으므로 불을 지르자 뛰어나와 도망치다가 사살되고 말았다고 한다.

링컨의 죽음은 많은 국민에게 커다란 충격을 주었고 일찍이 없었던 슬픔을 경험하게 하였다. 인지가 발달하고 인도주의 정신이 보급됨에 따라 노예제도는 차츰 자취를 감추었지만 미국의 남북전쟁은 인류의 역사에서 노예제도를 추방하는 가장 강력한 영향을 주었고 인류역사의 추악한 치부를 도려내는 획기적인 사건이었다.

미국에서는 노예가 해방되고 나서 이른바 평등권리법(Equal Rights

Statutes)들이 제정되어 흑인에 대하여 법률상 백인과 평등한 지위를 부여하게 되었다. 이 법률들은 도로나 공원이나 공공건물이나 공공의 교통기관에서 흑인을 차별대우하는 것을 금지하는 것이다. 따라서 '백인전용'(white only)이라는 표지판이 붙은 업소나 버스가 없어지게 되고 흑인은 앞자리가 비어 있어도 뒷자리에만 앉는 차별이 없어지게 된 것이다.

또한 미국 헌법수정 제14조 제1절은 "… 어느 주라도 … 그 관할 내에 있는 어떤 사람에 대하여도 법의 평등한 보호를 거부할 수 없다"(… No state shall make or enforce any law ……; nor deny to any person within its jurisdiction the equal protection of the laws.)고 규정하게 되었다. 이러한 규정은 본디 남북전쟁이 끝나고 해방된 흑인들에 대하여 남부의 여러 주에서 차별대우를 하지 못하게 하는 것이었지만 현재는 외국인에 대하여도 차별대우를 하지 못하게 하는 것으로 넓게 해석되고 있다. 사람은 백인만이 특별한 존엄성을 타고 난 것이 아니고 황인이나 홍인이나 흑인이나 모두 똑같은 존엄성을 타고 난 것이며 적어도 같은 나라의 국민이라면 그 인종에 관계없이 법 앞에 평등해야 한다.

노예제도는 인권을 유린하는 제도이기 때문에 우리는 지금도 인권이 유린되는 체제 밑에서 살아가는 것을 노예생활이라고 한다. 그리고 현대판 노예생활을 극복하기 위하여 세계 각국의 정부와 민간기구(비정부기구, N.G.O.)는 최대한의 노력을 기울이며 인권운동을 열렬히 전개하고 있다. 오늘날 세계 각국의 헌법은 국민의 인권을 보장하기 위하여 대개 다음과 같은 내용을 규정하고 있다.

모든 국민은 인간으로서의 존엄과 가치를 가지며 행복을 추구할 권리를 가진다.

국가는 개인이 가지는 불가침의 기본적 인권을 확인하고 이를 보장할 의무를 진다.

모든 국민은 법 앞에 평등하다.

누구든지 성별 · 종교 또는 사회적 신분에 의하여 정치적 · 경제적 · 사회적 · 문화적 생활의 모든 영역에 있어서 차별을 받지 아니한다.

사회적 특수계급의 제도는 인정되지 아니하며 어떠한 형태로도 이를 창설할 수 없다.

모든 국민은 신체의 자유를 가진다.

모든 국민은 고문을 받지 아니하며 형사상 자기에게 불리한 진술을 강요당하지 아니한다.

모든 국민은 행위시의 법률에 의하여 범죄를 구성하지 아니하는 행위로 소추되지 아니하며 동일한 범죄에 대하여 거듭 처벌받지 아니한다.

모든 국민은 자기의 행위가 아닌 친족의 행위로 인하여 불이익한 처우를 받지 아니한다.

모든 국민은 거주 이전의 자유를 가진다.

모든 국민은 직업선택의 자유를 가진다.

모든 국민은 주거의 자유를 침해받지 아니한다.

모든 국민은 사생활의 비밀과 자유를 침해받지 아니한다.

모든 국민은 통신의 비밀을 침해받지 아니한다.

모든 국민은 양심의 자유를 가진다.

모든 국민은 종교의 자유를 가진다.

모든 국민은 언론출판의 자유와 집회 결사의 자유를 가진다.

모든 국민은 학문과 예술의 자유를 가진다.

모든 국민의 재산권은 보장된다.

국민의 자유와 권리는 헌법에 열거되지 아니한 이유로 경시되지 아니한다.

이밖에 선거권, 공무담임권, 청원권, 재판을 받을 권리, 교육을 받을 권리, 근로의 권리, 근로자의 단결권, 인간다운 생활을 할 권리, 환경권 등이 모두 보장된다는 취지를 규정하고 있다(대한민국헌법 제2장 국민의 권리 의무 참조). 여기서 가장 주목할 것은 '법 앞에 평등' 이라는 것이며 이것은 곧 '법은 만인을 차별하지 않는다' (The law speaks to all with one mouth)는 것이다. 이러한 권리는 근대국가의 모든 자유인이 누리는 기본적 권리이다. 이러한 자유인의 권리는 적어도 미국에 있어서는 남북전쟁과 같은 인권전쟁의 위대한 승리를 발판으로 신장된 것이며, 그것은 오늘날의 미국이 세계의 모든 인종을 수용하면서 세계 어느 나라보다도 인권 선진국이 될 수 있는 원동력이라고 할 수 있다.

미국의 흑인문학에서 묘사되었던 흑인들의 슬픔은 역사의 뒤안길로 완전하고도 영원히 사라져야 한다. 만일 아직도 사라지지 않고 남아 있는 망령이 존재한다면 그것은 미국의 씻을 수 없는 수치이다. 그러나 지구상에는 아직도 국가권력에 의하여 국민의 인권이 유린되고 가진 자에 의하여 가지지 못한 자가 유린되는 사례가 허다한 현실이니 실로 답답한 마음을 억누를 길 없다.

(2003. 10)

오! 민주주의, 그대를 위하여

For You O Democracy

월트 휘트먼

자, 나는 굳건한 대륙을 만들리라.
햇볕을 받은 모든 인종 중에서 가장 훌륭한 인종을 만들리라.
자석처럼 당기는 힘이 솟는 신성한 국토를 만들리라.
동지의 사랑으로
한 평생 이어지는 동지의 사랑으로.

아메리카의 모든 강변을 따라서
크나 큰 호숫가를 따라서
대초원의 도처에 수목처럼 울창하게

동지애를 심으리라.
두 팔로 서로의 목을 끼어 안아
떨어지지 않는 도시들을 만들리라.
동지의 사랑으로
씩씩한 동지의 사랑으로

오, 민주주의여!
그대를 위하여 이 모든 것을
나의 사랑 그대에게 바치기 위하여
그대를 위하여, 그대를 위하여
나는 이 노래를 떨리는 목소리로 부르노라.

* 월트 휘트먼(Walt Whitman, 1819~1892)은 가난한 농부의 아들로 태어나 초등학교를 중퇴하고 목수를 비롯한 인쇄공 기자 교사로 일하고 노동자들과 사귀면서 평등사상을 체득하였다. 1853년 경 에머슨(Ralph Waldo Emerson, 1803~1882 미국의 시인, 사상가)의 영향을 받았으며 시를 쓰면서 시집 『풀잎』(Leaves of Grass)을 간행하였다. 그의 시는 철저한 개인주의, 평등주의, 민주주의, 우애, 육체의 찬미, 낙천주의를 나타내며 그 제재와 형식과 운율 등에 있어서 미국시의 역사상 새로운 전통을 구축하였다고 평가된다. 그는 오랜 세월에 걸쳐 참다운 가치를 평가받지 못하고 오히려 부당한 비난을 받았으나 오늘날에는 위대한 국민시인으로서 확고한 지위를 차지하고 있다. 『풀잎』은 1977년 이후 한국에 널리 소개되어 있다.

나는 월트 휘트먼의 시에서 진정으로 미국을 사랑하는 미국인의 마음을 읽을 수 있다. 그는 결코 상류사회에 속하는 사람이 아니고 돈도 권력도 사회적 지위도 없는 지극히 평범한 사람이었다. 그는 미국에서 일어나는 모든 것을 애정과 연민의 눈으로 관조하며 시를 썼다. 모든 슬픔과 억압과 치욕을 바라보며 증오를 느끼거나 비분강개하기보다는 사랑하는 마음으로 아픔을 느낀다. 모든 역경을 딛고 일어나 세상을 살아가면서 독신생활로 일생을 마칠 때까지 미국을 사랑하고 미국을 훌륭한 나라로 만들고 싶은 마음을 간직한 가난한 시인이었다. 조국을 사랑할 줄 모르는 국민, 정치인, 지식인, 시인이 활개치는 나라는 결코 그 앞날을 기대하기 어려울 것이다.

(2003. 10)

5. 빈민가와 사회적 정의

어느 시대 어느 사회를 막론하고 항상 빈민층이 있었던 것이 숨길 수 없는 사실이다. 그런데 그들의 빈곤이 그들 자신의 책임일 수도 있고 국가나 사회의 책임일 수도 있다. 만일 개인이 나태하거나 불성실하여 빈궁한 결과를 초래하였다면 모르지만 그렇지 않고 근면하고 성실히 일하고 불의의 재난을 입지 않아도 빈곤하다면 그것은 국가나 사회의 책임이라고 할 수 있다. 그러한 국가나 사회는 모순과 부조리가 지배하기 때문이다.

오늘날 자본주의사회는 말할 것도 없고 사회주의사회에서도 물질적으로 마음껏 향락하는 사람들이 있는가 하면 일일삼식마저 해결하지 못하고 굶주리는 사람들이 있다. 미국은 세계에서 가장 부강한 나라고 사회보장도 잘 되어 있는 나라지만 빈민가는 항상 중요한 사회문제로 남아있다.

덴마크에서 미국에 이민하여 『뉴욕 썬』(New York Sun)의 기자로 근무하던 제이콥 리스(Jacov Riis)는 1890년에 세계의 도시로 발전한 화려한 뉴욕의 빈민가를 적나라하게 폭로한 글을 써서 『다른 절반은 어떻게 사는가?』(How The Other Half Lives?)라는 이름으로 발표하였다. 도시는 부유한 삶과 빈곤한 삶이 뚜렷이 드러나기 쉬운 곳이었다. 부자

뉴욕 UN본부

의 웅장한 대저택의 둘레에는 빈자의 누추하고 게딱지 같은 집들이 둘러싸고 거리에는 걸인들이 들끓고 있다. 모리배들은 정치인들과 결탁하여 부당하게 돈을 벌고 범법행위를 자행하며, 부녀자와 어린이들은 보호되지 못하고 신문팔이 소년이나 구두닦이 소년들이 악한들에게 착취당하기도 한다.

뉴욕에서는 다른 도시들처럼 주택문제가 심각하게 대두되었다. 남북전쟁 이후로 수 십년 동안 사람들은 도시로 몰려들었고 주택은 형편없이 부족하였다. 가난한 사람들은 환기도 잘 안 되고 대낮에도 어두컴컴하고 화재가 발생하기 쉬운 위험하고 누추하기 짝 없는 다 쓰러져 가는 집에서 세를 내고 살았으며 수천 명이나 사는 마을에 목욕탕이 없었다. 1890년대에 뉴욕시민의 절반이나 되는 빈민들의 사망률은 나머지 절반의 4배나 되었다. 열악한 환경에서 질병이 많이 생기고 장수하지 못하는 것은 당연한 일이었고 그런 환경에서 자라나는 청소년들은 거칠고 무례하고 무법하기 그지없었다.

이러한 분위기 속에서 개혁자들이 빈민가의 개조를 역설하고 그 추진

운동을 전개하기에 이르렀다. 그리하여 헨리가 인보사업관(헨리街隣保事業館 Henry Street Settlement)과 같은 빈민가의 개선추진기구가 발족하여 너무 낡은 집은 철거하고 나머지는 수리하였다. 인보사업관은 많은 도시로 확대되어 10년도 되기 전에 수백 개에 이르렀고 교육이나 보건에 관한 다채로운 계획과 여러 가지 구제사업이 전개되었다. 어린이들은 좋은 놀이터에서 놀 수 있고 우유공급소를 통하여 우유를 공급받고 탁아소가 생겨 근로하는 부인들의 부담을 덜고 순회간호원협회(Visiting Nurses' Association)와 기독청년회와 소년단의 활동이 활발하게 일어났다.

개혁자들은 또한 범죄사건 특히 청소년 범죄에 관심을 기울였다. 당시의 형법이나 형사제도는 범죄자를 개과천선케 하는 것이 아니고 범죄자에게 고통을 주고 사망에 이르게 하는 것을 예사로이 여겼다. 그리고 부유하거나 권력 있는 사람과 관련되는 형사사건과 그렇지 못한 사람에 관련되는 형사사건에는 법률의 적용이나 집행에 차이가 많았다. 개혁자들의 노력은 이러한 무자비하고 비합리적이며 불공평한 형사제도를 개선하려고 애썼다. 그 결과로 범죄인을 쇠사슬(철쇄)로 묶고 혹심하게 노동시켰던 일이 개선되기 시작하였다. 소년재판소(Juvenile Court)가 새로 생긴 것도 커다란 발전이었다. 20세기에 들어서면서 자유형과 집행유예제도가 채택되고 응보형(應報刑)에서 교육형(教育刑)으로 전환되기 시작하였다.

범죄와 빈궁의 원인 중의 하나는 술집이 많은 것이었다. 1900년 경 뉴욕이나 버팔로나 샌프란시스코와 같은 도시에는 인구 200명에 하나 꼴로 술집이 있을 만큼 술집이 많았다. 특히 럼(rum)주는 정주(精酒)이기 때문에 매우 경계할 만한 것이었다.

이리하여 여러 주에서 금주법을 제정하여 실시하였으나 법은 잘 지켜지지 않았다. 일찍이 1869년에 나타난 금주당(禁酒黨, Prohibition Party)의 활동도 효과는 적었다. 그러나 기독교부인금주동맹(Women's Christian Temperance Union)과 주점반대연맹(Anti-Saloon

League)과 복음을 전도하는 교회 등이 적극적으로 금주운동(temperance movement, dry campaign)에 나서서 실적을 거두었다. 일부의 기독교인들은 주점에 들어가 소리 높여 찬송가를 부르고 무릎을 꿇고 기도를 하였다.

금주운동은 19세기 말엽에 이르러 농업을 중심으로 하는 7개 주에서 금주법을 실시케 하였고, 제1차 세계대전 때에는 전국민의 3분의 2가 금주법 아래에서 생활하게 되었다. 금주법(Volstead Act)은 1919년에 연방헌법 수정 제18조에도 반영되어 주정음료의 양조 판매 운반 수입 수출의 금지를 규정하였으나 1933년에 이르러 철폐되고 금주의 문제는 다시 각 주(州)의 자치에 회부되었다(Allan Nevins 외, 『미국사』, 제17장 참조.)

위에서 살펴 본 바와 같이 19세기 말엽, 미국에서는 빈민층의 벽이 매우 두터웠고 많은 사회적 문제를 야기하였으나 그 실상을 폭로하고 그것을 개선하려는 개혁자들의 힘으로 많은 성과를 거둔 셈이다. 그러나 아직도 미국의 화려한 도시에 자리잡은 일부의 거리는 '슬럼'(slum)이라는 이름을 떨치지 못하고 있다.

정의사회를 구현하기 위하여 투쟁한 당시의 개혁자들은 사회정의의 십자군(Crusades)이라고 추앙을 받았지만 미국은 아직도 가정의 붕괴, 마약과 에이즈, 집 없는 사람들, 환경오염 등으로 말미암은 위기를 극복하기에 힘겨운 처지이다.

미국은 1930년대의 경제대공황 이후로 빈곤의 책임이 개인의 잘못보다는 사회의 구조적 모순에 있으므로 구빈책(救貧策)도 민간 차원보다는 국가 차원에서 강구되어야 한다고 믿고 여러 가지 사회보장제도를 마련하여 적용해 왔다. 이것은 서구의 여러 선진국과 일치하는 정책이었다. 그러나 국가가 보장하는 사회보장제도는 수혜자의 의존심을 조장하고 노동의욕을 약화시켜 사회의 생산성을 저하시킨다는 문제점이 지적되어 왔다.

필자가 미국에서 들은 바로는 자녀양육비와 실업수당만으로도 최저의 생계는 유지될 수 있기 때문에 열심히 일하지도 않고 저축하려고도 하지 않는 사람들이 상당히 많다는 것이었다. 만일 이러한 풍조가 만연되면 경제발전과 국력의 신장을 크게 위협할 수도 있으니 복지정책의 부정적 기능을 방관할 수 없게 된다. 사회주의국가의 생산성이 극도로 저하하여 사회체제가 붕괴하기까지 한 사례는 생생한 증거로 나타났다.

1981년부터 출범한 로널드 레이건 행정부는 이러한 문제점을 수술하여 재도약하기 위하여 빈민에 대하여는 개인주의와 자유방임주의 정신을 바탕으로 한 정책(선별주의, selectivism)을 쓰고 부자에 대해서는 사회주의 정신에 입각한 정책(보편주의, universalism)을 쓰는 이른바 레이거너믹스(Reaganomics)라는 정책을 내세웠다. 이러한 결과 사회복지의 혜택을 받는 조건이 매우 엄격하고 까다로워졌던 것은 다시 말할 필요도 없다.

그러나 다수의 미국인들은 1984년의 선거에서 다시 레이건을 압도적으로 지지하여 제2기의 출범을 가능케 하였다. 정치는 사회의 구조적 모순을 방치해서도 아니 되고 국민의 의타심이나 노동기피를 조장해서도 아니 된다.

오늘날 세계의 많은 나라에서는 절대적 빈곤을 비롯한 사회병리현상으로 고심하고 있으며, 우리나라에서도 여러 가지 국가적 사업이 꾸준히 전개되어 왔으나 아직도 매우 미흡한 형편이다. 특히 '가난 구제는 나라에서도 못 한다'는 속담이 전하는 것처럼 빈곤의 퇴치는 결코 용이한 일이 아니다.

그러나 국가에서는 부정부패를 없애고 산업을 일으키고 국민들로 하여금 정정당당한 경쟁과 유기적인 협력을 통하여 풍요한 삶을 누릴 수 있도록, 국민의 복지에 최선의 정책을 강구해야 하며 국민 한 사람 한 사람은 국가의 힘이 미치지 못하는 분야에서 적극적으로 협력해야 한다. 미국의 역사적 선례는 하나의 타산지석이 될 것이다.

(2003. 10)

나는 앉아서 바라본다

I sit and look out

월트 휘트먼

나는 앉아서 바라본다, 세상의 모든 슬픔과 억압과 치욕을,

나는 듣는다, 이미 저지른 짓을 뉘우치고 가책하는 젊은이들이 남 모르게 떨며 흐느끼는 소리를,

나는 본다, 가난한 살림에 자식들에게 구박받고 돌보아주는 이 없이 초췌하고 절망하여 죽어가는 어머니를,

나는 본다, 지아비에게 소박 맞은 지어미를, 젊은 아가씨들을 후리는 교활한 난봉꾼을,

나는 본다, 시샘과 억압 없는 사랑의 아픔을 감추려는 것을,

나는 본다, 이러한 땅 위의 광경을,

나는 본다, 전쟁 · 질병 · 학정의 소행을,

나는 본다, 순교자와 죄수들을,

나는 본다, 해상의 기근을, 동료들의 목숨을 잇기 위해 누구를 죽여야 할까 제비뽑는 선원들을,

나는 본다, 오만한 자들이 노동자와 가난한 자와 흑인들과 그 비슷한 사람들에게 던지는 모멸과 박대를,

이 따위 모든 것 — 온갖 치사함과 고통을 나는 앉아서 바라본다.

보고 들으면서 잠자코 있다.

6. 미국의 프래그마티즘(실용주의)

H. G. 타운센드는 『미국철학사상사』(Philosophical Ideas in the United States)에서 초창기와 혁명기를 언급하면서 조나단 에드워드(Jonathan Edwards)의 사상, 세인트 루이스(Saint Louis)의 철학, 심리학적 경험주의와 정신적 다원론, 논리적 실재론, 진화론적 다원주의 등 많은 것을 다루었지만 미국의 대표적인 철학사상이라고 할 수 있는 프래그마티즘(pragmatism, 실용주의)은 다루지 않았다. 그는 미국 철학사상을 다루면서 현대의 경계선에 와서 정지하였다고 말하고 현대는 설명하기에는 너무나 이르고 방해하기에는 너무나 늦은 것 같이 보이기 때문이라고 하였다.

나는 미국의 프래그마티즘에 관심을 가지고 그 일각이나마 살펴보고 싶다. 나는 1987년 타이완의 중앙연구원(中央硏究院)에 방문연구교수로 머물러 있었는데 미국 프래그마티즘의 신봉자라고 부르는 후스가 중앙연구원의 초대원장을 역임하고 중국의 발전에 기여한 공로가 높이 평가되어 연구원 안에 후스기념관이 세워지고 바로 길 건너에 자리잡은 후스공원에는 훌륭한 묘지가 조성되어 있음을 보았다.

후스(호적, 胡適, 胡適之, 1891~1962)는 1914년 미국 코넬대학교를 졸업하고 콜럼비아대학교에서 J. 듀이(John Dewey)에게 교육학을 배웠다. 중국에 돌아가 행한 프래그마티즘 적용에 의한 중국고전의 검토(國故整理運動)는 후세에 큰 영향을 끼쳤다. 그의 문집을 읽어보면 그는 자기의 사상을 프래그마티즘이라고 자처하였음을 알 수 있다.

확인된 바는 없으나 항간에 들리는 말로는 북경에서 일생을 바친 석학 펑유란(풍우란, 馮友蘭, 1894~1990, 북경대학교를 거쳐 미국의 콜럼비아대학교를 졸업하고 철학박사 학위를 받았다. 최초로 중국인의 손으로 『중국철학사』를 완성하였다)이 가장 싫어한 인물이 후스이고 대륙에서 타이완으로 철수할 때 펑유란이 후스와 함께 같은 비행기를 타지 않으려고 다음 비행기를 기다리다가 철수하지 못하고 북경에 머물게 되었다고 한다. 사실 여부는 제쳐놓고 펑유란은 무엇 때문에 후스를 싫어하였을까 궁금하다. 만일 후스의 사상이 프래그마티즘이기 때문이라면 펑유란은 왜 미국의 프래그마티즘(실용주의)을 싫어하였을까도 궁금하다.

영어로 'pragmatism'은 그리스어 'pragmaticos'에서 유래한 것인데 그것은 '숙련된' '활동적인'이라는 뜻으로 쓰는 말이라고 한다. 프래그마티즘은 주로 앵글로 색슨 국가들에 퍼져 있는 주관적 관념론적이며 불가지론적인 세계관을 가리키는 것이다. 이것은 퍼스(Peierce)와도 관련이 있긴 하지만 특히 제임스(James)에 의하여 발전되었으며 실러(F. C. S. Schiller)와 듀이(Dewey)에 의하여 틀이 잡혔다(듀이의 프래그마티즘은 도구주의〈instrumentalism〉라고 한다).

프래그마티즘은 생철학의 앵글로 색슨적 현상 형태라고 볼 수 있는데 많은 점에서 니체(Nietzsche)의 세계관과 일치하며 또한 실증주의의 영향을 강하게 받았기 때문에 많은 문제에 대하여 실증주의와 입장을 같이 한다.

프래그마티즘에 따르면 우리의 모든 표상(表象, representation, idea, presentation, 우리의 중추신경계를 매개로 하여 일어나는 객관적 실재의 관념적 반영형태), 개념, 판단, 세계관 등은 단지 우리의 행동(pragma)을 위한 규칙일 뿐이다. 그것들은 삶을 위해 유용하게 사용될 때만 진리이다. 진리의 기준은 객관적 실재와의 일치 여부가 아니라 유용, 효용, 결과이다. 따라서 실제적인 결과에 의해 확증되는 것만이 진리이다.

이를테면 어떤 표상을 믿는 것이 우리의 삶에 유용하다면 그 표상은 진리이다. 진리의 문제는 일반적으로 논리학이나 강의에서나 설교에서 확증되는 문제에 지나지 않는다. 우리의 실제생활에서 문제가 되는 것은 진리가 아니라 어떤 표상이 얼마만큼의 현금가(cash value) 를 가지고 있는가, 그리고 그 표상이 수시로 변화하는 특수한 우리의 이해관계에 얼마만큼의 유용성(utility)과 이익(profit)과 결과(result)를 가져오는가 하는 것이다.

프래그마티즘은 이러한 진리관을 인식론에만 적용하는 것이 아니라 도덕적인 문제에도 적용한다. 도덕이란 우리에게 전해 내려온 일종의 편견이다. 실제생활에서는 모든 인간에게 구속력을 갖는 도덕규범이란 있을 수 없다. 상대주의와 다원주의는 프래그마티즘의 진리관 및 도덕관에 밀접히 관련되어 있다.

요컨대 프래그마티즘의 진리관과 도덕관은 순전히 유용성과 이익이 인정되고 결과적으로 좋다고 평가되기만 하면 정당한 것이다. 사람은 누구나 진리라고 믿는 것이나 유용하다고 믿는 것이나 이익이 된다고 믿는 것이나 좋은 결과를 가져온다고 믿는 것을 행동으로 옮기려 한다. 사람은 누구나 좋은 결과를 도외시하기는 어렵다. 따라서 미국의 프래그마티즘은 미국인들에게 매우 유익하게 인정되기 때문에 아무런 저항도 없이 받아들여질 수 있고 또한 어느 나라에서나 쉽사리 받아들여질 가능성이 짙다.

개인이나 집단이나 국가나 유용성과 이익과 좋은 결과를 배제하고 발전할 수 없기 때문이다. 이리하여 미국의 프래그마티즘은 미국 제국주의 이데올로기의 불가결한 구성요소가 되었다는 지적이 있다 (한국철학사상연구회편, 『철학대사전』, 동녘, 1994 참조). 이러한 지적이 사실이라면 유용성이나 이익이나 좋은 결과가 미국만의 것으로 국한된다는 것을 말한다. 다른 민족이나 다른 나라의 유용성이나 이익이나 좋은 결과는 도외시하고 경우에 따라서는 완전히 말살하더라도 자기나라만의 것을 위하여 실행될 때 이는 인류사회의 심각한 문제로 대두된다.

미국은 세계 도처에 영토를 확보하고 군사력을 배치하고 유일한 초강대국으로 군림하고 있으므로 미국의 프래그마티즘이 미국제국주의 이데올로기의 핵심요소가 되었으리라는 해석을 가능하게 할 수 있을 것 같다.

그러나 프래그마티즘이 반드시 제국주의 이데올로기로 발전하는 것은 아니고 인간생활에 실지로 유용성과 이익과 좋은 결과를 주는 것이므로 그 가치가 손상될 수는 없다. 고성능 무기가 의인의 손에 들어가느냐 악인의 손에 들어가느냐에 따라 그 기능이 달라지는 것과 같다. 프래그마티즘은 미국뿐만 아니라 인류의 번영에 이바지할 수 있을 것이다.

나는 교육학자로부터 미국의 지배적인 교육철학이 프래그마티즘이라는 이야기를 들은 바 있다.

그러면 한국의 지배적인 교육철학은 무엇인가. 말할 것도 없이 미국에서 공부한 교육학자들이 한국의 교육을 지배하고 있으니 미국처럼 프래그마티즘이라고 말한다. 그렇다면 교육이 모든 문화 영역에 영향을 준다는 기능적 측면에서 볼 때 한국에서도 프래그마티즘이 제국주의 이데올로기의 구성요소로 기능할 가능성을 배태하고 있는지도 모른다는 지적이 나올는지도 모를 일이 아닌가. 이러한 문제에 대한 논의는 문외한의 식견으로 함부로 논의될 것은 아니고 전문가의 몫으로 남겨둘 수밖에 없다.

다만 우리는 지난날에 저질러졌던 구미열강과 일본의 제국주의를 냉철히 비판해야 할 것이며 본질주의 교육이든 실존주의 교육이든 실용주의(프래그마티즘) 교육이든 국가발전과 인류사회의 번영에 이바지할 수 있는 교육을 희구할 따름이다.

(2003. 10)

내가 듣는 미국의 노랫소리

I Hear America Singing

월트 휘트먼

아메리카의 노랫소리가 들린다, 형형색색의 캐롤들,
직공들이 목청껏 신나게 제 멋대로 부르는 노랫소리가,
목수가 널빤지나 들보를 재면서 제 노래를 부르는 것이,
석수장이가 일을 준비하거나 마치면서 노래를 부르는 것이,
사공이 보트 안에서 제멋대로 부르고 수부가 기선의 갑판 위에서 노래하는 것이,
신기료장수가 벤치에 앉아서 노래하는 것이, 모자장수가 서성거리며 노래하는 것이,
나무꾼의 노래가, 농부가 아침 점심 저녁에 부르는 노래가,
어머니가 젊은 아내가 더러는 바느질이나 빨래하는 처녀들이 부르는 달콤한 노래가,

제각기 나름대로 노래하는 것이 들린다.
낮에는 낮대로 - 밤에는 건장하고 정다운 젊은이의 무리가,
입을 크게 벌리고 힘차고 아름다운 노래를 부르는 것이.

7. '초원의 빛'

미국을 여행하면서 끝없이 펼쳐진 초원을 바라보면 1960년대 초 한국에서 흥행하던 영화 '초원의 빛' (Splender in the Grass)에서 디니(Dinny, 나탈리우드, Natalie Wood)라는 여주인공이 털사(Tulsa)에 있는 버드(Bud, 와렌비티, Warren Beaty)의 농장으로 찾아가 빛나는 태양 아래 천사같이 하얀 의상에 파라솔을 받쳐들고 서 있던 풍경이 떠오른다.

디니는 모든 면에서 완벽하리만큼 훌륭하고 모범적인 캔사스(Kansas)의 고등학교 학생이었다. 부잣집 아들 버드는 그런 디니를 연모하였고 두 사람은 데이트를 거듭하면서 서로를 완전히 소유하고 싶은 열망에 사로잡힌다. 그러나 버드의 적극적인 행동이 거듭하여 되풀이되었지만 디니는 항상 버드를 밀쳐 버리고 말았다. 그러는 동안에 버드는 화니타(Juanita)라는 다른 여학생과 함께 뒹굴었다는 사실이 드러났다. 디니는 실성한 사람이 되었다. 결국 디니가 지킨 순결은 버드를 떠나게 만들고 자신은 커다란 충격 속에서 실성하고 만 것이었다. 디니의 순결은 그의 어머니 때문이었다.

"……품위 있는 처녀(nice girl)는 그런 짓을 안 한단다. 나도 네 아버지와 결혼하기 전까지는 그런 짓을 하지 않았단다. 그래야만 남편에게 떳떳할 수 있는 일이고. ……이제는 너도 조심을 해야겠구나. 너희들 만할 때는 이성간에 느껴지는 감정을 통틀어 사랑이라고 생각하기 쉽단다. 그래서 나중에 울고불고하는 일이 생기는 법이야. 사랑은 어디까지나 아름답게 정신적으로 하지 않으면 안 된다. ……버드는 좋은 애다. 그렇다고 네 모든 것을 쉽게 던져서는 안 돼. 엄마의 말을 명심해서 듣도록 하거라."

어머니의 잦은 훈계는 디니에게 커다란 힘이 되어주었다. 그러나 결과는 버드를 떠나게 하고 화니타에게 빼앗기고만 것뿐이었다. 어머니는 자신의 어머니로부터 받은 교훈을 자신의 딸 디니에게 전한 것이 슬픔을 가져왔다는 사실을 깨닫고 디니에 못지 않게 가슴이 아팠다.

디니는 화니타에게 질투를 느끼기 전에 그의 천덕스러움에 구역질을 참을 수가 없었다. 수업이 시작되었어도 디니는 정신이 자꾸 산란하여 선생님의 목소리가 들리지 않았다. 선생님은 워즈워드의 '초원의 빛'을 강의하고 있었다.

한때
그리도 빛나던 영광이
내 앞에서
영원히 스러졌어라.
초원의 빛이여
꽃의 영광이여
다시 그 시간이
되돌아오지 않더라도
차라리 그 속 깊이 간직한
오묘한 빛을 찾으리.

디니는 선생님에게 지적되어 시를 읽어 내려가면서 갑자기 물결처럼 밀려오는 슬픔을 주체할 길이 없었다. 자신의 아픔과 고뇌를 그대로 나타내고 있는 것으로 느꼈기 때문이다. 눈이 부시도록 아름다운 초원의 빛과 황홀한 꽃의 영광은 버드와의 티 없이 맑은 사랑이었다고 생각되었다. 그러나 그 아름다움과 황홀함은 다시 돌아오지 못하고 영원히 사라진 것을 생각하면 가슴이 미어지도록 그립고 슬프고 뼈아픈 것이었다.

영화 '초원의 빛' 에서 우리는 두 여학생을 보았다. 하나는 디니요 하나는 화니타이다. 디니는 전통적인 어머니의 가정교육을 받았고 화니타는 그렇지 않았다. 디니는 어머니의 가정교육을 받들어 순결을 지켰고 화니타는 순결을 잃었다. 디니와 화니타는 모두 버드라는 남학생을 차지하고 싶었지만 디니는 순결 때문에 버드를 잃었고 화니타는 순결을 던져 버드를 얻었다. 그러나 화니타가 얻은 버드는 순식간에 화니타를 버리고 예일대학의 식당에서 일하는 이탈리아 여인 안젤리나(Angelina)에게로 날아가 버렸다.

어떤 사람들은 욕구억압의 시대가 지나고 욕구개방의 시대가 왔다고 말한다. 금욕시대가 지나고 욕구충족의 시대가 왔다는 것이다. 전근대 사회에 견주어 볼 때 현대사회는 욕구가 개방되고 충족되고 있다. 금욕과 절제는 전근대적 유물이라고 한다. 모든 매스컴은 "먹어라 마셔라 취하라 탐닉하라 벗어라 치장하라 즐겨라 ……" 라고 외친다. 이에 동조하여 많은 작가들이 그것을 변명해 주고 옹호해 주고 합리화하고 심지어는 선도적으로 이끌어 나간다. 대학교수를 포함하는 최고의 지성인들이 젊은이들을 선동하고 욕구개방을 찬양한다. 디니는 찾아보기 어렵고 화니타는 지천으로 늘어가고 있다. 어머니들은 디니 편에서 떠나 화니타 편으로 다가간다. 디니의 어머니는 찾기 어렵고 화니타의 어머니가 판을 친다. 이런 물결 속에 많은 사람들이 거울을 깨트리고 자식은 아무 곳에나 내어던지고 만다.

플라톤은 일찍이 이데아(Idea, 이상, 理相)를 말하였다. 그러나 그 이데아는 현실에 있는 것이 아니라 천상의 세계에 있고 사람은 레테(Lethe, 망각)강을 건너 지상에 태어나면서 이데아를 상실하고 그것을 그리워하면서 이데아로 다가가려고 노력하면서 산다던가. 아니면 지상에서 살면서 차츰차츰 이데아를 망각하고 상실해 간다던가. 디니가 순결을 지키고 아름다운 사랑을 이루어 나가는 것은 이데아의 세계일는지 모르지만 현실은 이데아가 상실되고 망각된 지상이고 양자의 거리는 너무나 멀다.

그런데 여기서 말하는 순결은 디니라는 여자에게만 지워진 무거운 짐으로 나타나고 있다. 버드라는 남자에게는 순결이라는 짐이 애초부터 거론되지 않고 있다. 그렇다면 플라톤이 말한 이데아는 여자에게만 해당한 것이고 남자에겐 애초부터 해당하지 않는 것인가. 남자는 정신적 세계가 없는 육체의 세계에만 머물러 살며 여자의 이데아마저 파괴하는 난폭하고 파렴치한 존재인가…….

영화 '초원의 빛' 은 소설로 변신하여 많은 독자에게 감명을 주었다. 디니는 버드의 사랑을 잃은 충격으로 뉴헤븐병원(New Heaven Hospital)에 입원하고 시련을 겪었지만 그 시련은 새로운 도약의 발판이 되었다. 버드는 아버지 스텐퍼(Stenffer)의 성화로 예일대학에 갔지만 방종한 생활로 중퇴하고 이탈리아계 처녀 안젤리나를 만나 농장으로 돌아가고, 디니는 신시내티(Cincinati)에서 개업하는 의사 죠니(Johnnie)를 만나 새로운 빛과 영광을 맞는다. 이데아를 지키는 일도 사람의 일이요 이데아를 그리워하고 우러르는 일도 사람의 일이다. 디니는 초원의 빛 속에 빛나는 천사였다.

이데아를 상실하고 망각하고 배반하는 현대인들은 어디로 달려가고 있는지 도무지 알 수가 없다.

* 이상(Idea)은 한자로 '理想' 또는 형상(形相)이라고 표기하는 것이 일반적이지만 '理相' 이라고 표기함이 타당하다고 보인다. 이 글은 윌리암 인지(William Inge) 원저, 한재룡 역 『초원의 빛』(세신문화사, 1981)을 참조하였음.

(2003. 10)

8. 『러브 스토리』

예일대학에서 문학을 강의하는 에리히 시갈(Erich Segal) 교수는 『러브 스토리』(Love Story)를 써서 명성을 떨쳤다. 『러브 스토리』는 지금 사랑하고 있거나 언젠가 사랑한 일이 있거나 장차 사랑하고자 하는 사람들을 위한 책이라고 평가되었고, 뉴욕타임즈의 베스트 셀러 목록에서 9개월 이상이나 베스트셀러 제1위를 차지하였으며, 저자는 1970년대의 중요신인작가의 제1위로 꼽혔다고 한다. 『러브 스토리』는 세계에 널리 퍼지고 여러 나라 말로 번역되었으며 영화화하여 크게 흥행하였다.

나는 우연히 도서관에 들렀다가 어느 여학생이 국역본 『러브 스토리』를 들고 있는 것을 발견하고 책을 구경하는 가운데 "사랑이란 결코 후회하지 않는 것이다"라는 글귀를 보고 그 뜻이 무엇인지 알고 싶어서 물어보았다. 여학생은 내가 묻는 의도를 알긴 하지만 그 뜻을 설명하지는 못하였다. 나는 책을 대출하여 집으로 가져가서 읽어보았다. 그리고 그 번역은 정확히 원작의 의도를 완전하게 전하지는 못한다고 느꼈다. 반드시 원서를 대조하여 확인하고 싶었다.

얼마 아니하여 나는 서울의 Y대학에서 주최하는 4주일간의 정치학 세미나에 참가하던 중, 서점을 찾아가 『Love Story』를 구입하여 읽어

보니 "Love means not ever having to say you' re sorry"가 "사랑이란 결코 후회하지 않는 것이다"라고 번역되었음을 알게 되었다. 원문을 그대로 직역하면 "사랑이란 결코 당신이 미안하다고 말하는 것을 뜻하는 것이 아니다"쯤으로 이해되는데 이것은 "사랑이란 결코 후회하지 않는 것이다"라는 뜻과는 상당히 차이가 있었다. 국역본의 번역으로는 '사랑은 후회하지 않는 것', '사랑은 아름다운 것', '사랑은 후회해 봤자 소용이 없는 것' 쯤으로 이해된다.

"Love means not ever having to say you' re sorry"라는 말은 제니퍼(Jennifer Cavilleri)라는 여학생이 동거하는 올리버(Oliver Barret)라는 남학생에게 한 말이다. 그들은 올리버의 아버지의 생일파티에 가야 하느냐 가지 말아야 하느냐는 문제로 다투다가 제니퍼가 집을 뛰쳐나가고 올리버는 제니퍼를 찾아 나갔다가 허탕을 치고 힘없이 아파트로 돌아와 보니 제니퍼가 문 앞에 서 있는 것을 보고 사과하기 위하여 "I am sorry ……"라고 말을 시작하자 그의 말을 가로막고 제니퍼가 말한 것이었다.

제니퍼는 올리버가 자기를 극진히 사랑하기 때문에 두 사람의 관계를 인정하지 않으려는 아버지를 미워하고 61회 생일파티에도 가지 않으려는 것을 너무나 잘 알기 때문에 당신이 변명하거나 사과하지 않아도 당신의 마음을 잘 안다는 것을 말한 것이다. 제니퍼로 말하면 아무리 올리버의 아버지가 자기를 탐탁히 여기지 않더라도 올리버만은 아버지와 화해해야 한다고 생각하고 아버지의 생일파티에 가라고 강력히 권고하다가 실패하자 화가 나서 집을 뛰쳐 나갔던 것이다. 두 사람은 이심전심(以心傳心)으로 사랑을 느끼고 확인하고 있기 때문에 미안하다는 변명이나 사과가 필요하지 않은 것이었다.

제니퍼는 얼마 아니하여 불의의 질병으로 죽고 말았다. 아버지는 병원으로 찾아가 아들을 보고 왜 진작 아버지의 도움을 요청하지 아니하였느냐고 말하고 그 동안 제니퍼와의 관계를 인정하지 않은 것에 대하여 미안한 마음으로 입을 열었다.

"I am sorry ……."

그러나 올리버는 아버지의 말을 가로막았다. 그리고 싸늘하게 체온이 식어버린 채 숨을 거두고 누워 있는, 모짜르트와 바하와 비틀즈를 좋아하던 25세의 젊고 아름다운 제니퍼가 언젠가 자기에게 들려주었던 말을 아버지에게 돌려주었다.

"Love means not ever having to say you' re sorry."

아버지가 제니퍼와의 관계를 인정하지 않은 것은 그만큼 아들을 사랑한 까닭이었다는 것을 아들은 알고 있었던 것이다. 그러므로 올리버는 아버지의 변명이나 사과를 들을 필요가 없는 것이었다.

여기서 보면 제니퍼가 올리버에게 했던 말은 다시 올리버의 입을 통하여 올리버의 아버지에게 전해졌고 그 말은 연인 사이에만 주고받는 말이 아니고 아버지와 아들 사이에도 주고받을 수 있는 말임을 알 수 있다. 그런데 "사랑이란 결코 후회하지 않는 것이다"라는 말은 연인 사이에나 적용되는 듯한 뉴앙스를 뿜는다.

아무튼 진정한 사랑이란 굳이 말이 필요한 것은 아닐는지도 모른다. 말이 없어도 심지어는 '사랑한다' 는 말 대신에 '미워한다' 는 말을 하더라도 그 속에는 사랑한다는 뜻이 강렬히 내포되는 수가 있으니 말이다. 사람은 누구나 자신의 감정이나 의지를 완벽하게 말로 표현하지는 못할 뿐만 아니라 오히려 반어법(反語法)으로 표현하는 수도 얼마든지 있고 증오는 사랑의 역기능으로 나타나는 수가 많아서 애증상발론(愛憎相發論)까지 주장되고 있지 않은가.

이제 다시 『Love Story』로 돌아가 본다. 작품은 예일대학교의 교수가 썼고 동거하는 학생들의 이야기가 줄거리를 이룬다. 그리고 두 연인들의 이야기는 학문의 전당에서 아름다운 젊음을 구가하면서 전개되고 종말은 슬프게 끝나지만 사랑은 아름답게 묘사되고 있다. 미혼의 대학생들이 동거한다는 사실이 너무나 자연스럽고 당연하게 서술된 것으로 보인다. 올리버의 아버지가 제니퍼를 인정하지 않은 이유는 올리버가 좀 더 상류사회의 지체 높은 짝을 찾기를 원했기 때문이다. 그러나 아버지의 기대는 천한 욕심에 지나지 않는다고 일축해 버리고 제니퍼를 사랑한 올리버는 의리 있는 사나이요 용기 있는 사나이로 보인다. 여기서 아버지와 아들의 가치관이 뚜렷이 다르게 드러난다.

젊은이들의 사랑은 맹목적으로 좋아하는 것(blindly adoring)일 수도 있어서 어른들은 불안을 느끼는 수가 많다. 그러나 젊은이들은 어른들의 불안을 불순한 찌꺼기로 치부하는 수가 다반사다. 미국의 대학사회를 무대로 한 이야기가 사실이든 허구이든 간에 독자의 안목은 얼마든지 다를 수 있다. 선진국의 가치관이 모두 맹목적으로 받아들여져야 할 이유는 없기 때문이다.

(2003. 10)

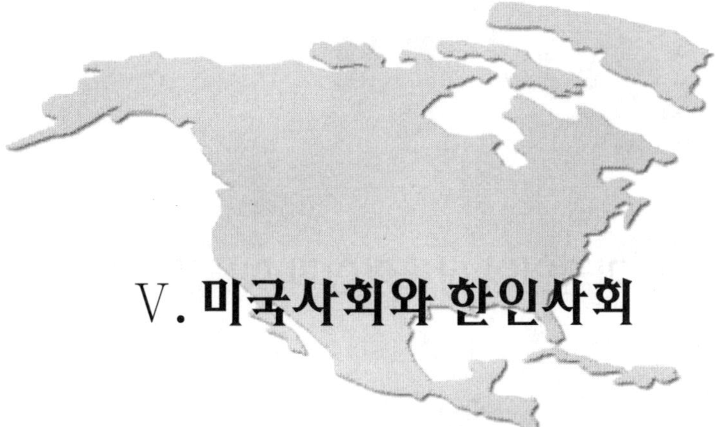

V. 미국사회와 한인사회

나는 미국을 여행하면서 한국 교포들의 업종이 비슷한 경우가 많고, 많다 보니 서로 경쟁이 일어난다는 것을 알았다. 내가 미국을 떠나 멕시코를 여행하고 있을 때 하루는 동행한 한국인 가이드가 머리에 상처를 입고 하얀 옷이 피투성이가 된 채 아침에 나타났다. 깜짝 놀라 까닭을 알아보니 전날 밤 한국인 동업자(경쟁자)에게 폭행을 당한 것이라고 하였다. 너무나 가슴 아픈 일이었다.

1. 미국인의 자유정신과 사유재산권

* 모든 미국인은 사유재산을 원한다

모든 미국인은 사유재산을 원한다. 그러므로 그들은 그들의 소유물이라고 부를 수 있는 물질을 획득하기 위하여 성실히 일하려고 노력한다. 그들의 생애와 행복은 그들이 향유하고 있는 토지와 건물과 도구의 사용권에 따라 좌우된다. 미국 헌법은 그들의 소유권을 보장하며 그들의 재산은 법률에 의하지 않고는 침해되지 않을 뿐만 아니라, 만일 법에 의하여 침해되었을 경우에는 그 손실에 대하여 배상을 받을 권리가 있다. 또한 미국 헌법은 그들의 가정적 평강을 보장하도록 규정하고 있다. 다음에 소개하는 이야기들은 미국인들이 향유하고 있는 존엄한 권리를 이해하는 데 크게 도움이 될 것이다.

때는 미국이 세계 제1차 대전에 들어간 1917년의 봄, 많은 미국 사람들이 독일인과 독일 제품을 배격하고 증오할 무렵이었다. 신문과 잡지에는 독일군에 관한 무서운 이야기들이 실리고 험악한 공기는 점점 더해 갔으며 많은 사람들이 전쟁 광란(war hysteria)에 사로잡혀 이성을 잃고 흥분으로 들떠 있었다.

원래 이러한 전쟁에는 어느 나라의 국민이든지 전쟁 히스테리를 면치 못하는 것이며 더욱이 적국에서 온 사람은 그가 아무리 충성스러울지라도 박해를 받는 수가 허다하다. 그리고 평시에는 생각지도 못한 사건들이 전시에 일어나는 수가 종종 있는 법이다. 많은 시민들은 그들이 '자유소세지' 라고 부르는 프랑크화터를 식육점에서 사가지 않았으며 어느 마을에서는 '쉴러' 라는 학교명을 '프랭클린' 으로 개칭하기도 하였다. '쉴러' 는 독일 작가의 이름이기 때문이다.

고등학교의 학생들은 독일어 공부를 팽개쳤다. 어떤 사람들은 스파이 혐의로 형사소추를 받았는데 이런 일이 독일인의 인명을 가진 사람에게 더욱 잦았다. 한 동부촌에 전쟁이 발발하기 훨씬 전부터 들어와 살던 늙은 헌 신을 깁는 일을 업으로 하던 신기료 장수가 있었는데 그는 벌써 40년 간이나 미국의 시민권을 가지고 있었다. 그는 미국을 그의 보금자리로 택하였던 것이며 자녀들과 손자들을 두었고 그는 미국과 미국 시민으로서 향유하는 자유를 사랑하였다. 이 독일 태생 신기료 장수는 모든 사람에게 친절하고 일을 잘 하기 때문에 많은 사람들이 그를 존경하고 애호하였었다. 그러나 미국이 개전한 후부터는 그를 색다르게 대하는 사람이 생겼다. 그가 혹 거리를 걷게 되면 '보쉬' 또는 '한' 이라고 소리쳤다.

어느 날 저녁 마을의 공유지에 커다란 모닥불을 피우고 마을 사람들은 독일어의 서적과 음악레코드와 우편엽서, 그림, 카메라 할 것 없이 독일의 것이라면 남김없이 불 속에 집어넣었다. 그러나 어떤 사람들은 이러한 분탕질에 끼어들기를 싫어하였다. 그들은 그것이 매우 어리석고 비미국적이라고 생각하였고 맹목적인 군중심리임을 알고 있었던 것이다. 전쟁 히스테리에 사로잡힌 그들은 모닥불에 만족치 않고 1주일 후에는 특별한 회합을 열고 독일의 것이라면 편지 한 통이나 성서 한 권까지라도 뒤져내기로 결정하였다. 그들은 그렇게 함으로써 충성스런 미국인이 된다고 생각했던 것이다. 그러나 회의 도중에 늙은 신기료 장수는 서서 외쳤다. "의장님, 그리고 신사 숙녀 여러분, 여러분은 범죄자나 불법한 재물을 소지한 사람이 아니고는 미국의 어떤 시민의 집도 수색할 수 없습니다." 이 말이 끝나기도 전에 "앉아라 간첩아, 독일 놈아!" 등의 소리가 날카롭게 들려 왔다.

그러나 신기료 장수는 말을 이었다. "미합중국헌법(Constitution of the United States, 1787)은 여러분에게 권리를 부여하는 특별한 영장 없이는 어떠한 주거도 침입할 수 없다고 규정하고 있습니다. 나의 발언을 지지해 주실 분은 아무도 없습니까?" 잠시 후에 한 사나이가 일어나 말하였다. "나는 지금까지 독일제품을 파괴하였습니다. 그러나 우리는 우리의 헌법을 수호하지 않을 수 없습니다. 우리는 민주주의를 위하고 국제 평화와 질서를 유지하기 위하여 전쟁하고 있습니다. 우리가 만일 미국에서 위헌행위를 자행한다면 유럽에서 수행하는 전쟁도 쓸모 없게 될 것입니다. …주거 수색에 대한 헌법의 규정을 알아봅시다. 우리는 지금 브라운 판사를 초청하여 그의 의견을 들어보는 것이 좋겠습니다." 브라운 판사는 그들의 요청에 따라 자기의 의견을 발표할 기회가 온 것을 기뻐하였다.

"오랜 옛날에 우리의 선조들은 영국 왕과 독립전쟁을 하였습니다. 그 이유중의 하나는 왕의 군대들이 불법하게 시민의 가정을 침입하여 장롱에서 의류를 빼내 흩어 버리곤 하였으며 종이와 책과 편지들을 마루바닥에 내어 던졌기 때문입니다. 제1회 의회의원들은 그들이 얼마나 고통을 받았는가를 잘 알고 있었습니다. 어느 시대를 막론하고 사람들은 그들의 가정이 안존(安存)하기를 원합니다. 그들은 때때로 '그의 집은 그의 성채(城砦)' 라는 옛 속담을 기억합니다. 또한 그들은 왕과 제후들이 국민의 권리를 항상 존중해 주지는 못하였다는 사실을 알고 있었습니다. 이러한 까닭에 우리의 조상들은 헌법수정(Articles in Addition to, and Amendment, of the Constitution) 제4조를 채택하였습니다. 이 수정조항은 인민의 재산이 부당하게 수색될 수 없다고 규정하고 있습니다. 가주가 승낙하거나 수색영장을 가진 공무원이 수색하는 경우가 아니면 절대로 주거를 수색 당할 수 없습니다. 수색영장은 법원이나 판사가 발부하는 문서입니다. 영장을 신청하는 자는 불법하게 사람이나 물건이 은닉되어 있다는 사실에 대하여 충분한 증거를 선서하지 않으면 안 됩니다. 그리고 수색영장에는 정확한 수색장소와 사람이나 물건이 있는 장소를 기재해야 합니다. 독일서적이나 독일제품을 소유하는 것이 범죄라고 규정한 법률은 없습니다. 시민들은 자기가 원하지 않는데도 불구하고 독일 제품을 버릴 필요가 없습니다. 만일 이 이유 때문에 그들의 주거를 수색한다면 국가의 법질서를 어지럽히는 결과가 될 것입니다. 우리의 권리는 타인의 권리를 존중함으로써 보장됩니다. 우리의 조상들은 과감한 투쟁을 통하여 이 권리를 획득하였습니다. 우리는 이것을 쉽사리 내동댕이칠 수 없습니다." 늙은 신기료 장수는 정당하였고 무사하였다.

* 노동자의 보호

'국민은 누구나 적법절차에 의하지 아니하고는 생명과 자유와 재산의 향유를 박탈당하지 않으며, 정당한 보상을 받지 않고는 사유재산이 공공 사용에 제공되지 아니한다' 고 미국 헌법은 규정하고 있다.

노동자는 자신의 돈을 저축하고 도구를 소유함으로써 사유재산권을 향유한다. 그들은 그들이 번 돈을 가정으로 가져 갈 수 있고 그것을 소유할 수 있으며 자기의 사업에 투자함으로써 사유재산권을 향유한다. 이와 같이 사유재산권은 그들을 가장과 고용주로 만들어 준다. 그들은 정부계약에 가입할 수 있으며 마침내 주주가 되고 투자할 수 있는 자금으로 자본가가 될 수 있다. 이리하여 미국 산업은 건설되었다.

그것은 이를테면 서로 여러 가지 종류의 계단을 가진 번영의 사다리를 올라가는 노동자에 의하여 이루어진 것이다. 헌법은 그들이 사다리의 정상에 올라갈 수 있도록 보호한 것이며, 사다리 아래층에 있는 사람들이 꼭대기까지 올라갈 수 있도록 균등한 기회를 부여하고 있다. 그들은 자기의 두뇌와 노동의 성실도와 인격이 미치는 데까지 향상할 수 있으며 또한 행운도 얻게 된다.

헌법은 이와 같이 모든 사람에게 균등한 사다리를 보장하며 모든 사람을 그들이 능력이 미치는 데까지 오를 수 있도록 후원한다. 또한 헌법은 지혜롭고 충실한 자의 자리에 나태하고 무능한 사람을 치켜올리기 위한 엘리베이터를 제공하지는 않는다. 헌법은 정당한 규칙에 따라 공명정대하게 경쟁하는 자를 도우며 노동자를 돕고 고용주를 돕는다. 고용주가 없이는 산업이 조직화하기 어렵고 산업이 조직화하지 않고는 국민의 경제발전이 기대될 수 없다. 그리고 헌법은 투자하기 위하여 벌고 저축하며 채권주와 주주가 되며 자본가가 되는 것을 보장한다. 1주일의 수입이나 1년의 수입이나 평생의 수입이나를 막론하고 투자한 자는 모두 자본가가 된다.

노동자와 고용주가 없이는 그리고 저축하는 자와 저축하여 자본가가 되는 자 없이는 국가가 발전할 수 없다. 다시 말하면 국가는 범죄와 대혁명으로부터 국민을 보호할 수도 없게 되며 또한 외적이나 재난을 방어할 수도 없게 된다.

* 순례자(巡禮者, Pilgrim Fathers)의 공산주의

순례자들이 영국이나 홀랜드(화란)에서 살 때에는 농장이나 공장에서 일했으며 그들은 능력껏 돈을 벌었고 여유 있는 대로 물품을 사들였으며 굶는 사람이 없는 반면 특별한 부자도 없었다. 그들이 입는 옷과 먹는 음식과 살림하는 집이 모두 그들의 소유였으며 '이것은 나의 소유이다. 왜냐하면 이것은 나의 노동의 대가이기 때문이다' 라고 말할 수 있는 긍지를 가지고 있었다.

그들이 북미대륙에 도착하고 보니 도시가 없고 마을이 없으며 그들이 노동할 공장과 농장이 없고 다만 황무지뿐이었다. 거기엔 다만 인디언들과 야생동물들만이 수풀을 헤치고 강과 호수를 따라 활동하고 있었던 것이다. 여기서 시작된 그들의 생활은 어떠하였을까. 오늘날 우리는 바로 그것을 공산주의라고 부르지만, 이것을 그들은 공동생활이라고 불렀

다. 그들이 영국을 떠날 때에는 그들의 친구들이 음식이며 옷이며 기구며 씨앗이며 기타 필요한 것들을 주선해 주었으나 이 모든 것들은 그들이 아메리카에 도착한 후에는 공동창고에서 관리하도록 약속되었다. 그리고 그들이 획득하고 재배하고 사육한 모든 것을 공유하며 그 기간에는 일이며 음식이며 의복이며 그밖의 모든 것을 균등하게 할당받도록 약속되어 있었다. 그들 중에는 자경지와 자택을 가진 자는 하나도 없었으며 따라서 '나의 것'과 '너의 것'이 없고 '우리 것'과 '우리 몫'이 있을 뿐이었다. 그것이 바로 식민지 성립에 필요한 '7개년 계획'이었다.

그들은 같은 종족인 동시에 하나의 종교를 가지며 하느님을 경외하는 선남선녀이고 이웃과 함께 몫을 나누며 서로 돕는다고 믿고 약속하였다. 이 '7개년 계획'은 과연 성공하였을까? 우리는 1623년으로 시침을 돌려 당시의 상황을 살펴볼 필요가 있다. 그들은 얼마 아니하여 커다란 난관에 부딪치고 말았다. 그들 정착민들 중에는 될 수 있는 대로 일을 적게 하려는 사람이 늘어났으며 그들이 획득한 모피와 생선과 곡식을 모두 창고에 가져다 저장하지는 않았다. 일하는 사람들은 태만한 사람들이 동량의 음식과 기타 공급을 수령하는 것이 불만이었다. 기혼 남자들은 그들의 처자가 자기의 남편도 아니고 아버지가 아닌 다른 남자들을 위하여 봉사하는 것을 불평하였고 독신 남자들은 그들의 처자가 아닌 남의 부녀자들을 위해 봉사한다고 불평하였다. 이쯤 되고 보니 '프리마스'는 확실히 불화(不和)한 소식민지라 아니 할 수 없었다.

지도자들은 이제 불화의 근본 원인이 무엇인가를 절실히 깨닫게 되었다. 그들은 마침내 가정방문을 통하여 정착민들이 '7개년 계획'을 위반하여 해리, 수달피, 여우가죽 등의 뭉치를 비밀리에 사유하고 있다는 사실을 발견하였다. 지도자들은 그들에게 위약 된 사실을 지적하고 사유물을 내어놓도록 강력히 권고하였으나 그들은 공동생활에 응분한 노동을 제공하였고 오히려 자기보다 태만하고 꾀병하는 자들이 많으며 또 다른 사람들도 모두 상당량의 사유물을 소유하고 있다고 강력히 항변하는 것이었다. 그들이 정착민들의 가정을 방문하면 할수록 실망하지 않을 수 없었다. 순례자들은 모두 물건을 감추고 심방자들을 반겨주지 않았다. 사실상 순례자들에게는 그들에게 합당한 이유가 있음을 시인하지 않을 수 없었다.

그들 순례자들은 마침내 1623년으로 '7개년 계획'에 싫증을 느꼈으며 그것이 좋은 생활방식이라고 믿는 사람은 아무도 없었고 또한 그 준칙에 좇아 생활하는 사람도 거의 없었다. 어느 날 저녁 아홉시, 그들은 공회당에 모여 토론한 끝에 모든 재물을 공동 소유하는 것이 결코 행복과 성공을 가져 올 수 없음을 시인하고 이른바 '사기업'의 시도를 결의하였다. 따라서 호구 단위로 약간의 토지를 분배받도록 하였고 대가족의 호구에는 그에 비례하여 분배를 받았다. 그리고 그 토지가 그들이 보존해야만 할 것이 아니고 그들의 자손들에게 상속해야 할 것임을 밝혀두었다. 그들의 생활은 각자가 자신과 자신의 가족을 위해 일하는 것으로 전환하였다. 지도자들이 숲 속의 개간지에 나가 볼 때면 모두가 열심히 일하고 있었고 신병을 호소하던 부인들도 침대에 누워 있을 구실을 포기하고 함께 일하고 있었다. 그들은 사유지에서 일하는 것이 공유지에서보다 더 힘써 일한다는 것을 여실히 증명하였다.

그러나 그들이 경작하고 있는 토지는 런던 상인들의 소유지이었기 때문에 그들은 토지매입을 추진하였고, 이 계획은 다행히도 성공되었다. 이 패기에 넘친 개척자들에게는 뉴잉글랜드의 토지소유자가 되는 날이 참으로 기꺼운 날이 아닐 수 없었다.

이리하여 미국에서 최초로 실험된 공산주의는 토지의 분배로 그 종언을 고하고 말았다.

* 공산화의 불가능성

순례자들이 경험한 공산주의의 실험이 미국에서 있었던 최초의 실패는 아니었다. 그보다 먼저부터도 그러한 생활방식은 싫증나는 것이었다. 제임스타운이나 버지니아의 영구정착지에서는 이러한 공동생활기간에 정착민들의 대부분이 기아에서 신음하고 있었다. 프리마스 정착지와 같은 경우에도 정착민들이 소유하고 자작할 수 있는 토지가 분배되기 전까지는 식민이 성공하지 못하였던 것이다. 말하자면 사람들이 일하지 않으면 굶주리지 않을 수 없게 되어서야 비로소 그 정착지는 번영하기 시작한 것이다.

식민지시대로부터 미국에서는 수백 번이나 공동생활이 시도된 바 있다. 뉴욕과 인디아나, 동부지방과 서부지방에서는 정착민들이 그들의 돈과 기타 재산을 공동으로 저축하였고 다른 부락에서 멀리 떨어진 곳에 공동으로 토지를 사서 가정을 꾸몄다. 그들은 함께 살고 함께 일하고 모든 것을 할당받음으로써 행복을 추구하려 하였다. 그러나 이러한 그룹들은 차례 차례로 와해되고야 말았다. 그들은 결국 각자 각자에게 토지와 여타 재산을 분배하지 않으면 아니 되었다. 마침내 그들은 모든 사유권과 사기업으로 돌아가고 말았던 것이다.

윌리암 브래드퍼드(William Bradford)가 죽은 지 오랜 후에 그가 쓴 원고뭉치가 발견되었는데, 그 가운데서 그는 순례자들이 공산주의를 시도한 방법과 실패한 원인을 밝혀 주었다. 즉 그는 '신을 경외하고 온건(穩健)한 그들이 공산주의를 달성하기 위해 온갖 노력을 다 기울였다. 그러나 공산주의는 순례자들을 행복하고 풍요하게 만들어 주지 못하였다' 고 기술하고 있다. 미국에서 공산주의를 성취한 집단은 하나도 없었던 것이다.

지금도 미국인은 일하지 않는 사람과 더불어 함께 일하려 하지도 않거니와 그들이 벌어들인 것을 함께 할당하려고도 하지 않는다. 그들은 그들 자신의 가정이나 농장을 소유하기 원하며 그들이 할 일을 선택할 수 있기를 원한다. 그들은 야심적이고 성공적인 인간을 만드는 것이 그들을 진보시키고 향상시키는 소망이 된다는 것을 확신하고 있다.

오늘날 소비에트 러시아에서는 아직도 미국에서 순례자들이 수세기 전 초기에 영위하였던 생활을 여전히 강요받고 있다. 러시아 정부는 공장과 철도와 라디오 방송망과 신문들을 직접적으로 운영하고 통제하고 있다. 농업은 토지를 소유하지 않는 농부들의 집단에 의하여 대농장에서 행해지고 있으며 모든 국민은 국가만을 위하여 생존하고 노동해야 한다. 위정자들은 공산주의 생활방식만이 최선의 것이라고 주장할 뿐 아니라 그것을 다른 인민들과 국가에게도 강요하려 한다. 『The Way of Democracy』의 이러한 주장은 1945년 이전을 근거로 한 것이므로 2000년대를 맞이한 오늘날과는 크게 차이가 있음을 지적해 둔다. 구시대의 소련연방은 와해되고 개혁과 개방에 따라 사유재산권이 보장되고 자본주의 시장경제가 도입되었기 때문이다.

미국에서는 여러 형태의 생활방식이 시도되어 왔다. 그들은 지금도 더욱 안락하고 좋은 방식을 추구하고 있다. 미국에서는 국민들이 살고 싶은 장소와 방식을 자유로이 선택할 수가 있다. 어떤 사람들은 자기 소유의 영업을 운영하기에 전심전력한다. 이것이 바로 민주주의인 동시에 미국의 생활양식이다. 그들은 민주적 생활방식이야말로 최선의 생활양식임을 체험하고 또한 증명하여 온 것이다.

* 민주주의와 미국인의 신조

민주주의란 하나의 정치형태라고 볼 수 있지만 그것만으로 그치는 것은 아니고 하나의 생활방식이다. 그 첫째 원리는 국민 된 한 사람 한 사람이 매우 소중한 존재라는 것이다.

민주주의에 있어서는 국민의 다수가 정부를 통제한다. 그들은 언론과 출판의 자유를 보장받으며 또한 종교의 자유가 보장되고 있다.

모든 국민은 균등한 기회를 가지며 온 국민을 위한 자유로운 공립학교를 세워 교육한다. 그들은 사유재산권을 누리며 그 재산을 자기 가정에 보존할 수 있다.

법률의 소추를 받는 자는 배심재판을 받을 권리를 누린다. 민주주의는 모든 사람에게 정당하고 공평할 것을 목적으로 한다.

그들은 인민의, 인민에 의한, 인민을 위한 미합중국이라는 것을 믿으며 그 권력은 피치자의 동의에서 연원하며 공화국은 유일하고 불가분한 연방국가임과 자유와 평등과 정의와 또한 생명과 재산을 바친 애국지사들의 정신에 의하여 세워졌음을 확신하고 있다. 그러므로 그들은 국가를 사랑하고 헌법을 수호하며 법률을 준수하고 국기를 존경하며 모든 외적으로부터 국가를 방어하는 것이 미국에 대한 의무임을 확신하는 것이다.

* 이 글은 1945년에 미국의 뉴욕, 맥밀란 출판사가 민주주의총서로 출간한 『The Way of Democracy』의 개정판 가운데서 제5장 「The Right of Private Property」를 소개하고자 간추린 것이다. 따라서 원서의 내용을 우리말의 자연스런 어법에 맞추기 위하여 직역을 피하고 의역을 많이 하게 되었다. 원서는 미국인의 자유의 염원, 다수결의 원칙, 배심재판, 기회의 균등, 진리 추구의 자유, 표현의 자유, 이웃과의 생활, 국제적 이해, 민주주의의 창달 등 다양하고 풍부한 내용으로 편집되어 있으며 학생뿐만 아니라 민주시민들이 꼭 읽어야 할 값진 기본서이다.〈필자〉

(2003. 3)

2. 미국의 기독교

유럽의 기독교는 비록 근대화의 물결 속에 있다고는 할 수 있으나 아직도 그 역사성에 따라 권위적인 성향을 띠고 국가와 관련이 깊은 데 반하여 미국의 기독교는 새롭고 자유로운 성격을 많이 띠고 있다.

미국 기독교의 역사는 1607년 처음으로 버지니아(Virginia)에 이주한 앵그리칸(Anglican, 영국 국교)에 의하여 시작되었지만, 기독교정신이 뿌리를 내린 것은 청교도(Puritan)의 이주로 말미암은 것이다. 1620년 분리파(Separatists)가 플리머드(Plymouth)에 식민지를 개척하였고 1628년에는 회중파(Congregationalists)가 매사츄세츠(Massachusetts)에, 1933년 이후에는 장로파(Presbyterian)가 코네티카트(Connecticut)에 이민함으로써 청교도는 신대륙 개척의 선봉이 되었고 퓨어리탄이즘(Puritanism)은 미국정신사에 크게 영향을 주게 되었다. 그 후 카톨릭(Catholic)을 비롯한 유럽의 각 교회는 다투어 미국으로 건너갔으나 모두 종교적 난민의 성격이 짙었고 서로 소수파의 권리를 주장하였고 정교분리(separation of religion and politics)의 원칙이 줄기차게 추진되었다.

미국교회의 특색은 교파(denomination)가 많다는 점이다. 유럽에서 나라마다 달랐던 교파가 신대륙에 와서 독립된 교단을 형성하는 것은 자연스런 일이었다. 로만 카톨릭(Roman Catholic), 영국의 감독파 교회(Episcopal Church), 장로파, 회중파 등은 커다란 교파가 되어 동부를 근거지로 세력을 신장하였다. 이에 대하여 복음주의적인 메더디스트(Methodist, 감리교파)와 뱁티스트(Baptist, 침례교파)는 서남부의 변경지대에서 교세를 확장하였다. 이러한 교회들은 제각기 교파의 특색을 명확히 보여주었다.

미국의 교회는 자유로운 인본주의적인 정신을 바탕으로 기성의 교파를 새롭게 분파시켜 나갔다. 캘빈(Calvin)파 가운데서도 휴머니즘(인본주의)에 의한 비판이 일어나고, 캠프벨(Campbell) 부자가 예정설에 반대하는 장로파의 영향을 받아 1820년에 세운 사도교회(Disciples of Christ)가 일어나고, 1896년 매더디스트에서 기독교인의 완벽한 생활과 성령에 의한 재생을 주장하는 홀리니스 교회(Holiness church, 성결교회)가 일어나고 또 거기서도 재림파(Adventist)가 일어나서 많은 분파를 낳았다.

미국의 교파 가운데는 몰몬교(Mormons)와 여호와의 증인(Jehovah' s Wittnesses)과 같은 특이한 교파가 일어났는데 그들은 일반신자들의 순회전도로 교세를 신장하였다. 성직자가 아닌 일반신자들이 하는 전도에 계기를 부여한 것은 미국 기독교의 특색이라고 할 수 있는 리바이벌(revival)이라는 것이다. 리바이벌은 감정의 고양으로 영감을 받아 신앙을 부흥하는 것인데, 1730년대에 침체한 기독교에 불만을 가졌던 대중들에게 호소한 에드워드(Edward) 목사의 참회의 고백에서 시작되었다. 이것은 대중으로 하여금 스스로 회개의 고백을 행하게 하였고 다시 화이트필드(Whitefield)의 대중설교집회의 방식으로 전 국토에 퍼져 나갔다. 서남부의 리바이벌 운동은 동부보다도 활발하여 캠프에서 며칠씩 계속하여 노래하고 춤추고 기도하며 신앙의 부흥을 도모하였다.

미국의 프로테스탄트(Protestant)가 많이 분파하게 된 것은 본디 개인의 신앙고백에 그 원인이 있다고 할 수 있다. 그러나 현대사회의 심각한 세속화는 기독교의 초교파적 초국가적 단결이 필요하게 되었다. 이리하여 1920년대 이후에 일어난 루터파, 성공회, 메더디스트, 뱁티스트, 회중파, 장로파 등의 세계연합회의는 교회일치운동(ecumenical movement)으로 발전하였고 여타의 모든 기독교가 유대관계를 형성해 나갔다(小口偉一 외 감수, 『종교학사전』, 동경대학출판회, 1973 참조).

미국의 기독교에서 찾아 볼 수 있는 중요한 특징은 청교도정신(Puritanism)이라고 한다. 막스 베버(Max Weber)가 지은 『프로테스탄트의 윤리와 자본주의』라는 책에서도 밝혀진 바와 같이 금욕주의 성향의 청교도정신, 특히 캘빈주의(Calvinism)는 죄와 구원의 문제에 있어서 열심히 일하고 검소하게 사는 것이 구원받는 길이며 노동은 신성한 소명이라고 여겼다. 또한 예정론(predestination)을 해석하는 데 있어서도 구원을 받을 사람은 이미 예정되어 있으며 그 징표가 이 세상에서 근면하게 일하고 검소하게 생활하여 재물을 축적하고 가난한 사람들을 구호하는 것이라고 생각하였다.

이러한 결과로 가난한 사람들을 비롯한 사회적 소외계층을 위한 미국의 복지사업이 사회의 구조적 원인에 중점을 두는 자유주의(Liberalism)와 개인의 자선행위에 중점을 두는 자발주의(Voluntarism)가 병행하는 이중적 면모를 갖추게 되었다 (나경희 「미국사회복지정책의 동향 : AFDC를 중심으로」, 『계간 동향과 전망』, 통권 제23호, 한국사회과학연구소, 1994 참조).

미국의 복지사업에 자발주의가 커다란 몫을 담당하는 것은 위에서 말한 바와 같은 청교도의 근면하고 검소하고 어려운 이웃을 돕는 정신 때문이라고 할 수 있다. 미국 사람들은 정당한 자기의 몫을 찾고 주장하는 생활 태도가 강하다. 그러나 그들이 찾고 주장하는 자기의 몫이란 반드시 자기의 권리나 이익만을 가리키는 것이 아니라 자기의 의무와 책임과 부담을 함께 가리킨다. 우리가 흔히 볼 수 있는 자기의 권리나 이익은 철저히 찾고 주장하면서도 자기의 의무나 책임이나 부담은 외면하고 철면피하게 팽개치는 행위나 생활 태도와는 전혀 다르다. 미국 사람들은 자선사업이라면 가장 보람 있는 사업이라고 생각하고 조건만 허락된다면 자선사업을 하려 하고 남을 돕고 봉사하는 자선사업을 위한 모금운동에는 빠지지 않고 반드시 참여하려는 정신을 발휘한다. 많건 적건 남을 돕는 일에 참여하는 것이 기독교인의 바른 생활 태도요 시민의 떳떳한 도리라고 믿는 것이다.

그들은 '나의 몫' (my share)이라는 말을 자주 하는 것 같다. 남을 돕는 일이나 공공의 이익을 위한 일에 빠지지 않고 참여한다는 정신이다. 그들은 나눔의 즐거움을 누리는 것이며 특히 나눔의 미덕은 존경의 대상이 된다. 그들은 부동산투기나 모리행위나 부패행위로 치부하는 것이 아니라 근면과 검소와 성실로 재산을 모으기 때문에 재산을 모은 사람이 존경을 받고 재산을 모으면 다시 나눔의 미덕을 발휘하기 때문에 존경을 받는다. 미국인들이 모금운동이나 근로봉사활동이나 헌혈운동이나 후진국에서 버림받은 어린이들을 입양아로 받아들여 기르는 일에 적극적으로 참여하는 것은 비단 한국인들뿐만 아니라 세계의 모든 사람들이 본받을 만한 일이다.

미국의 기독교에는 죠셉 스미드(Joseph Smith)가 창시한 몰몬교(Mormonism)라는 특이한 교파가 있는데 이 교파는 유타주에 정착하였다. 그들은 1830년 『Book of Mormon』이라는 책을 출판하고 몰몬교회를 창설하여 급격히 발전하였다. 그들은 일리노이(Illinois)주에서 추방되어 솔트 레이크(Salt Lake)시에서 웅장한 교회와 도시를 건설하였다. 몰몬교의 특징은 일부다처제도(poligamy)라고 알려졌다. 교도들은 여자가 대부분이고 남자는 적기 때문에 생활 능력이 없는 여자들을 구제하기 위하여 일부다처제가 채택된 것이라고 해석된다. 필자가 몰몬교회를 방문하였을 때 한국인 여신도를 만나서 일부다처제도에 관하여 질문한 일이 있는데 그 신도는 전혀 모르는 일이라고 대답하였다. 몰몬교가 벌써 170여 년 전에 일어나고 그 동안에 많은 사회적 변화를 겪는 동안에 일부다처주의는 퇴색하여 없어진 것으로 이해된다.

이밖에도 미국에는 퀘이커교파(Quakers)가 있는데 17세기 중반기 무렵 영국에서 죠지 폭스(George fox)를 교조로 하여 일어난 기독교의 한 교파이다. 그들은 사람은 누구나 각자가 신으로부터 직접 묵시를 받는 것이라고 주장하고 그 신으로부터 받은 묵시가 내심(內心)의 광명(光明)이라고 주장한다. 번잡한 의식은 사람을 위선(僞善)으로 이끄는 것이라고 하여 배척하며, 예배는 침묵이 중요하고 영감(靈感)으로 움직이는 것을 요체로 한다. 전통적인 기독교 의식의 번잡하고 사치스러움에 대한 자각적 비판과 성직자를 통한 신앙행위의 폐단을 개선하고 개인적이고 주체적인 신앙을 강조하려는 정신이 보인다.

미국의 기독교는 유럽의 전통적인 기독교에 비교해 볼 때 매우 다양하고 휴머니스틱하고 자유롭고 개인주의적이며 정교분리(政敎分離, seperation of religion and politics)의 원칙에 철저하다고 할 수 있다. 정교분리라는 것은 본디 자유주의의 요구에 따라 교권(敎權)으로부터 국가와 개인이 해방되는 동시에 국가권력으로부터 종교단체를 해방하는 것을 말한다. 미국의 정교분리는 초기에 일부에서 공인된 앵글리칸을 비롯한 모든 교회가 국가권력으로부터 간섭을 받지 않으며 국가와 교회와의 동맹이나 종속관계를 금지하며 다만 공공의 이익을 위해서만 서로 협력할 수 있다는 것이다.

(2003. 10)

3. 종교의 자유와 양심적 병역 거부

종교의 자유는 종교에 대한 강제나 억압을 받지 않는 것을 말한다. 하지만 우리나라에서는 아무리 종교의 자유가 보장된다고 하더라도 종교의 자유 때문에 병역의 의무를 면제받는다는 것은 상상하기 어렵다. 그러나 미국에서는 종교의 자유 때문에 병역의 의무를 면제받는 것이 사실이다. 종교를 이유로 병역을 면제받는 사람들은 이른바 양심적 병역 거부자(conscientious objectors to the military service)들이다. 그들은 병역을 거부하는 것이 국가의 명령을 거부하는 것이긴 하지만 하나님의 명령을 복종하는 것이라고 믿는다. 왜냐하면 성서에는 '살인하지 말라' (You shall not kill. 출애굽기 20 : 13), '네 검을 도로 제 자리에 갖다 두어라. 검을 든 자는 검으로 망하느니라' (Put your sword back into its place: for all who take the sword will perish by the sword. 마태복음 26 : 52)라고 명령하였기 때문이다. 그들은 국가의 명령보다는 하나님의 명령에 복종해야 한다고 믿는다. 그들은 국기에 대한 경례도 우상숭배로 여기고 거부한다.

미국의 시민들은 대부분이 기독교 신자들이다. 그러나 그들 모두가 양심적 병역거부자인 것은 아니다. 그들은 대부분이 미국이라는 조국을 위하여 총칼을 들 수 있는 사람들이다. 누구든지 미국의 시민이 되기 위해서는 남녀노소를 막론하고 미국을 위하여 총칼을 들겠다는 서약을 하지 않으면 안 된다. 미국에서 양심적 병역거부자에 속하는 사람들은 기독교의 한 교파에 속하는 '여호와의 증인' (Jehovah 's Wittnesses)이라는 신도들이 대부분을 이룬다.

'여호와의 증인' 이라는 교파는 한국에도 존재한다. 그들은 종래의 장로교나 감리교와 같은 일반적인 교파의 성경해석과는 다르게 성경을 해석하기도 한다. 본디 성경자체가 고대의 히브리어(Hebrew)와 헬라어(그리스어, Greek)로 기록되었었기 때문에 그 번역이 어려운 것도 사실이겠지만 그들이 해석하는 성경은 독특한 면이 있다고 한다. 미국의 여호와의 증인들이 병역을 거부하는 것처럼 한국의 여호와의 증인들도 병역을 거부한다. 그러나 미국에서는 병역법 위반으로 처벌되지 않고 후방 건설사업이나 대민봉사사업으로 병역을 대신하는데 반하여 한국에서는 병역법 제84조 이하 제97조의 벌칙에 따라 처벌을 받는다. 위반으로 인정되는 중요한 사례로는 징병검사의 기피, 입영의 기피가 포함되며 6월 이하의 징역이나 3년 이하의 징역에 처하도록 규정되어 있다.

미국의 병역법은 한국의 병역법에 비하여 종교의 자유가 관대하게 보장되어 있다. 미국에서는 종교에 따른 병역의 거부가 양심의 자유(freedom of conscience)에 속한다. 양심의 자유는 개인이 진실이라고 생각하는 일에 대하여 본심에서 우러나는 절조를 보유할 수 있는 자유이며 연혁적으로는 신앙의 자유와 동일시된 일이 많았다. 여기서 말하는 신앙의 자유는 종교를 믿는 자유와 믿지 않는 자유, 종교적 결사의 자유, 종교의 선택이나 변경의 자유, 무종교의 자유, 종교를 이유로 하는 법적 차별대우의 배제가 모두 포함된다. 우리나라 헌법은 제19조에서 '모든 국민은 양심의 자유를 가진다' 고 규정하고 제20조에서 '모든 국민은 종교의 자유를 가진다. 국교는 인정되지 아니하며 종교와 정치는 분리된다' 고 규정하였다.

종교의 자유는 양심의 자유와 상통하며 그것을 근거로 한다. 양심의 자유가 보장된다는 것은 양심의 획일성을 부정하는 것이며 양심의 개별성과 다양성을 인정하는 것이다. 사람은 누구나 성장배경과 지식의 체계와 인지구조와 가치관과 현실인식에 따라 독자적인 판단을 내릴 수 있다. 그러므로 획일적인 양심의 강요는 인간의 기본적이고 천부적인 존엄성과 권리를 억압하고 유린하는 것이다.

우리는 기독교이든 불교이든 유교이든 도교이든 천도교이든 회교이든 몰몬교이든 그 밖에 무슨 종교라도 신앙할 수도 있고 신앙하지 않을 수도 있다. 정치사상이나 사회사상도 마찬가지이다. 자본주의도 신봉할 수 있고 사회주의도 신봉할 수 있다. 따라서 어느 시대 어느 사회를 막론하고 양심수(良心囚)가 존재할 수 있다. 다만 우리가 주장하는 양심은 인류의 보편적 가치로서의 인도주의와 생명에 대한 외경을 벗어나서는 안 되며 그리고 개인적인 양심의 자유가 국가의 실정법을 위반하고 기본질서를 위협하는 것이어서는 안 된다.

미국에서 종교에 따른 양심적 병역거부가 우리나라에서도 그대로 적용되기는 어려운 실정이다. 양심적 병역거부의 동기 자체는 성경에 근거한 것이기 때문에 차이가 없을는지도 모르지만 미국은 병역의 인적 자원이 남아돌아 가는데 반하여 우리나라는 그렇지 못하며 미국은 국가안보의 위협을 느끼지 않는 초강대국이지만 우리나라는 국가안보가 위협을 받는 형편에 있다. 미국은 세계를 지배하는 군사력을 보유하고 있지만 우리나라는 작은 영토를 지킬 만한 군사력도 가지지 못하여 국제연합군에게 도움을 받았고 지금도 미국에게 국방을 의존하고 있는 처지이다.

다시 말하면 우리나라에서 미국처럼 양심의 자유와 종교(신앙)의 자유라는 차원에서 양심적 병역거부를 국민의 기본권으로 보장하는 데는 어려운 점이 많다고 볼 수 있다. 그것은 국가안전보장에 영향이 미치리라는 개연성 때문이다. 지금도 남북한 사이에는 군사적 긴장이 완전히 풀리지 않고 국민의 일부에서는 국가안보를 심히 우려하고 있다. 북한이 아무리 핵무기를 개발하고 보유하더라도 남한을 공격하지는 않는다는 낙관론이 있는가 하면, 그와는 정반대의 위기론이 또한 만만치 않다. 북한의 핵개발로 말미암아 국가안전보장의 위협을 가장 심각히 받을 수 있는 나라는 한국이라는 여론이 지배적인 국제적 분위기 속에서 양심적 병역거부라는 논리가 수용되기는 더욱 어려울 것 같다. 위기론은 1950년에 발발한 한국 전쟁을 망각할 수 없는 기성세대에게서 더욱 강렬하다. 한국전쟁을 경험하지 못한 젊은 세대는 북한의 민족공조론(民族共助論)에 귀를 기울이지만 한국전쟁을 경험한 기성세대는 북한의 적화통일정책이 절대로 변화하지 않았고 적화통일은 자유의 말살을 뜻하는 것으로 알며 공조론을 절대로 믿지 않는다. 기성세대는 체제의 우월성은 국민의 자유와 복지에 있으며, 국민의 자유와 복지는 국가의 안보에 좌우된다고 믿는다.

(2003. 10)

4. 미국의 법률 체계

어떤 한 사람이 일정한 행위를 반복하게 되면 습관이 되고 많은 사람들이 일정한 행위를 반복하게 되면 관습(custom)이 된다. 관습은 일정한 지역에서만 행해지는 것이 있고 온 나라에서 공통으로 행해지는 것이 있다. 전자를 특수관습이라고 한다면 후자는 일반관습이라고 부를 수 있다. 영국에서는 이러한 관습을 법이라고 부르고 특히 후자를 가리켜 왕국의 일반관습 (General Custom of the Realm)이라고 부르기도 하고 그저 보통법(Common Law)이라고 부르기도 한다.

동양에서 흔히 보통법(普通法)이라고 번역하는 Common Law 는 영국 법률의 가장 기본이 되는 법이다. 그리고 이 보통법은 보통법재판소(common law courts)에서 판결문으로 만들어진 판례의 체계이기도 하다. 따라서 보통법 제1조 제2조......와 같은 성문법의 체재를 갖춘 법전이 아니고 판례 자체가 법전의 기능을 발휘한다. 그러므로 법과대학의 학생들은 법조문을 연구하는 것이 아니라 주로 판례(case, 판례는 의회에서 제정한 법이 아니라 사법부의 판사들이 내린 판결이므로 judiciary law라고도 부른다)를 많이 연구한다. 따라서 법령집이 중요한 것이 아니라 판례집이 중요하다.

그런데 판례는 날이면 날마다 엄청나게 많이 쏟아져 나올 수 있다. 그러니 그 많은 판례를 무슨 수로 일일이 다 읽고 분석하고 연구할 수 있는가. 그러기에 가장 권위 있고 유력하고 중요한 판례를 뽑아 모은 이른바 모범판례집(leading casebook)이 필요하게 된다.

여기서 말하는 보통법은 말이 법이지 실지로는 일반관습에 지나지 않는다. 그런데 관습이라는 것은 많은 사람들이 일반적으로 인정하는 일반적인 행위를 기초로 하는 것이므로 그것이 항상 합리적이고 정당하다고 인정할 만한 보장이 없다. 사람들의 지식과 가치관은 진보하고 향상하며 사회제도와 물질문명은 무한히 발달하고 있는데 일반관습은 좀처럼 변화하지 않는 수가 있다.

여기서 보통법(일반관습법)의 결함을 보정(補正)해야 할 이유가 나타난다. 이러한 근거에서 체계를 이루게 된 것이 이른바 형평법(衡平法, Equity)이고 형평법은 형평법재판소에서 판결한 판례의 체계이다. 영국의 법률체계는 보통법과 쌍벽을 이루는 형평법이 그 기초를 이룬다. 그러나 이것만이 영국법의 전부는 아니다. 이 밖에도 입법권한을 가진 기관(의회 등)에서 제정하는 이른바 제정법(制定法, Statute, statutory law)이 있다.

이것이 영국법의 체계인 동시에 미국법의 체계이기도 하다. 지금까지 영국법을 가지고 말한 것은 미국법을 말하기 위한 것이다. 우리나라에서 일반법에 우선하는 것이 특별법이듯이 영미법에서는 제정법이 제일 우선하고, 형평법은 보통법에 우선한다고 보아도 좋다. 제정법에는 의회에서 제정한 법이 있어서 영국에서는 'Acts of Parliament'라 부르고 미국에서는 연방의회에서 제정한 것을 'Acts of Congress', 주의회에서 제정한 것을 'Acts of States Legislature'라고 부르며, 영국의 추밀원령(Order in Council)이나 미국의 대통령령(Executive Order)과 기타 행정관청의 규칙 · 명령 · 조례 등도 모두 광의의 제정법에 속한다.

우리나라 민법 제1조에는 법원(法源)이 규정되어 있다. 법원이라는 것은 법의 존재형식인데 '민사(民事)에 관하여 법률에 규정이 없으면 관습법에 의하고 관습법이 없으면 조리에 의한다'고 하였다. 여기서는 제정법이 우선이고 다음이 관습법이고 다음이 조리(條理)라는 것이다. (그런데 만일 동일한 사항에 관하여 법이 서로 저촉되는 내용을 규정한 경우에는 후법이 선법에 우월한다는 판례가 있다) 영미법에서나 우리나라의 법에서나 제정법이 우선하는 것은 마찬가지이지만 영미에서는 판례가 많은 비중을 차지하는데 반하여 우리나라에서는 제정법이 절대적인 비중을 차지한다는 점에서 차이가 있다. 따라서 영미의 법률가들은 판례를 중시하는데 반하여 우리나라의 법률가들은 법조문을 중시하여 입법취지에 따라 법을 해석하고 적용한다. 이리하여 우리나라의 법관들은 동일한 성격과 내용의 사건에 대하여 종전의 판례에 구애됨이 없이 독자적인 판결을 내릴 수 있다.

영국 사람들은 '법을 잘 지키는 사람들' (law abiding people)이라고 한다. 그런데 미국 사람들도 마찬가지라고 보인다. 거리의 자동차들을 보면 한국 사람들처럼 정지선을 어기는 차들을 거의 볼 수가 없다. 한국에서 운전하다가 미국에서 운전하면 몇 갑절이나 편안하다고 한다. 길이 좁아져서 차선이 줄어들어도 서로 다투지 않고 한 대씩 한 대씩 질서를 지킨다.

그들은 법을 잘 지키는 한편 고발정신이 강하여 범법행위를 눈감아주지 않는다고 한다. 이웃에서 쓰레기를 잘못 버려도 신고하고 어린이를 혼자 놀게 하여도 신고하고 자기의 권익을 조금만 침해하여도 신고하고 때때로 소송을 제기한다고 한다. 우리나라처럼 법에 호소하지 않고 감정으로 대립하거나 완력이나 폭력으로 싸우지 않는다. 미국인들의 신고정신과 고발정신은 법을 지키는 매우 중요한 기틀이다.

영미법의 특징 가운데 또 하나의 중요한 것은 배심제도(陪審制度)이다. 배심제도에는 대배심(grand jury, 기소배심)과 소배심(petit jury, petty jury, 심리배심)이 있는데, 전자는 기소를 할 것인지 아니할 것인지를 결정하고 후자는 민사 · 형사 사건의 공판에 있어서 사실문제를 결정하거나 또는 법률을 적용하여 결론을 평결하기도 한다. 이 때 소배심에서 내리는 평결은 'decision' 이라고 부르지 않고 'verdict' 라고 부른다.

일반인들로 구성된 배심을 보통배심(common jury)이라 하고, 특별한 자격을 갖춘 사람들로 구성된 배심을 특별배심(special jury)이라고 부른다. 영국에서는 12, 13세기 경부터 발달하였는데 처음에는 증인, 또는 범죄사실의 보고자였으나 차츰 소(訴)를 제기하게 되고 신판(神判, 범죄 여부를 신의 뜻에 의하여 결정하는 재판인 바, 신의 뜻을 아는 방법은 범죄혐의자로 하여금 열탕 속에 손을 넣게 하거나 뜨거운 쇠 덩어리를 쥐게 하거나 또는 물 속에 집어넣어도 아무런 일이 없으면 무죄이고 일이 있으면 유죄라고 보는 것이다. 결투도 하나의 방법으로 쓰이기도 하였다)의 소멸과 더불어 스스로 심판을 행하게 되었다.

배심제도는 영국에서 발달하여 프랑스와 독일에서도 채용되었었으나 거의 모두 폐지되고 미국에서는 헌법에서 중죄(重罪, felony)에 관해서만 배심의 기소를 필요로 한다. 중죄는 대개 살인, 강간, 계간(鷄姦, sodomy), 강도, 절도, 방화, 야도(夜盜), 중상해(重傷害) 등이 해당하는데 일반적으로 사형에 처할 만큼 무거운 범죄라고 할 수 있다. 미국에서는 사형 또는 주(州) 형무소 구금, 사형 또는 중노동 구금, 사형 또는 1년 이상의 구금에 해당하는 범죄를 중죄로 규정하고 있다. 그리고 경죄(misdemeanor, 위증 · 폭행 · 공적불법방해 따위로 반역죄〈treason〉나 중죄〈felony〉에 이르지 아니한 범죄)에서는 정범(正犯)만을 처벌하지만 중죄에서는 종범(從犯)도 처벌한다.

(2002. 10)

5. 미국의 한인사회

1920년대에 102명의 우리 동포가 하와이로 이민한 후 미국의 한인사회는 점점 뿌리를 내리기 시작하였으나 그것은 결코 쉬운 일은 아니었다. 이민정착기는 반 세기 이상이나 이어졌다. 그러나 1990년대부터는 한국인이 미국의 주류사회로 진출하고 도약하는 시기가 되었다. 미국의 주류사회에 진출한 사람들은 이른바 '자랑스런 한국인'이라고 칭송을 받는 사람들이다. 그들 가운데 제일 먼저 정치계에서 두각을 나타낸 인물은 김창준이다. 그는 1961년에 도미하여 접시닦이와 버스차장을 경험하고 남가주대학(USC) 토목공학과와 칼스테이트 LA행정대학원을 졸업하였는데, 그는 1994년 현재 170명의 종업원을 거느린 설계회사를 운영하고 있으며 여러 지역의 도시계획에 참여한 바 있다. 그는 시의원, 부시장, 시장을 역임하고 92년에는 연방하원의원으로 당선되기도 하였다.

이 밖에 정부의 고위직을 차지한 한국인들은 연방정부와 백악관에 진출하고 있는데 데비 손씨를 비롯하여 10여명에 이르고, 대학교수로는 워싱톤DC만 하더라도 70여명이나 되고, 의사 60여명, 변호사 70여명, 약사 200여명, 공무원 1,000여명이 있고, 실업계와 과학기술계에도 많은 한국인들이 진출하고 있다.

미국은 자유와 평등의 나라라고 하지만 인종차별이 아주 없어진 것은 아니다. 단지 백인이 아니라는 이유로 차별을 받아 부당하게 사직을 권고하는 바람에 곤욕을 치르는 수가 많다는 것이다. 또한 한국인의 주류사회 진출과는 달리 '아메리칸 드림'을 제대로 실현하지 못한 채 희생된 한국인도 상당수에 이른다. 1974년 이후 20년 동안 강도에게 피살된 한국인은 무려 44명이나 된다. 희생된 사람들은 주로 그로서리(식품잡화점, 구멍가게)를 운영하는 사람들이 많다. 미국에는 한국인의 정치단체도 있고 직능단체, 전문인단체, 봉사단체, 청년단체, 노인단체, 향군단체, 대학동창회, 향우회 등이 많고 특히 교회는 대단히 많아서 226개나 된다(워싱톤한인회지음, 『워싱톤한인사』, 1994 참조.)

그러면 한인사회의 과제는 무엇인가. 나는 미국을 여행하면서 교포들의 업종이 비슷한 경우가 많고, 많다 보니 서로 경쟁이 된다는 것을 알았다. 내가 LA를 떠나 멕시코를 여행할 때 한국인 가이드가 머리에 상처를 입고 상하의가 피투성이가 된 것을 목격하고는 깜짝 놀라 까닭을 알아보니 한국인 경쟁자에게 폭행을 당했다는 것이다. 너무나 가슴 아픈 일이었다. 그는 한국에서 이른바 일류대학을 나와 미국으로 유학을 왔으나 여의치 못하여 돈벌이로 여행사의 가이드를 한다고 하였다. 폭행상해까지 유발하는 경쟁을 본 나는 그것이 한인사회의 한 단면이라고 생각되었다. 한인사회는 걸핏하면 분열하여 복수의 단체가 난립하여 서로 주도권을 다투며 그 다툼은 비열한 권모술수로 이어진다고도 한다.

어려서부터 경쟁교육을 통하여 길러진 승리욕이 어떻게 해서든지 남을 이기고야 말고 어느 단체에서 한 번 감투를 쓰기만 하면 5년이고 10년이고 염치없이 붙들고 있다가 도저히 견딜 수 없는 벼랑 끝에 이르게 되면 공식적인 인수인계도 없이 이탈하여 또 하나의 감투를 만들어 쓰고 몸담았던 단체를 분열시키고 위협하는 한국인들의 습성이 연출되는 모양이다.

미국으로 이민한 교포들은 거의 모두가 자녀들의 교육과 출세를 위한 것이지만 그 결과는 만족할 만한 것이 못된다고 한다. 내가 LA에 머무

U.S.C. 캠퍼스

는 동안 교포들은 우리의 2세들에 대한 걱정이 많았다. 다운타운의 환락가에서 밤새워 노는 아이들을 반드시 직접 확인하라는 것이었다. 어떤 아이는 혼자 미국에 남아서 공부한다고 하면서 실지로는 한국의 환락가에 가서 몇 주일씩 놀다 가도 부모는 모른다고 한다. 한국의 아이들이 우수하다는 평을 들은 것은 옛일이란다.

지금 한국에서는 아이들의 사교육비 때문에 사회적인 문제가 되고 있으나 그 사교육비에 못지 않은 막대한 비용이 유학을 이유로 해외로 유출되고 있다. 미국으로 가지 못하면 캐나다로, 뉴질랜드로, 오스트렐리아로, 중국으로 너도나도 다투어 나간다. 지금 해외유학은 거의 무분별한 수준에 도달하였다.

미국에 가고 싶고 가서 살고 싶고 미국의 시민이 되고 싶은 한국인의 열망은 조금도 식지 않고 대단히 뜨겁다. 기회만 있으면 미국으로 이민을 가지 못해 배를 앓는 사람이 헤아리기 어려울 만큼 많다. 이유는 추악한 정치인들과 부패한 공무원들 꼴 보기 싫고 아이들 공부시키기도 힘들기 때문이란다. 지금 일부에서는 수천만 원씩 돈을 들여 미국으로

원정출산을 간다. 미국에서 낳기만 하면 시민권을 얻고 학교에 들어갈 수 있고 한국에서 병역이 면제되고 세금을 안 내고 갖은 혜택이 돌아온다는 생각이다. 그러나 문제는 점점 심각하게 노출된다.

미국의 한인사회는 신변의 안전을 확보하고 인종적 차별을 극복하며 진정으로 정정당당하게 경쟁할 줄 알고 진정으로 협동할 줄 알고 진정으로 자녀를 교육할 줄 알아야 하며 진정한 한국인의 정체성(자기동일성, identity)을 확립할 줄 알아야 할 것이다.

(2003. 10)

6. LA의 나그네

여기서 말하는 LA의 나그네는 백형설 박사이다. 그의 박사학위는 친구들이 수여한 만물박사라고 한다. 그만큼 그는 박학하고 유머러스하고 안 가는 곳이 없고 안 끼는 곳이 없고 안 만나는 사람이 없을 만큼 활동적이라고 한다. 만주 심양(沈陽)에서 출생하여 서울의 경기 중 · 고등학교를 거쳐 연세대학교 법학과를 나와 1970년 12월 13일 김포 공항을 떠나 동경과 하와이와 샌프란시스코를 거쳐 22시간만에 LA에 도착한 후로 1973년부터 보험대리인으로 일해 온 그의 재담은 해학이 넘쳐 우습고 재미가 있으면서도 씹으면 씹을수록 맛이 난다고 한다.

그는 1987년도부터 '중앙FM방송국'에서 'LA투시경'이라는 고정 프로그램에 출연하여 방송을 하였고, 다시 주간지 『스트리트 저널』(Street Journal)에서 '옹달샘'이라는 고정 칼럼을 맡아 썼다. 그가 담당하였던 방송이나 칼럼의 내용은 모두 미국에서 살면서 몸소 체험하고 보고 듣고 생각한 것들을 간략하게 간추린 것이고 미국에 사는 우리 교포라면 누구나 부담 없이 편한 마음으로 받아들이면서 공감하기도 하고 반성하기도 하고 지혜를 얻기도 하는 것이어서 칼럼은 하루만 쉬어도 독자들의 항의전화가 빗발쳤다고 한다.

백 박사는 'LA투시경'과 '옹달샘'의 내용을 함께 묶어 백형설의 미국생활만평 『옹달샘』이라는 에세이집을 간행하였다. 1989년 서울 동아서적(주)에서 출판된 『옹달샘』에는 60여 편이나 되는 주옥같은 글이 가득히 실려 있다. 어느 한 편이라도 읽지 않고는 그저 넘어 갈 수 없는 것들이다. 백 박사는 '좌절'이라는 글에서 어느 유학생의 고뇌를 소개하고 있다. 서울의 김포공항에서 뜨거운 환송을 받으며 미국에 유학 온 김군은 처음 2년간은 열심히 학업에만 진력하였지만, 뜻한 대로 학업이 진척되지 않는 데다가 부모님은 학비를 조달하기에 힘겨워지게 되어서 공부를 마치고 금의환향하기만을 학수고대하였다. 그는 어떻게 해서든지 스스로 학비를 벌어야겠다는 생각으로 휴학계를 내고 어느 커피숍에서 1년 간이나 일하였으나 학비도 생각한 것처럼 쉽게 벌어지는 것도 아니고 그러다가는 당초의 목적을 성취하기가 어렵게 되고 도무지 비젼이 보이지도 않고 실의와 절망과 좌절만이 엄습하더라는 것이다.

갑자기 결근하고 자취 방에 틀어박힌 김군을 찾아간 주인은 자기도 김군처럼 유학을 와서 학업을 중단하고 미국식당에서 막일을 하면서 눈물을 흘렸고, 여자를 만나 결혼하여 피나는 노력으로 얼마간의 사업밑천을 마련하였더니 친구가 찾아와 한 달만 빌려달라고 하여 빌려주었다가 돈 잃고 친구 잃고, 7전8기하여 겨우 일어서서 커피숍을 차리게 되었다는 것을 말해주며 위로하였다고 한다.

김군 같은 사람은 수없이 많을 것이다. 어떤 사람은 학업을 포기하고 막노동으로 살아가기도 하고 회사에 취직하기도 하고 간혹 공무원으로 취직하기도 한다. 어떤 사람은 박사학위 논문이 통과되고 학위수여식을 며칠 앞둔 채 실의를 감내하지 못하여 자살하기도 한다. 학문의 세계는 너무나 넓고 깊고 생활과는 너무나 거리가 멀게만 느껴진다. 이런 경우에 자칫하면 실의에 빠지고 목숨마저 버리고 싶은 충동을 느끼는 수가 있다.

우리 교포들이 미국에서 사노라면 충격적인 여러 가지 사건을 경험하기도 한다. 리커 스토어(주류상)를 경영하던 어느 교포는 금요일 점심때가 조금 지나자 오전에 바꾼 수표를 은행에 입금하고 또 현찰을 바꾸어 차를 몰고 한참 달리는데 뒤에서 따라오던 차가 빵빵거리며 옆으로 차를 세우라고 하여 섰더니 뒷바퀴가 바람이 빠졌으니 스페어 타이어를 바꾸어 끼라고 하면서 도와주겠다고 하더니 날쌔게 돈 가방을 채가지고 도망치더라는 것이다. 어떤 사람은 금발의 미인으로 가장한 강도를 모르고 차에 태워주었다가 경찰의 도움으로 가까스로 봉변을 면한 일도 있다고 한다. '눈 없으면 코 베어간다' 는 한국 속담은 옛말이고 이젠 아무리 눈을 크게 뜨고 있어도 얼마든지 코를 베어갈 판이란다. 날치기 피해자는 여성들이 많은데 너무 값나가는 옷을 입고 화려한 장신구에 고급차를 몰고 다니는 것이 원인이며, 또한 한국 사람들은 현찰을 많이 가지고 다니는 것이 피해를 입는 중요한 원인이기도 하다.

미국 LA에서는 1988년 1월 4일부터 교차로 교통방해차량을 적발하여 초범은 50달러, 재범은 100달러, 3범은 250~500달러의 벌금을 부과한다고 한다. 그래서 그런지는 모르지만 나는 미국에서 교차로에 들어가 교통을 방해하는 차량을 본 기억이 없다. 내가 서울의 송파에 살 때에 교차로에 들어가 교통을 방해한 경험이 있었던 것은 부끄러운 일이지만 거의 불가항력에 가까웠다. 차량은 많은 데다가 도로공사는 진행 중이고 앞 차의 뒤에 바짝 다가가지 않으면 뒤에서 사람이 쫓아와 삿대질을 하면서 호통을 치는 바람에 교차로라도 하는 수 없이 들어가다 보면 신호가 바뀌기 전에 빠져나가질 못하여 교차로 교통방해를 범하고 만다. 엉키고 엉킨 그 교차로의 차들은 한국인의 교통질서가 얼마나 난잡한지를 웅변하는 것이었다.

그때로부터 거의 20년이 지난 오늘날에도 사람들이 다니는 횡단보도를 넘어 교차로를 침범하는 녀석(?)들이 보이는 것이 한국의 현실이다. 그런데 미국에서는 그런 꼴을 볼 수 없으니 그것이 부럽기도 하다. 미국에는 노폭이 아주 넓은 블르버드(boulevard), 동서로 뻗은 스트리트(street), 남북으로 뻗은 애비뉴(avenue), 무료고속도로, 프리웨이(freeway) 등이 있지만 함부로 교통질서를 교란하는 차량들은 거의 없다. 그래서 한국보다는 미국이 운전하기 좋은 나라라고 말한다.

미국에는 작은 차량만 세우는 콤팩트(compact)가 지정되어 있고 장애인 주차장도 지정되어 있어서 철저히 이행되고 있다. 그리고 '보행자 우선원칙' 은 미국인의 기본적 질서의식이다. 보행자를 무시하고 우쭐대는 한국의 운전자들과는 너무나 차이가 있다. 그들은 아무리 푸른 신호가 나타나도 사람이 있으면 진행하지 않는다. 차량이 우선이 아니라 사람이 우선이기 때문이다. 백 박사는 이 점을 강조한다.

백 박사는 미국의 대통령감에 대해서도 한 마디 하였다. 과연 어떤 사람이 미국의 대통령이 될 만한 사람인가? 하는 것은 모든 미국인의 커다란 관심사리라.

첫째로 대통령이 될 사람은 대학은 나와야 한다는 것이다. 워싱턴이나 링컨은 대학을 나오지 못한 인물들이었지만 그것은 그야말로 옛날이야기이고 현재는 그렇지 않다는 것이다. 실지로 제35대 대통령선거에서도 공화당의 죠지 부시(George Herbert Walker Bush) 와 민주당의 마이클 듀카키스(Michael Stanley Dukakis)가 각각 예일(Yale)대학교와 스와스모어(Swarthmore)대학교를 나온 사람들이라는 것이다. 사람이 대학을 다니는 동안에 학문의 체계와 학문과 학문 사이의 관계를 이해하고 사제간의 관계와 교우관계와 국가와 사회와 세계를 이해하게 되므로 이런 가운데서 형성되는 높은 교양과 전문적인 지식이 중요하다는 것을 인식한 기준인 것 같다.

둘째로 미국의 대통령은 적어도 미국에서 출생하고 어렸을 때는 주근깨로 얼룩지는 앵글로색슨족이라야 한다는 것이다. 듀카키스가 그리스의 이민 2세라는 사실은 외인부대의 침입처럼 보이는 매우 불리한 약점이었다고 한다. 이러한 관념은 점점 희석되고 있지만 적어도 역사적인 사실로 보아도 그렇다는 것이다.

셋째로 미국의 대통령은 기독교 신자라야 하고 그 중에서도 개신교 신자라야 한다는 것이다. 미국을 건설한 조상들(founding fathers)이 종교의 자유를 외치고 목숨을 걸고 미국에 건너온 청교도들이기에 미국의 지도자도 청교도의 후손이 바람직하다는 것이다. 가톨릭 신자였던 존 F. 케네디 대통령이 있긴 하지만 그것은 예외에 지나지 않으며 개신교의 전통은 이어지고 있다. 이밖에 이혼경력이 없어야 한다는 기준도 레이건 대통령으로 말미암아 깨어졌지만 그렇다고 완전히 깨어진 것은 아닌 것 같다.

미국 대통령의 자격을 요약하면 백인이어야 하고 남성이어야 하고 기독교인이어야 한다는 것만은 아직 분명한 것 같고 그 밖의 자격은 많이 느슨해진 것으로 보인다.

대통령 후보자들은 전당대회에서 공식적인 지명을 받기 위하여 2년 동안이나 선거유세를 해야 하는데 시민들에게 호감을 줄 수 있는 멋있는 복장에, 미소를 띠어야 하고, 정치적 소신을 밝힐 때는 단호한 표정으로 신뢰를 받아야 하며, 장시간의 빈번한 여행에도 끄떡없는 강건한 체력이 필요하다. 그들은 2년이라는 충분한 시간을 두고 자신의 장점을 선전할 수 있긴 하지만 서로서로 단점을 폭로할 수도 있기 때문에 유권자들은 후보자들의 혈통과 학벌과 종교와 사생활과 정치적 경력과 경륜과 철학을 모두 샅샅이 알게 되어 종합적으로 후보자를 평가할 수 있어서 후보자에 대한 편견을 벗어나기 쉽고 구체적인 자료에 따라 합리적으로 판단할 수 있다.

어느 나라에서나 최고의 지도자는 여러 가지 엄격한 자격기준이 요구된다. 자리가 높고 권력이 강할수록 국가 사회의 발전과 안녕을 좌우하기 때문이다. 편협한 기준으로 판단하여 한 번 잘못 뽑아 놓으면 이미 엎질러진 물이 되어 수습할 길이 없다. 미국의 대통령선거는 50개 주의 자주성과 민주주의의 가장 기본적인 원리에 부합하도록 고안된 절차라고 평가될 수 있을 것 같다.

앞으로도 미국사회를 소개하는 백형설 박사의 좋은 글들이 많이 출판되기를 기대한다.

(2003. 12)

7. 산호세의 나그네

『산호세 나그네의 노스탤지어』는 1999년에 서울에서 발간한 박관순 선생의 에세이집이다. 저자는 나와 더불어 사범학교에서 6년이나 함께 공부한 동기동창이어서 나는 그를 허물없이 '박 선생' 이나 '박형' 이라고 부른다. 박 선생은 충북 청원군의 시골에서 출생하여 1953년 사범학교를 졸업하고 청주와 서울에서 교편을 잡으면서 서라벌예대 미술과를 나오고 『새교실』이라는 교육잡지에 글을 실으면서 수필가가 되고, 국방부반공문예작품현상모집에 시나리오가 당선된 후 한국방송공사 · 문화방송 · 기독교방송 · 교육방송 등의 방송작가로 많은 작품을 집필하다가 1979년 미국으로 이민하였으며, 그 후로는 동아일보 샌프란시스코 지사의 기자와 편집위원을 역임하고, 1989년부터는 KBC-TV 방송위원으로 대담프로그램을 진행하고, 이어서 한미라디오 방송위원으로 일하고, 한국방송공사 제1라디오의 과학소식 프로그램을 담당하고, 『주간 썬데이 토픽』지에 칼럼을 집필하기도 하였다.

박 선생의 경력을 보면 그가 얼마나 열심히 살아왔는지를 능히 짐작할 수 있다. 그가 미국으로 건너간 지 벌써 20여 년이라는 긴 세월이 흘렀고 그의 수필집은 많은 내용을 담고 있다. 그는 제1부 '지울 수 없는 기억들' 에서 여름밤의 반딧불이, 고국의 단풍, 사랑방, 겨울밤, 봄비,

아카시아꽃 향기, 보리 밭, 산 까치, 열무김치, 시루떡, 송편, 고추의 맛과 멋 등 많은 글을 통하여 향수를 드러내고 있다. 그러나 내가 특별히 관심을 갖는 것은 제2부 '나그네살이의 모서리에서' 다. 산호세, 황석골 기행, 시아버지 앞에 누워 담배 피우는 미국 며느리, 사돈 이야기, 밤나무 대추나무 심은 뜻은, 서울서 온 손님, 이민사회의 한국어교육, 한글창제 550돌, 백일장, 한글날의 단상, 추씨네 사랑방, 4 · 29 엘에이폭동 피해동포돕기 특집방송을 마치고 등 18편이나 되는 글은 모두 미국사회와 미국의 한인사회를 이해하는 데 도움이 된다.

박 선생이 이민 가서 얼마 되지 않았을 때 초등학교에 다니는 막내아이가 친구 집에 놀러가서 늦도록 오지 않기에 아이를 데릴러 간 적이 있다고 한다. 그런데 그 집 아이의 엄마는 소파에 길게 누워 담배를 피우고 있었고 아빠와 할아버지는 흔들의자에 앉아 있는 것을 보고는 정신이 아찔해지더란다. 그리고 한국을 떠나려고 할 때 떠나는 이유를 묻는 사람에게 아이들 교육 때문이라고 하였더니 '그렇다면 그만 두라' 고 만류하던 동료의 생각이 떠오르며, 고등학교까지 의무교육을 실시하고 세계적인 명문대학이 수두룩한 미국으로 아이들을 위하여 간다는 것을 만류하던 동료의 심정이 비로소 이해되더란다.

그 날 그가 목격한 미국인의 가정은 너무나 한국인의 정서에 맞지 않는 것이었다. 그런데 아이들은 날이 갈수록 미국화하는 반면에 어른들은 한국의 전통적인 가치관과 윤리관과 생활습관에서 좀처럼 벗어나지 않기 때문에 하나의 가정에서 문화의 차이가 나타나게 되면서 이민을 온 것이 과연 잘 한 일인지 회의하게 된다. 그 뿐만 아니라 새로운 문화와 이질적인 환경에 적응하면서 한국적인 것을 버리는 것은 마치 조국에 대한 배신처럼 느껴지더라는 것이다.

한국 교포들은 2세들에게 한국어를 가르치려고 애를 쓰는데 그 이유는 한국인으로서의 자아의식을 기르기 위한 것이기도 하지만 우선 아이들이 한국어를 못하는 데서 오는 부모와의 관계에 문제가 있기 때문이라는 것이다. 영어를 아주 모르거나 서툰 부모와 한국어를 모르거나 서툰 자녀가 의사를 제대로 소통하지 못하고 서먹서먹하게 지내면서 점점 거리가 멀어질 것은 당연한 일이다. 이리하여 원만한 가정을 이루기 위해서라도 자녀의 한국어 교육은 절대로 필요하다는 것이다. 한국에서 한글을 제대로 깨우친 아이들도 2~3년만 미국학교에서 공부하면 한국어를 잊어버리기 때문에 지속적으로 한국어를 공부할 기회를 마련해 주어야 한다고 한다. 이리하여 박 선생은 제 2세들에 대한 한국어 교육이 충분할 때까지 더욱 강화하고 한국어교육의 효율적인 교수학습방법을 개발해야 한다고 주장한다. 하나의 방법으로는 '한글학교'를 많이 만들고 여러 기관에서 '한글 백일장'을 개최하여 한글 교육을 진흥해야 한다는 것이다.

박 선생의 에세이집에서 또 하나 주목을 끄는 글은 '4·29 LA폭동 피해동포돕기 특집방송'에 관한 것이다. 아비규환의 살벌한 폭동 그 자체도 전율을 느끼게 하는 것이었지만 미국언론의 편파적인 보도와 자기네의 흑백(黑白) 갈등을 한흑(韓黑) 갈등으로 유도하여 그 화살을 한국인에게로 돌리는 경찰의 처사는 한국인들을 분노케 하였다는 것이다. 진압경찰은 늑장을 부리고 방위군의 배치에서도 코리아타운은 소외되었던 모양이다. 20~30년씩 갖은 고생 끝에 모은 재산이 하루아침에 날아갔으니 절망의 구렁에 떨어지고 망연자실한 동포가 수없이 많았다고 한다.

나는 1995년에 LA에 머물면서 폭동 당시에 불탔던 흔적을 몇 군데서 볼 수 있었다. 당시 한국 교포들은 백인들의 인종차별을 실감하였다는 것이다. 어떤 사람은 말하기를 화이트 앵글로색슨이 제일이고 그 다음 그 다음으로 계층이 있는데 한국인들은 한참 아래라고 한다. 아무리 미국에서 고급 직업을 가진 전문가가 되어도 은연중에 나타나는 백인들의 인종차별과 백안시는 모면하기 어렵다는 것이다.

그러나 한 가지 다행한 것은 '한미라디오방송국'에서 피해동포들을 돕는 성금을 모은다는 말이 전파를 타고 나가자마자 성금을 보내겠다는 열화 같은 전화가 빗발치더라는 것이다. 어린이들의 10달러, 20달러

짜리와 어른들의 100달러, 1,000달러 짜리가 쉴 새 없이 들어와 사흘 동안 모은 금액은 예상을 훨씬 초과하였다는 것이다. 박 선생은 성금모으기의 성과를 보고 한국인들도 이제는 단결할 줄 안다는 것을 확인할 수 있었다고 하였다.

그러나 그것은 수 만리 타국에서 일어난 너무나 작은 하나의 사건에 지나지 않는지도 모른다. 국내에서는 정치인들과 공직자들의 당리당략과 부정부패가 도무지 치유될 희망을 보이지 않고 혈연과 지연과 학연이라는 망령이 모든 사람의 양심과 이성을 마비시키고 법과 도덕을 파괴하고 무분별한 분열과 대립과 갈등과 투쟁을 연출하고 있지 않은가.

박 선생은 수필집의 제3부 '이국 땅에서 바라본 조국' 에서 부정부패의 만연, 삼풍백화점의 붕괴, 전직 대통령들의 감옥살이, 폭력배의 살인사건과 대학교수의 살부사건, 교육계의 부조리 등 많은 것을 지적하고 비판하였다. 해외에서 살다가 모처럼 한국에 돌아온 어느 교포는 공항에서 뒤집어쓰는 바가지 택시요금부터 시작하여 가는 곳마다 너무나 부조리하고 부정하고 아니꼽고 더럽고 메시껍고 치사하고 유치한 꼴이 많이 보이기 때문에 다시는 이 더러운 나라에 오지 않겠다고 맹서했다는 이야기가 들린다. 그런데 나라꼴이 이렇게 된 책임은 누구에게 있는가. 아무도 자기에게 책임이 있다고 자백하고 반성하는 사람이 없다. 걸핏하면 모두가 잘못이니 모두의 책임이라고만 한다. 그러나 아무리 모두의 책임이라고는 하지만 책임의 경중도 없단 말인가. 그 책임은 높은 자리에서 남에게 영향을 많이 미치는 사람일수록 무거운 것이 틀림없는 사실이다.

박 선생의 수필 속에는 사회적 윤리와 정의를 추구하는 이상주의가 엿보인다. 그는 사람보다 못한 개와 개만도 못한 사람을 말한다. 흔히 개가 사람보다 못한 것처럼 말하지만 개만도 못한 사람은 얼마든지 있다는 것이다. 개는 먹이를 놓고 다투긴 하지만 사람처럼 부정부패와 권모술수와 부정축재는 하지 않는다. 개는 사람처럼 교만하거나 교활하지 않고 이중인격을 가지고 처세하지도 않는다.

예로부터 선각자들은 유토피아를 말하였으니, 토마스 모어(Sir Thomas More)는 1516년에 『Utopia』라는 소설을 쓰고 사뮤엘 버틀러(Samuel Butler)는 1872년에 『Erewhon』이라는 소설로 이상향을 말했지만 그것은 아직도 너무나 먼 곳에 있다. 본디 'utopia' 라는 단어는 그리스어의 ou와 topos를 결합하여 만든 단어인데 영어로는 not + place 라고 할 수 있다. 흔히 이상향이나 도원경이라고 번역하지만 본디 지상에는 없는 곳이라고 하여 공상에 지나지 않는 사회나 정치체제라고 말한다. 종족과 국가와 계급과 종교가 비인도적인 권세와 이익을 위하여 피를 흘리며 싸우는 곳에 유토피아가 건설될 수는 없다. 그러나 아무리 유토피아는 먼 곳에 있을지라도 개만도 못한 사람으로 살 수는 없다는 것이 사람의 꿈이라고 박 선생은 지적한다.

박 선생의 수필은 어느 것이나 모두 교훈적이고 반성적인 안목을 일깨워준다. 모쪼록 한국에도 자주 와서 유익한 이야기를 들려주기 바라며 더 많은 수필을 써서 출판해 주기 바란다.(2003. 10)

박 선생이 쓴 또 하나의 수필집 『소리 없는 메아리』를 펼치게 되었다. 제1부 '멀리서 바라 본 조국', 제2부 '향수에 젖다', 제3부 '미국에 사는 이야기', 제4부 '한국의 날 퍼레이드'로 구성되어 있다. 모두 48편의 주옥 같은 글들이다. 그는 여전히 고국을 잊지 못하고 고국의 기쁨과 슬픔을 자신의 기쁨과 슬픔으로 온전히 받아들인다.

그는 제일 첫머리에 '뜨거웠던 유월'을 내세웠다. "포효하는 함성과 몸짓들, 5천년 동안 잠재해 있던 배달민족의 혼이 살아나 마치 수 천년 동안 쉬고 있던 휴화산이 폭발한 듯 그 붉은 용암의 물결이 온통 삼천리 강토를 뒤덮는다. ……"고 감격하였다. 그러나 "정치판에서 개판만 치고 있는 정치꾼들이여! 그대들은 들으셨는지요? 보셨는지요? 우리 젊은이들의 그 순수함과 나라사랑의 열정과 애국 애족의 숭고함을! 그리고 모두가 하나 되어 단결할 줄 아는 슬기와 지혜를, 그리고 봉사와 희생을! 이제 정치판의 그대들이 하실 일은 단 한 가지 그들에게서 그 숭

고한 애국심과 정직함과 나라사랑과 희생정신을 배우는 것뿐입니다" 라고 부연하기를 잊지 않았다. 그는 태평양을 사이에 두고 멀리 떨어진 고국에 대하여 할 말이 많다.

숲 속에 들어가 있으면 숲 전체를 볼 수가 없는 법이다. 네 동네, 내 동네만 찾다 보니 나라와 민족의 장래가 보이지 않는 것이다. 소아병적 편견으로 그저 내 동네 네 동네 사람만 찾고 챙기고 있으니 민족 전체가 보일 리 만무하지 않은가?

신문이나 방송으로 본국 정치판의 소식을 듣노라면 울화가 치밀어 혈압이 오르고 현기증이 인다. 의사는 혼자 차를 타고 갈 때나 아니면 산에라도 올라가서 마음놓고 소리를 질러 보라고 권고한다. 나는 심하게 분통이 터지던 날 화장실 안에서 나도 모르게 괴성을 부르짖어 가족들을 놀라게 한 일이 있었다.…… 도덕은 이미 세상을 떠난 지 오래고 정의는 교통사고로 사망하고, 양심은 쓰레기통에 버려진 상태라던가? 의리와 신의는 행방불명이고 진실은 한강 물에 익사했다던가? 우정은 이민 가고 사랑이니 순정이니 하는 말들은 불에 타버려 이제는 앙상한 원조교제의 뼈다귀만 남았다던가? 여성의 정조라는 것은 이웃집 개가 물어갔는지 공석 중인 것 같고 …… 바른 말은 바보들의 웅변이다. … 국회의원 237명에게 민중의 대변을 정성껏 싸서 우편으로 보낸 사람이 있었다고 한다. 아마도 그 사람은 정말로 그들이 ×을 잘 먹는 ×개라고 생각한 것 같다. …불거지면 망신살만 뻗칠까 봐 쉬쉬하고 덮어버리는 그 짓이 얼마나 가증스러운가?

대통령책임제의 문제성이 오래 전부터 제기되어 오고 있다. 제왕적 대통령책임제의 모순이 바로 그것이다. 한 마디로 말하면 권력이 지나치게 집중되어 있는 데 문제가 있다는 것이다. 그런데 그런 제왕적 대통령을 하고 싶어하는 대통령 병에 걸린 환자들이 문제이다.

사회주의 체제의 북에서는 모든 경제개발정책이 실패만 거듭하여 항문이 째지도록 가난한 처지가 되고 말았다. 공산주의란 무엇인가? 그들

말대로 노동자 농민을 잘 살게 한다면서 하루 세 끼 밥도 못 먹는 신세가 되었는데 그래도 무슨 할 말이 있는가? … 그들은 우리가 보태 준 돈으로 군비를 확장하고 있을 것이다.

만일 미국이 북한의 핵 시설을 폭격한다면 북한은 반격으로 주한미군 기지와 국군 주요 시설에 미사일을 쏘아댈 것이 아닌가? 미국은 핵 시설을 폭격하고 철수하면 그만이겠지만 한반도는 과연 어떤 상황에 처해질까? 생각만 해도 아찔하다. 다만 기우이길 바랄 뿐이다.

어떤 여론조사에 따르면 가장 믿을 수 있는 사람의 순서로 농민이 첫째이고 그 다음엔 우체부, 면서기, 은행원, 경찰, 사장, 검사, 판사, 장관, 국회의원의 순서라고 한다. 고위지도층일수록 믿을 수 없다는 것이다. … 물건을 훔친 좀도둑은 붙잡혀 가서 징역을 사는데 부정으로 수백 억 원씩 챙긴 대도들은 멀쩡하게 활개를 치고 다닌다. … 정치판의 작태는 누가 더 파렴치한가, 누가 더 야비하고 교활한가, 누가 더 얼굴 가죽이 두꺼운가를 경쟁하는 것과 같다.

국가적 위기에서 헤어날 길은 국민 모두가 불의에 대한 날카로운 비판의식과 희생적인 투쟁의식을 가지는 것이다. 그리고 권력에 아부하고 불의에 타협하는 반국가적 반사회적 치졸한 행위에서 탈출해야 한다.

국민은 불안하고 초조하다. 그래서 그들은 사랑하는 조국을 떠나고 싶은 것이 아닐는지. 국가적 위기, 사회적 위기, 도덕적 질서의 붕괴로 말미암은 불안 때문에 오만가지 정이 떨어져 떠나려는 것이 아닐는지. … 대다수 국민들이 조국을 떠나고 싶어한다는 신문기사를 읽으면서 가슴 저려 오는 아픔을 느낀다.

미국에는 골프장이 많지만 비용이 많이 들지 않는다. 하루 평균 5~6달러로도 즐길 수 있다. 거기엔 빈부귀천이 없다. 그러나 한국의 골프는 권력과 돈 있는 사람들의 전용물이고 수억 원이나 하는 비싼 회원권이 뇌물로 상납되고 골프장 종업원들은 옛날의 하인들이 상전에게 하듯이 머리를 90도로 굽혀 손님에게 인사한다. 돈만 있으면 아무나 제왕처럼 사는 곳이 한국사회이다.

박 선생, 아니 '산호세의 나그네'처럼 고국을 떠난 해외의 교포들이 걱정하지 않아도 좋을 만큼 정치가 잘 되고 경제가 잘 되고 교육이 잘 되고 도덕과 질서가 바로 서서 온 나라가 잘 되도록 하는 일은 남은 사람들의 몫일 수밖에 없다.

(2004. 2)

8. 한국과 미국, 무엇이 다른가

나는 미국 사람들을 많이 만나고 미국을 여행도 하고 수개월 동안 살아보기도 하였지만 한국과 미국이 어떻게 다른지 늘 궁금하기만 하여 이 사람 저 사람에게 질문도 해 보았지만 신통한 대답을 듣지 못하였다. 그런데 우연히 이웃에 살고 있는 한만혁 선생이 미국에 체류하면서 보고 느낀 것을 글로 쓴 『미국 견문기』를 보고 크게 공감하게 되어 그 내용을 간추려 본다.

어느 학자의 연구에 따르면 인간두뇌의 사고 성향은 (A) 논리적이고 해석적인 성향, (B) 계획적이고 순차적인 성향, (C) 인간관계에 기본을 두는 성향, (D) 창의적이고 엉뚱한 성향 등 4가지 유형으로 분류할 수 있는데 한국 사람들은 C형을, 미국 사람들은 B형을 많이 타고난다고 한다. 따라서 한국 사람들이 대체로 인간관계에 기본을 두는 성향인데 반하여 미국 사람들은 대체로 계획적이고 순차적인 성향이라는 것이며 이것이 한국과 미국이 다른 중요한 원인으로 볼 수 있다는 것이다. 아무튼 한국과 미국이 다른 점을 구체적으로 열거하면 다음과 같다.

(1) 언어의 낱말순서가 다르다. 이를테면 한국어는 주어(나는) + 목적어(노래를) + 타동사(부른다)인데 반하여 미국어(영어)는 주어(I)

+ 타동사(sing) + 목적어(a song)이다.

(2) 성과 이름, 일시, 주소 등을 표기할 때 그 순서가 서로 다르다.

(3) 미국의 각 주에는 애칭이 있다. 이를테면 일리노이주는 Land of Lincoln, 미네소타주는 Ten Thousand Lake State, 매사츄세츠주는 The Spirit of America, 뉴저지주는 Garden State, 버먼트주는 Green Mountain State, 뉴욕주는 The State of Art , 캘리포니아주는 Sunshine State 라고 한다.

(4) 인디언이 부르던 지명과 스페인 사람이 부르던 지명과 프랑스어로 된 지명도 많고 에스키모어로 된 지명도 있다. 이를테면 알칸사스(Arkansas), 바통 루즈(Batn Rouge), 아이다호(Idaho), 일리노이(Illinois), 미주리(Missouri) 등은 인디언 말이고, 콜로라도(Colorado), 플로리다(Florida), 산 호세(San jose), 로스 앤젤레스(Los Angeles)등은 스페인 말이고, 버몬트(Vermont), 버펄로(Bufflo) 등은 프랑스 말이고, 알래스카(Alaska)는 에스키모 말이라고 한다.

(5) 미국에는 훌륭한 상징물이 있다. 자유의 여신상, 유엔본부, 마천루 등인데 첫째는 자유, 둘째는 세계의 중심, 셋째는 부(富)를 상징한다. 마천루의 102층은 1620년에 메이 플라워호(May Flower)를 타고 온 102명의 필그림 파더즈(Pilgrim Fathers)를 나타낸다.

(6) 미국에서는 법과 질서가 잘 지켜진다. 권력자라고 법망을 빠져나가지는 못한다. 한국의 특권층에 병역을 미필한 자가 너무나 많은 것과는 완전히 다르다. 한국에서는 권력층이 교통법규를 어기면 눈감아주지만 미국에서는 절대로 용납되지 않는다. 한국에서는 복잡한 화장실에서 차례를 기다릴 때 하나 하나의 화장실 문 앞에 바짝 다가가서 기다리지만 미국에서는 건물의 입구에서 줄을 서 있다가 한 사람이 나오면 한 사람이 들어간다.

(7) 한국의 재벌들은 법을 어기고 정권과 유착하여 부도덕하게 돈을 벌고 세금을 포탈하며 족벌체제로 기업을 운영하기 때문에 존경을 받지 못한다. 그러나 미국에서는 재벌이 존경을 받는다. 정당하게 돈을 벌고

사회에 되돌려주기 때문이다.

(8) 한국의 대학생들에 비하여 미국의 대학생들은 더 열심히 공부한다.

(9) 미국에서는 구입한 물건을 반품하는 것이 예사이다.

(10) 미국은 남녀의 차별이 적고 부부가 서로 존중하고 잘 협조한다.

(11) 미국에서는 차량 번호판에 이름이나 주소나 기타 사항을 함께 기록할 수 있다.

(12) 미국에서는 대낮에도 전조등을 켜고 자동차를 운행한다.

(13) 운전면허시험 내용이 다르고 사람과 차량의 도로통행규칙이 다르다.

(14) 미국에서는 사람은 붉은 신호등에서도 도로를 횡단할 수 있다. 사람이 우선이다.

(15) 미국에는 야생동물 보호시설이 많다. 도로변에는 동물이 뛰어들지 못하도록 보호망을 설치하고 동물이 있는 곳에서 경적을 울리지 못하며 동물에게 함부로 먹을 것을 주지 못한다.

(16) 미국에는 묘지가 인가의 가까이 있는 수가 많다. 묘지를 일부러 멀리하지 않는다. 월 스트리트(Wall Street) 중심부에도 묘지가 있다.

(17) 한국에서는 유사한 대형사고가 반복되지만 미국은 그렇지 않다.

(18) 한국에서는 여자귀신이 잘 나타나지만 미국에서는 남자귀신이 잘 나타난다.

(19) 한국에서는 자녀들이 20세가 넘어도 부모에게 의존하는 것이 예사지만 미국에서는 대개 고등학교 졸업으로 부모를 떠난다. 미국의 젊은이들은 어려서부터 아르바이트를 많이 하기 때문에 돈에 대한 관념이 다르고 자립정신이 강하다.

(20) 미국의 유치원에서는 지식교육이나 예능교육보다는 질서교육을 많이 한다.

(21) 미국에서는 교사의 권위가 대단하다. 학부모는 교사의 권위를 절대적으로 존중한다.

(22) 미국인들은 버스를 탈 때 줄을 잘 서고, 먼저 탄 사람이 뒷자리로 가서 앉았다가 내릴 때는 앞자리보다 먼저 내린다. 공공집회에서도 먼저 도착한 사람이 앞자리에 앉는다.

(23) 미국의 식당에서는 반드시 카운터 앞에서 대기하였다가 지정하는 자리에 앉는다.

(24) 미국 사람들은 아무에게나 먼저 보는 사람이 인사한다.

(25) 미국 사람들은 'I am sorry', 'Excuse me', 'Thank you', 'After you' 와 같은 말을 많이 하며 매우 친절하다.

(26) 미국에서는 경력자가 우대를 받는다. 고령자라는 이유로 함부로 해고하거나 배격하지 않는다.

(27) 미국 사람들은 담장 대신에 울타리를 만들고 후원을 잘 가꾼다. 백악관의 후원은 미국 대통령이 세계의 국빈들과 자주 만나는 곳이며, 잭클린 케네디 여사가 장미를 많이 가꾼 연유로 로즈 가든(Rose Garden)이라는 이름이 붙었다.

(28) 미국의 농군은 일정한 면적의 토지를 확보해야 하고, 대학에서 2년 이상의 농업교육을 이수해야 하고, 농기계를 조작할 수 있는 기술자격증을 얻어야 하고, 농화학 전문자격증을 획득해야 한다. 거의 모든 노동자는 시티 칼리지(City College)에서 전문교육을 받고 일정한 자격증을 소지하고 있다.

(29) 한국 사람들이 '우리 집', '우리 마누라', '우리 남편', '우리 아이' 라고 말하는데 반하여 미국 사람들은 '내집', '내 마누라', '내 남편', '내 아이들' 이라고 말한다.

이 밖에도 한국과 미국은 다른 점이 많다.

한국이나 미국이나 애완동물이 많은 점은 공통적이지만 미국에서는 애완동물을 철저히 관리한다. 미국에서는 애완동물을 기르려면 반드시 지자체에 등록하고 질병예방 접종을 한 다음 증명서를 교부하고 동물에게는 딱지(?)를 붙여서 데리고 다녀야 한다. 만일 일정한 기간 내에 등록하지 않으면 100달러, 질병예방접종을 하지 않으면 500달러의 벌금이 부과되며 배설물을 방치하면 25달러의 벌금이 부과된다. 개의 배설물을 통하여 회충 알이 사람에게 감염되어 간이나 폐나 뇌에 침입하고 심지어는 눈에도 침입하여 실명하기까지 한다고 한다.

애완동물 가운데는 뱀이나 이구아나(iguana)와 같은 파충류도 100여 종이나 있는데 살모넬라(salmonella)균을 전염케 한다고 하며 손으로 만지고 나서는 반드시 살균소독 비누로 손을 씻어야 한다. 미국에서는 아프리카에서 원숭이 천연두균이 들어온 후로 동물수입이 강력히 통제되고 있으며, 작은 거북이도 시중에서 판매하지 못하도록 금지하고 있는데 판매금지된 거북이는 한국으로 엄청나게 수출된다고 한다.

지금 한국에는 무려 1000만 마리의 애완동물이 있는데, 한국인들은 위생적으로 충분히 관리하지 못하고 공공장소에서 배설하여도 잘 처리하지 못하면서 공공연히 데리고 다닌다. 선진국 사람들이 하는 짓이면 무엇이나 분별 없이 따라 하는 한국인의 경박한 모방심리가 잘 드러난다. 한국 여성들이 제왕절개수술을 많이 하고 신생아에게 모유를 먹이지 않으며, 유행에 맞지 않으면 아무리 좋은 옷이라도 입지 않는 것도 마찬가지다. 철저히 타인지향적이다.

미국에서는 어린이가 존중되고 철저히 보호를 받는다. 적어도 12세까지는 보호자가 없이 어린이가 혼자 거리나 공원에서 놀게 하지 않는다. 만일 혼자 노는 어린이를 보면 아무나 경찰관서에 신고하여 어린이를 보호케 하는 한편 보호자에게는 벌금을 부과하여 처벌한다. 가정에 어린이를 혼자 두는 것도 어린이를 유기한 것이나 마찬가지로 보고 처벌한다. 어린이가 혼자 있으면 심리적인 불안과 정서적 불안정으로 정신질환이 유발될 수도 있고 불의의 안전사고를 당할 수도 있기 때문이다. 미국인들은 어린이를 태우고 다니는 버스는 모두 노란색으로 통일하여 다른 차들이 경계하게 하고 차 안에서도 일정한 책임자가 보호할 뿐만 아니라 차에서 내리면 운전사와 함께 손을 흔들게(safety wave)하거나 서로 눈을 맞춤으로써(eye contact) 안전을 지킨다고 한다.

등교하거나 하교할 때도 반드시 보호자가 학교까지나 통학버스 타는 곳까지 동행하여 보호한다. 한국에서는 부모가 바쁘다는 핑계로 어린이를 혼자 놀게 하는 사례가 흔하고 심지어는 어린이들이 자기가 타고 다니는 통학버스에 치여 중상을 입거나 생명을 잃기도 한다. 한국의 어린이 교통사고는 OECD 국가들 가운데서 첫째 둘째를 다툴 만큼 많다고 한다. 어린이들의 사고는 모두 보호자들과 어른들의 책임이지만 한국의 어른들은 과학적이고 합리적으로 어린이를 보호할 줄을 모른다. 한국에서는 어린이를 과보호하거나 의타심을 조장하거나 낭비하는 습성을 길러주거나 버릇없는 망나니로 기르는 사례가 너무나 많다. 어린이교육도 문제지만 어른들의 교육이 더 시급하고 중대한 문제이다.

한국에서는 어린이들이 함부로 버려지는 수가 많고 미국에서는 한국에서 버려진 아이들을 데려다 입양하여 기르는 것이 당연하게 여겨지고 있다. 필자가 최근에 만난 미국인은 자기의 어린 아이가 둘이나 있는데도 불구하고 한국의 어린이를 하나 입양해 기르면서 다시 한 아이를 더 기르기 위하여 한국으로 온 사람이었다. 그는 특히 남들이 입양을 꺼리는 장애아를 이번에 데려간다고 하였다.

1950년대는 모르지만 이제는 절대적 빈곤이 극복되고 세계 제11위의 경제규모를 자랑하면서도 어린이는 여전히 버려지고 있다. 이혼률이 세계의 최고수준에 육박한다는 한국의 신혼부부들은 서로서로 친권을 포기하고 아이를 양육하지 않으려고 다툰다고 한다. 또한 어린이를 유괴하거나 살해하거나 인질로 하는 범죄가 그치지 않고 어린이가 실종되어도 경찰에서는 초동수사를 회피하고 소홀히 하여 기회를 놓치고 어린이를 구해내지 못하는 사례가 많다.

미국은 인종이 매우 다양하며 코리아 타운, 재팬 타운, 차이나 타운 등이 있다. 정치와 행정이 투명하고 공개적이다. 사회복지가 발달하여 박물관이나 유원지에서 입장료가 감면되는 수가 많다. 연구기관에서는 협동연구가 보편화하고 있다. 한국 사람들이 자기 한 사람의 능력으로 공을 세우고 그 공을 내세워 보상을 받으려 하는 데 반하여 미국인들은 많은 사람이 지혜를 모아서 한 사람으로서는 도저히 상상할 수도 없는 엄청난 성과를 올린다. 그들은 학연이나 지연이나 혈연에 구애됨이 없이 인품과 능력을 본위로 사람을 채용한다. 그들은 고발정신이 강하여 타인의 불의를 용납하지 않는다. 불의를 외면하는 것은 불의의 조장이요 사회와 국가를 멸망으로 이끌어 가는 행위라고 믿는다.

한국 사람들이 학연 · 지연 · 혈연으로 이기심을 추구할 때 미국인들은 합리주의와 실용주의와 민주주의로 국가와 사회의 발전을 추구한다. 한국인은 미국인에게 배울 것이 너무나 많다. 그러나 겉으로 보이는 흉내는 잘 내어도 속으로 영근 알맹이를 놓치는 것이 한국인의 결정적인 약점이다.

(2003. 12)

9. 미국에서 연구하는 딸에게

은옥아. 너는 지금 막 태평양의 일부변경선을 넘었을 것 같구나. 여기는 26일 수요일이지만 너는 25일 화요일로 되돌아가고 있으니 일찍이 장자(莊子)가 '오늘 떠나서 어제 도착하였다' 고 말한 시공의 개념과 같구나.

너는 고등학교 재학시절에 요통이 심하여 고생하였지만 2전 3기로 당당히 명문대학에 진학하여 우수한 성적으로 석사과정과 박사과정까지 승승장구하여 유유히 마치고 한국에서 손꼽히는 정부출연 연구기관에서 수년 동안이나 근속하다가 이번에 한국과학재단의 도움으로 미국 휴스턴대학교의 연구소로 가서 학문의 세계를 넓히게 되었으니 얼마나 다행한 일이냐. 더구나 너의 박사학위 논문이 인터넷으로 온 세계에 공개되고, 연구 논문이 미국을 비롯한 선진국의 학술저널에 30여 편이나 발표되었다니 너는 완전히 세계적인 학자의 반열에서 활동하는 셈이구나.

네가 어려서는 미술과 음악에 영특한 재주를 보였지만 나는 그것을 전공하도록 도와주지 못하였구나. 그러나 너는 물리학과 수학에 관심을 갖다가 화학을 선택하여 이제는 어엿한 고체화학의 선진대열에서 연구하고 있으니 어찌 감히 성공하지 않았다고 말할 수 있겠느냐. 너는 지금까지 국내에서만 활동하였지만 유럽과 중국과 일본을 여행하고 미국에서 열리는 학술세미나에도 참가하여 안목을 넓혔고, 또한 바쁜 시간을 쪼개어 영어회화 공부도 진력하였으니 미국에서 시작하는 연구생활에도 크게 도움이 되리라고 믿는다.

네가 가는 미국의 텍사스주는 자이언트(거인)라는 별칭이 말하듯이 넓이가 692만 평방킬로미터나 되어 미국에서는 알래스카주 다음으로 넓다는구나. 남북한을 합하면 22만 평방킬로미터이니 그 넓이를 짐작할 만하구나. 서쪽으로는 리오그란데강이 흐르며 넓다란 목화밭이 있고 유전이 많고 들소의 무리가 풀을 뜯으며, 동남부쪽은 열대의 풍경이 펼쳐져 있다고 하더구나. 그리고 휴스턴이나 달라스에는 초고층 빌딩이 즐비하고 멕시코 문화를 접촉할 수 있다고 하더구나.

연구야 말할 것 없다마는 미국의 풍토와 문화를 많이 보고 듣고 이해하기 바란다. 나는 미국의 남부를 여행하지 못하여 그저 상상만 할 따름이다. 여행 중에 생기는 자료들은 모두 모았다가 기행문을 쓸 때 참고하려무나.

너는 평소에도 변함 없이 성실한 태도로 생활하기 때문에 다시 말할 필요가 없긴 하지만 네가 지금까지 학문적으로 성장하는 데 도와주신 은사님들의 은혜를 항상 기억하기 바란다. 은사님들이 너무 많아서 일일이 기억하기 어렵겠지만 그렇다고 무관심해서는 안 된다. '음수사원'(飮水思源)이라는 말이 있다. 물을 마실 때는 그 원천을 생각하라는 말인데 '갈수불망굴정인'(渴水不忘掘井人)이라는 말과 같다. 내가 지금 물을 마실 수 있는 것은 '내가 잘 나서' 마실 수 있다는 자만심보다는 샘을 판 사람이 있기 때문이라는 것을 알고 그에게 감사하는 마음을 가져야 한다는 말이다. 당초에 샘을 판 사람은 어떤 칭찬이나 보상을 바라지 않고 남을 위하여 좋은 일을 하였다는 생각조차 하지 않았겠지만 말이다. 그리고 우리는 물을 마실 때마다 조금이라도 샘을 더럽히지 않을 뿐만 아니라 더 좋은 샘을 파서 다른 사람에게 더 좋은 물을 마시게 하겠다는 생각을 해야겠지. 부디 부모형제의 은혜에 못지 않게 스승과 이웃과 겨레와 조국의 은혜를 잊지 말기 바란다. 너의 연구가 과학의 발전에 공헌되고 겨레와 인류의 복지향상에 도움되는 것이 곧 모든 분들의 은혜를 갚는 길이고 음수사원의 도리를 실천하는 길이기도 하겠지.

또 한 가지 꼭 하고 싶은 말이 있단다. 너는 벌써 좋은 짝을 만나 가정을 이루었어야 하는데 너무 늦었단 말이다. 그 동안 공부에만 열중하다 보니 한눈을 팔 겨를이 없었겠지만 혼인이란 자고로 인륜지대사(人倫之大事)여서 인류의 보편적 가치이며 행복의 중요한 조건이란다. 연구만 중요한 것이 아니라 정다운 대화가 오가고 아이들의 웃음소리가 들리는 가정도 중요한 것이니 부디 좋은 배필을 찾는 데 관심을 기울이기 바란다. 두 번 세 번 거듭하여 간곡히 부탁한다. 너의 오빠와 언니가 때를 맞추어 짝을 찾은 것이 얼마나 다행한 일인지 모르겠구나.

그리고 그 곳은 여름에 몹시 덥다고 하는데 모쪼록 건강에 유의하기 바란다. 특히 심한 냉방으로 발병하는 수가 많다고 하니 항상 여벌옷을 준비하기 바란다.

너를 보내고 나니 한 편으론 자랑스러우면서도 한 편으론 섭섭한 마음을 억누르기 어렵구나. 너의 안착 소식을 기다리며 자판 두드리기를 멈추련다. 자랑스런 한국의 딸 은옥아.(2003. 3. 26)

네가 보낸 전자우편은 잘 받았다. 그 동안 아파트임차계약, 가구준비, 전화개통, 은행계좌설정, 자동차구입 등으로 바빴을 줄 믿는다. 그러나 무엇보다도 중요한 것은 연구이니 만큼 나머지 사사로운 일은 서서히 처리하기 바란다.

너의 연구실 분위기는 어떠한지 궁금하구나. 한국의 분위기와는 어떻게 다른지. 매주 연구에 대한 미팅이 있다니 충분한 준비가 필요하겠지. 너의 일거수 일투족이 네 자신뿐만 아니라 모교와 한국의 명예에 관계되기 때문이다. 직업적인 외교관 뿐만 아니라 우리의 행위가 국제적인 성격을 띠게 될 때는 항상 민간외교관의 위치에 놓이기에 말이다. 너의 연구분야가 비교적 새로운 첨단분야라고 하니 모쪼록 넓고 깊게 연구하여 한국의 기초과학 진흥에 공헌하기 바란다. 한국의 현실이 모든 과학 인력을 충분히 받아들이지도 못하고 만족할 만한 대우도 하지 못하지만 무엇보다도 중요한 것은 봉사정신이라고 생각한다. 요즘 우리나라에서는 기초과학을 비롯한 이공계 대학이 모집정원을 채우기 어려울 정도로 인기가 없다고 하여 정부에서는 장학금을 확충하고 여러 가지 혜택을 주려고 하지만 그보다도 취업이 중요한 것으로 아는데 앞으로 점점 이공계열의 인재양성에 정책적 배려가 있을 것으로 보이더구나.

네가 미국에 있는 동안에 미국인을 비롯한 많은 외국인을 만날 터인데 그들의 가치관과 생활 모습을 통하여 무엇을 본받고 무엇을 본받지 말아야 하는지 많이 깨우치기 바란다. 한 사람 한 사람의 깨우침이 곧 겨레의 깨우침이 되고 국가발전의 저력이 되는 법이니 말이다.

지난 주일에는 교회의 목사님과 교우들의 안내로 야외에 나가 꽃을 구경하고 소풍할 기회가 있었다니 다행이었다고 생각한다. 이곳은 민들레나 진달래나 목련화나 벚꽃이 거의 모두 지고 싱그러운 신록이 무르익는단다. 아름다운 자연! 그것은 인간이 소유하는 대상이 아니라 다만 감상하고 본받고 순응하고 혜택을 누리고 경외하는 대상이라고 생각한다. 자연을 바라보며 우주의 섭리와 조물주의 무한한 능력을 깨달을 수 있는 것은 인간의 무한한 행복이라고 할 수 있겠지.

나는 요즘 다섯 번째 수필집을 발간하기 위하여 편집작업을 진행하는데 작품이 너무 많다 보니 어느 것을 넣고 어느 것을 빼야 할지 판단하기가 어렵구나. 수북히 쌓인 돌 더미 속에서 옥돌을 가려내는 것 같단다. 선택! 언제 어디서나 우리에겐 선택이 강요된단 말이야. 이것이냐 저것이냐. Entweder oder! 실험실로 갈 것이냐 도서관으로 갈 것이냐. 오렌지를 먹을 것이냐 사과를 먹을 것이냐 ……. 새로운 선택은 새로운 결정체가 되어 새로운 빛을 되쏘며 새로운 창조의 모습으로 나타나겠지.

전자우편은 될 수 있는 대로 첨부파일을 피하고 메일 공간을 이용하기 바란다. D-코드에 문제가 있어서 잘 열리지 않는 것 같구나. 잘 있거라. 연구실의 교수들과 동료들에게 항상 겸손하고 예의를 지키고 훈풍이 감도는 분위기를 간직하기 바란다. (2003. 4. 20)

과학의 세계는 참으로 신비하단 말이다. 동경 127도에 있는 내가 서경 97도에 있는 너와 135도라는 공간을 사이에 두고 얼굴을 마주보며 대화를 할 수 있다니! 나는 토요일 오후 2시를 가리키는 시계를 놓고 너는 금요일 오후 12시를 가리키는 시계를 놓고 수북히 쌓인 책을 배경으로 얼굴을 마주할 수 있다니! msn을 확인하고 동작을 클릭하고 웹켐 시작을 클릭하고 대화상대를 확인하고 선택을 클릭하고 음성채팅을 추가하고 …. 10분이고 20분이고 거의 아무런 비용도 들이지 않고 마음 놓고 사사로운 이야기를 나눌 수 있다니! 모두 과학자들의 덕택이니 얼마나 과학자들의 은혜가 넓고 크고 높고 깊단 말인가. 나는 너와의 화상채팅을 거듭하면서 과학의 위대성을 한층 더 실감한단다. 나는 네가 알다시피 과학과는 담을 쌓고 평생을 살아 온 터라 너무나 아는 것이 없지만 이따금 들리는 말만 들어도 도무지 상상할 수 없는 과학의 세계가 있다는 사실만은 짐작한단 말이다.

너는 석사과정에서 전기 배터리를 연구하고 박사과정에서 자기저항물질을 연구했다지만 도무지 그것이 무엇인지 나는 알 수가 없단 말이다. 그런데 미국에 가서는 3개월만에 지금까지 아무도 하지 않은 새로운 화합물질을 다이아몬드 모양의 결정체로 합성해냈다니 또한 놀랍게만 여길 뿐이다. 그리고 당초엔 1년을 계약했지만 벌써부터 1년을 더 연장하여 연구해 달라는 요청이 있다니 그만큼 인정을 받는 것으로 알겠다. 네가 알아서 할 일이긴 하지만 조속히 연구를 마치고 귀국하여 한국의 과학을 위하여 봉사하기 바란다. 너는 그래도 박사과정을 이수하는 기간에 이어서 계속하여 연구기관에 근무할 기회가 있었고 앞으로도 귀국하면 직장엘 나갈 수 있는 비젼이 보이고 있으니 그만해도 얼마나 다행한 일인지 깨달아주기 바란다.

요즘 매스컴에서 떠드는 것을 들으면 30대의 젊은이들이 직장에서 쫓겨나고 20대 젊은이들의 실업률이 9%를 오르락내리락하고 있다더구나. 직장은 봉급의 많고 적음이 중요하지 않은 것은 아니지만 그보다도 자기의 전공분야를 충분히 활용할 수 있는지 없는지가 매우 중요하단다. 일전에 탄천을 거닐다가 어떤 숙녀를 만나 이야기를 나누게 되었는데 통신분야를 전공했으나 도무지 취업이 되지 않아 한문을 열심히 공부하여 한문 강사가 되었다고 하더구나. 전공을 포기하고 새로운 길을 개척한 것은 다행한 일이지만 국가적으로 보면 또 하나의 과학기술자를 잃은 셈이어서 안타까운 생각이 들더구나.

그런데 네가 감기에 자주 걸리는 모양인데 감기를 소홀히 하면 다른 질병이 유발되기도 하는 법이니 각별히 조심하고 치료하기 바란다. 그리고 아무리 귀찮아도 카페트는 자주 청소하여 세균을 제거해야 한단다. 사람의 건강이야말로 가장 종합적인 고차원의 과학과 인간의 의지로 유지된다고 믿는다. 그 곳 시간으로 금요일 오후 12시에 화상 채팅하기로 하고 이만 줄인다.(2003. 11. 26)

이 - 메일 '받은 편지' 를 열어보니 너의 메일이 와서 기다리고 있더구나. 제목은 '자랑거리'. 먼저부터 연기되었던 연구발표(group meeting)를 성공적으로 끝내고 '엑설런트' (exellant)라는 찬사를 받았다니 정말로 '자랑거리' 가 아닐 수 없구나. 너의 연구실뿐만 아니라 다른 연구실에 소속된 화학자들이 많이 모여 네가 발표하고 많은 질문을 받았지만 모두 원만하게 응답하였다니 신통하기도 하구나. 그러니 어찌 네가 메일 제목을 '자랑거리' 라고 붙이지 않을 수 있었겠니?

"…가 …에 미치는 효과" 라는 너의 연구보고를 나도 한 번 듣고 나의 자연과학에 대한 캄캄한 무지를 손톱만큼이나마 깨우치고 싶구나. 객관적인 명백한 근거에 따라 결론이 내려지는 것이니 얼마나 설득력이 있겠니. 다시 좋은 소식을 기다리며 이만 줄인다.

(2003. 12)

<부록> 내가 본 프랑스

1. 글 머리에

이 글은 필자가 유럽 교육문화 시찰 단원의 한 사람으로 대학 당국의 출장 명령을 받고 1983년 1월 8일부터 27일까지 20일간에 걸쳐 유럽의 교육문화를 시찰하면서 느낀 바를 쓴 일종의 기행문이다.

나는 그 때까지 자유중국 · 일본 · 홍콩 등을 여행하면서 아시아의 일부를 관찰한 바 있기는 하지만 거의 우물 안 개구리처럼 폐쇄된 공간 속에서 생활하던 필자로서는 유럽의 교육 문화를 시찰하면서 적지 않은 견문을 넓힐 수가 있었고 따라서 교육과 문화가 무엇이고 국가가 무엇인지 좀 더 새로운 차원에서 인식하는 실마리를 찾게 된 듯하다.

그러나 필자로서는 유럽을 통하여 무엇인가 인식구조의 변화를 일으키고 새로운 가치판단의 실마리를 얻었다고 하더라도 그것은 어디까지나 내면적이고 무형적인 것이기 때문에 필자가 새롭게 느낀 것은 '바로 이것' 이라고 들어내 놓을 만한 것은 못 되는 것 같고 또한 막상 그런 것이 있다고 하더라도 그것은 어디까지나 필자 나름의 것에 지나지 않기 때문에 몇 번이나 붓을 들기를 주저하지 않을 수 없었다.

솔직한 말로 필자는 유럽에 대한 역사적 · 문화적 · 종교적 · 인류학적 지식은 말할 것도 없고 정치적 · 경제적 · 사회적 · 지리적인 지식마저도 거의 상식의 수준을 벗어날 수 없는 형편이며 그런 주제에 유럽의 교육과 문화를 시찰하려는 것 자체가 무모하게도 느껴졌다. 따라서 아무리 유럽의 교육과 문화를 이해하려고 안간힘을 쓴다 하더라도 신통한 성과가 기대되기 어려울 것이며 필자의 오관을 통하여 받아들여지는 인식의 모두가 비록 직관이던 추리이던 간에 어떤 편견이나 장애의 제약을 받지 않은 순수하고도 객관적이리라는 보장이 없다.

그러나 이러한 고충에도 불구하고 자신도 없고 마음도 내키지 않는 붓을 들고야 말았다. 따라서 이 글은 교육적 문화적 철학적 식견이 심도 있게 함축되지 못하고 다만 주마간산(走馬看山)에 지나지 않는 단편적인 인상을 엮어 놓은 잡문에 지나지 않는다.

그리고 필자가 여행 중에 보고 듣고 느끼고 행동한 것 가운데는 비록 그것이 필자 자신이나 일행의 체면에 어울리지 않거나 손상을 가져 올 만한 일이라 하더라도 그 때문에 사실을 왜곡하거나 은폐하는 일 없이 솔직하게 써나가고자 한다. 왜냐하면 그것이 비록 실수라고 하더라도 사실대로 공개함으로써 읽는 이로 하여금 타산지석(他山之石)이 될 수 있으리라고 믿기 때문이다.

2. 설국(雪國)의 풍경

유럽을 향하여 KAL 002기로 서울 김포공항을 떠난 것은 1983년 1월 8일 18시이었다. 온 천지를 감싼 붉은 황혼을 헤치면서 두 시간도 못 되어 동경 나리타(成田) 공항에 내리니 3년 전에 들렀던 기억을 다시 더듬게 된다. 접속여행절차(接續旅行節次, connection check-in)을 거치고 면세점을 구경하면서 시간을 보내고 22시 30분에 JAL 423기 편으로 북태평양을 날기 시작하여 이튿날 알래스카(Alaska)의 수도 앵커리지(Anchorage)에 내리니 시계는 9시 35분을 가리키고 있다. 15시간 이상을 날았고 하룻밤을 지났으니 분명히 날짜는 9일이라야 할 텐데도 일부변경(日附變更)과 시차 때문에 아직도 8일을 고수해야만 한다. 기류로 인하여 기체(機體)의 진동이 있었던 데다가 야간여행인지라 밤잠을 설치기도 하여 머리는 덤덤하고 시간관념에 혼란이 일어나기 시작한다.

동쪽 하늘에 물든 붉은 여명과 함께 아침 10시가 되어서야 태양은 떠오르고 설국(雪國) 특유의 정취를 드러내 준다. 밖은 영하 22°C라고 하나 공항의 건물 안에서는 전혀 추위를 느낄 수가 없다. 일본인들이 종사하는 관광기념품 가게들이 즐비하게 늘어 서 있을 뿐 삭막하기만 하다. 환전상(換錢商)에 들러 보니 720 : 1 내외의 환율을 1,000 : 1로 하고 게다가 10%의 수수료를 부담해야 한다고 한다. 아무리 잔돈이 아쉽더라도 환전할 마음이 없다. 물건값도 한국에 비하여 적어도 갑절 이상이나 비싼 것 같다.

11시 30분에 앵커리지를 떠나 북극항로에 올랐다. 비행기 날개 밑으로는 얼음으로 뒤덮인 바다와 벌판과 첩첩한 설산 준령이 우주의 신비를 차갑게 펼쳐 주고 있다. 얼음으로 뒤덮인 바다는 한참 동안이나 구름에 덮인 바다로 착각하게 만든다. 그래도 얼음 틈에 끼어 무언가 작업을 하는지 두어 척의 선박이 불을 켜고 떠 있다. 그리고 광활하게 펼쳐진 빙원(氷原)에도 초목이 자라는지 검은 나무숲이 처절한 모습을 드러내고, 꼬불꼬불한 자연수로(自然水路)는 뱀처럼 얽혀 있다. 그러나 자연의 곡선과는 대조적으로 쭉쭉 뻗은 하얀 직선이 이리 저리 숲을 가르고 있기도 하다. 겨울철이기 때문인지 황무지로 밖에는 보이지 않는 저 벌판에도 사람의 발자취가 닿아서 내 것 네 것을 갈라놓은 것인지 자못 궁금하다.

1월의 알래스카는 문자 그대로 삭막하게만 느껴지지만 그래도 그림엽서를 뒤적여 보노라면 자신도 모르는 사이에 새로운 인상을 가꾸게 된다. 웅장하고도 수려하기 그지없는 맥킨리 산과 그 빙하, 아름다운 야생화와 녹음으로 둘러싸인 마제호(馬蹄湖, horse shoe lake), 여름철에만 나타나는 심야의 태양, 갈색과 흰색의 털 많은 곰, 꼬부라진 긴 뿔이 달린 양(doll sheep), 이 곳 저 곳에 자리잡은 통나무집들……. 이런 것들을 감상하노라면 어느덧 곰털 모자를 쓰고 미소하는 에스키모 소년이 정답게 다가오는 알래스카이기도 하다.

북극에 가까워지면서 하늘은 점점 어두워졌다. 본디 일조시간이 짧은 북극이라는 것을 실증해 준다. 해는 남쪽에서 떠서 남쪽으로 지고 만 것이리라. 그래도 조금 남아 있는 광선마저 들어오지 못하게 창을 닫으라더니 스크린이 펼쳐지고 영화가 상영되었다. 권투를 주제로 한 〈록키 3〉이라는 것이었다. 토키를 들으려면 2.5달러를 지불하고 이어폰을 빌어야 한다. 스튜어디스들은 벚꽃을 수놓은 앞치마를 두르고 영업적인 친절을 베풀고 있다. 문득 시계를 보니 9시 30분을 가리키고 있다. 물론 서울 시간이다. 그러나 방금 떠나 온 앵커리지는 14시 30분일 것이고 런던은 0시 30분일 것이다. 도무지 시간관념이 뒤죽박죽이어서 좀처럼 종잡을 수가 없다.

배가 계속하여 불편하다. 술은커녕 식사도 제대로 하기가 어려울 지경이다. 이틀 치의 내복약을 복용하였어도 효과는 신통치 않다. 여행자수표뿐, 그것도 고액권만 가지고 있다 보니 사소한 쇼핑도 할 수가 없다. 떠나기 전에 반드시 잔돈을 준비했어야 했는데 그것을 몰랐으니 불편을 감수할 수밖에 없다. 번번이 동행하는 B교수에게 폐를 끼치게 되었다.

이틀 밤과 하루 낮을 날고 아침 6시 10분이 되어 런던에 기착하였다. 날짜는 1월 9일이니 얼핏 계산하면 서울을 떠난 지 12시간 밖에 되지 않는 것이다. 지친 몸을 이끌고 접속여행 절차를 거쳐 도우버(Dover) 해협을 건넌다. 가로등으로 불야성을 이루었던 런던 시가를 뒤로 두고 그림처럼 펼쳐진 영국의 촌락과 넓고 푸른 프랑스의 전원을 내려다보노라니 어느덧 착륙시간이 가까워 오고 있었다. 검붉은 갈색과 연녹색의 다듬어진 전원과 울긋불긋한 지붕들이 낯설지 않은 인상을 준다.

3. 에비양

1월 9일, 9시 35분. 프랑스 파리 교외에 자리잡은 샤를르 드골(Charles de Gaulle) 공항에 내린 일행은 현지에서 10여 년이나 살고 있다는 교포 L씨의 안내를 받았다.

일행은 전세버스에 오르기 전에 공항에서 돈을 바꾸고 시내로 향하였다. 푸른 풀밭이 부드럽고 시원스럽게 연도를 장식해 주었다. 유럽은 대체로 12월부터 4월까지 비가 내린다고 한다. 기온은 해양성 기후의 특성대로 거의 춥지 않기 때문에 잔디가 변색하지도 않고 마르지도 않는다고 한다. 지하수에는 많은 석회질이 포함되어 있어서 그대로 마시기에는 별로 적합하지 않기 때문에 일반적으로 수도물을 마시지는 않고 특별히 정화한 물을 마신다고 한다. 이 정화수는 파리에서 에비양이라고 부르는데 물병에는 매우 순수하고 소화가 매우 잘 되는(very pure, very light) 물이라는 불어와 영어로 된 선전문(宣傳文)이 붙어 있다. 본디 물이 나쁜 것이 원인이 되어 포도주나 맥주와 같은 양조업이 발달하고 코티분(coty粉)과 같은 화장품 공업도 발달되었다고 한다.

파리의 인구는 약 천만 명이나 되며 민심은 대체로 좋은 편이어서 야외관광지에서 쇼핑할 때 신문 파는 어린 아이들만 조심하면 되고 야반(夜半)에도 강도 사건은 일어나지 않는다고 한다. 한국 식당은 아홉 개쯤 있고 일본 식당과 중국 식당은 각각 40개와 800개 정도라고 한다. 1852년부터 유럽 최초로 도시계획이 추진되어 하수구 공사가 잘 된 것으로 유명하며 하수구의 길이는 부산에서 신의주를 왕복할 수 있는

파리 개선문

파리 샹제리제가의 야경

2,100킬로미터 정도의 거리라고 한다. 하수구를 보기 위하여 세계 각지에서 찾아오는 관광객도 매주 2회 정도는 된다고 한다. 지하철 인구는 하루에 400만 명 정도이고 시내 어느 지점에서든지 5분만 걸으면 누구든지 이용할 수 있도록 지하철역이 고루 배치되었다고 한다. 실제로 이용해 보니 이중 삼중으로 출입구가 뚫려 있어서 복잡하긴 하지만 그만큼 많은 사람이 이용할 수 있도록 되어 있고 역(驛)도 촘촘히 있음을 알 수 있었다.

택시 정류장은 길 복판에 있고 가로수는 플라타너스와 마로니에가 대부분이다. 거의 매일처럼 비가 내리는 겨울철인 데다 줄기는 검게 때가 오르고 잎이 떨어져 우중충한 나상(裸像)을 드러내고 있어서 참으로 을씨년스럽게 느껴진다.

일행은 가는 도중에 개선문(Arch of Triump), 드골 광장, 오페라 하우스, 마들렌느 성당, 샹젤리제가(街)를 둘러보았다. 이 가운데 개선문은 보나파르트 나폴레옹(Bonaparte Napoleon 1세)의 명령에 따라 1806년부터 1836년에 이르는 기간에 세워진 것으로, 본디 나폴레옹의 승전을 기념하기 위한 것이었으나 1920년에는 그 밑바닥에 무명용사의 무덤이 안치되었고 영원한 불꽃(eternal flame)이 낮이나 밤이나 불타오르고 있다. 또한 드골 광장은 이곳으로부터 샹제리제 거리를 비롯한 열 두 개의 중요한 거리가 뻗쳐 나가는 파리의 심장부이며, 샹젤리제 거리는 이 도시뿐만 아니라 프랑스에서 화려한 거리로 알려져 있다. 거리 양편으로 늘어선 플라타나스에 수천 수만 개의 전등을 밝혀 놓은 야경은 문자 그대로 휘황찬란하기 그지없다.

오후에 여정을 푼 곳은 레블리크 거리에 있는 홀리데이 인 호텔이다. 목을 축이기 위하여 물을 좀 달라고 프론트에 전화로 청했더니 좀처럼 대답이 없다. 영어는 알면서도 모른 척하고 대답하지도 않는다는 말이 떠올라서 '에비양 실부 플레' (Evian Sil vous plait)를 찾아도 신통한 대답이 없기는 마찬가지다. 레스토랑엘 내려가 물을 청하니 한 글라스 밖에 주지 않는다. 방으로 가져가서 친구와 함께 마신다고 더 큰 것을 달래서 물 값을 지불하려고 하니 굳이 사절한다. 자기네들은 물을 팔지도 않거니와 오직 나에게만 예외로 베푸는 호의라고 한다.

나중에 알고 보니 다른 사람은 14프랑의 물 값에 6프랑의 팁을 합쳐 20프랑(2,500원 정도)에 사다 마셨다는 것이다. 나도 연거푸 예외적 특별대우를 애걸할 수가 없어서 이 사람 저 사람에게 물 사는 방법을 수소문해 보니 인근의 바(구멍가게)에서 사가지고 들어가는 것이 최선책임을 알았다. 물을 갖다 주지 않는 것이 유럽호텔의 상례라고 한다. 더러는 냉장고가 있어서 여러 가지 음료수가 준비되어 있고 그것을 마시고 이튿날 계산하면 되지만 가공된 음료수보다는 순수한 식수(食水)를 마시고 싶을 때에는 미리 미리 손을 써서 준비해야 한다. 그리고 후에 파리장(Parisien) 가이드에게 물으니 정수(evian)를 구하기 힘들 때에는 그대로 욕실에 있는 수돗물을 마셔도 별로 해롭지는 않다고 한다. 자기 나라의 물을 변호하려는 것인지 손님의 편의를 위해서인지는 정확히 알 수는 없다.

이 날 점심도 평안도 출신의 교포가 직접 경영하는 한국식당을 찾아

비교적 부드러운 분위기 속에서 두부찌개 백반을 즐겼으나 호텔의 저녁 식사는 딱딱한 빵 때문에 꽤 시끄러운 식사가 되고 말았다. 겉은 단단하더라도 잼이니 버터니 치즈니 샐러드 따위와 곁들일 수 있고 다른 요리들도 나오게 되어 있건만 서양요리에 익숙하지 못한 탓인지 꽤나 말이 많았다. 여럿이 모이다 보면 더러는 고성능 확성기(?)가 끼이게 마련인지 아니면 한국인의 일반적인 교양수준이 그 정도 밖에 되지 않기 때문인지 잘 알 수는 없지만 어떻든 한국인의 체면을 먹칠하는 것 같아 낯이 붉어지기까지 하였다. 적어도 장본인 한 사람을 제외하고는 모든 일행이 추악한 한국인(ugly Korean)이 되고 싶지는 않으련만 사태는 그러하질 못하였다. 장본인은 여러 날에 걸쳐 여러 사람에게 여러 번이나 충고를 받고서야 조금은 잠잠해지는 듯 싶었다.

저녁식사를 마치고 지하철을 이용하여 샹젤리제 거리의 야경을 감상하며 카페에 들러 커피를 즐겼다. 시키지도 않은 곱배기에 15%의 팁까지 포함된 계산서를 보니 한 잔에 1,150원 꼴이었다. 구미(歐美) 각국에 고루 발달하였다는 팁제도가 새롭게 인식되었다. 식사나 숙박료나 택시요금이나 무엇이든지 팁이 붙는다.

4. 소르본느대학과 루브르박물관

1월 10일. 일행은 먼저 노틀담(Notre Dame) 대성당을 들렀다. 이 대성당은 1163년에 기공하여 1345년에야 완성된 우아하고도 고색이 창연한 고딕양식의 건축물이다. 너무나 훌륭한 건축물이기 때문에 일일이 설명할 수는 없으나 그 중에도 가장 두드러진 것은 로스 윈도우(rose window)라고 생각된다. 나치(Nazis, 국민사회주의 독일 노동당) 침입 때는 모두 떼내어 안전한 곳에 숨겨서 보존하였다는 이 유리창은 수많은 성화를 색채로 그려서 불에 구워 만든 것으로 그 디자인이 놀라우리 만큼 짜임새가 있었다.

앞뜰에 서 있는 샤를르(Charles) 대제의 동상도 일품(逸品)이고 뒤

파리 소르본느 대학 입구

뜰에 늘어 선 벚나무들도 이색적이다. 줄기는 분명히 버드나무인데 한 길 위로부터는 벚나무로 접목되어 축 축 늘어진 가지는 보는 이의 눈길을 끈다. 내부로나 외부로나 '우리들의 귀부인' (Notre dame)이라는 사랑스런 칭호와 어울리기에 부족함이 없다.

우리는 파리 제4대학(소르본느)엘 찾아갔다. 유럽에서 평생 처음 보는 대학이다. 첫 인상은 너무나 새로울 수밖에 없었다. 그것은 몹시 넓고 크고 화려한 대학이기 때문이 아니라 그와는 너무나 상반되는 대학이기 때문이다. 한국의 대학치고 웅장한 교문과 넓은 운동장과 정원이 없는 대학은 거의 본 일이 없는 나의 눈에 비친 소르본느 대학은 내가 지금까지 가지고 있었던 대학에 대한 표상을 완전히 뒤흔들어 주었다. 왜냐하면 우리가 번화가에서 흔히 볼 수 있는 백화점이나 은행이나 우체국의 건물과도 같이 울도 담도 없고 치솟은 교문도 없는, 다만 수 백년의 풍상(風霜)에 시달려 얼룩진 때투성이의 건물이 바로 대학이었기 때문이다. 복도에는 여러 가지 안내문이 붙어 있고 반원형의 계단식 강의실에는 나이 든 교수가 조용조용한 목소리로 강의를 진행하는 중이었다. 건물로 둘러싸인 작은 직사각형의 뜰에는 푸른 잔디가 가꾸어져 있고 『레 미제라블』의 작가이기도 한 빅토르 위고의 동상과 왁진을 발명한 의사 루이 파스퇴르(Louis Pasteur)의 동상이 한 쪽 구석에 서 있다.

유럽의 대학들은 모두 이 대학과 마찬가지로 상가의 건물처럼 번화가에 서 있고 건축공학상 필요한 최소한의 공간에 잔디를 가꿀 뿐이며 고색이 짙은 것이 표면상의 특색이다. 프랑스에서 첫 번째로 손꼽는 에콜르 폴리테크닉(고등 사범학교) 같은 대학도 그렇고 나폴레옹이 공부한 사관학교도 문득 보아서는 버려 둔 건물처럼 퇴락한 인상마저 줄 정도로 때가 끼고 초라하기만 하다. 후에 둘러 본 유럽의 다른 대학이나 고등학교나 초등학교들이 거의 모두가 비슷한 양상임에 적이 놀라지 않을 수 없었다.

미국 국민은 그 70%가 스포츠를 하지만 프랑스 국민은 그 70%가 책을 읽는다고도 하는데 그래서 그런지 운동장 없는 학교가 일반화하고 있다는 사실은 놀랍기만 하다. 한국에는 20~30만평도 좁다 하여 100여 만평에 이르는 엄청난 캠퍼스가 확보되고 그것이 마치 대학의 자랑인양 내세우기도 하고 부러워하기도 하는 풍경을 보던 나로서는 지극히 당연한 놀라움이었다.

일행은 위고의 무덤이 있는 팡테옹(Pantheon, 만신묘, 국립묘지)과

파리 루브르 박물관

쌩 미셸 거리를 둘러보고 루브르(Louvre) 박물관을 찾았다. 사냥개를 가리키는 루브르는 본디 1,200년에 요새로 축조된 것으로 파리의 서부를 방어하기 위한 것이었는데 샤를르 5세가 이를 확장하여 왕실의 주거로 삼음으로써 왕궁이 되었다가 나폴래옹(Bonaparte Napoleon) 1세가 미술관으로 개장하였다. 루브르 박물관은 1793년에 공화국박물관으로 발족된 이래 프랑스 최대의 규모를 자랑할 뿐만 아니라 소장된 품목은 약 50만점이나 되고 그림만 하더라도 2만점에 가까울 정도라고 한다. 프랑스에는 약 1,200개의 박물관이 있어서 수많은 미술품과 문화재를 보존하고 있다.

루브르궁은 약 600년 간이나 기나긴 세월에 걸쳐 증축되었다는 사실을 미루어서도 짐작할 수 있는 바와 같이 실로 거대하기 이를 데 없다. 이 거대하고도 화려하기 짝 없는 왕궁은 18세기말의 프랑스 시민대혁명 이후에 박물관으로 변모하였고 왕실과 귀족으로 부터 노획한 값진 재물만도 약 40만점이 소장되어 있다고 하며 수 많은 진열실에는 오리엔탈 문화, 에집트 문화, 그리스 · 로마문화의 옛 미술품이 가득할 뿐만 아니라 밀로(Milo)의 비너스(Venus) 상을 비롯한 수많은 조각품과 유명한 그림들이 이루 헤아릴 수 없을 만큼 전시되어 있다.

바닥이나 벽이나 천장이나 기둥이나 거의 모두가 각종 형태의 미술품으로 가득 메워진 것이 바로 루브르 박물관이라고 말해도 과장이 아니다. 쟈크 루이 다비드의 '나폴레옹 1세 대관식', 쟝 오귀스트 엥글의 '터키탕', 레오나르도 다빈치의 '모나리자' (Mona Lisa) 등 일일이 열거할 수 없는 명화들이 관람자의 넋을 잃게 한다. '모나리자' 는 근자에 와서 특수한 액자에 넣어 아무도 건드릴 수 없도록 도난방지 장치가 되어 있다. 멀쩡한 그림을 도난이라도 당하는 것처럼 세상에 소문을 퍼뜨려 놓고 세계 각지에서 관광객을 끌어들인 것은 프랑스의 이익과 인류의 이익이 상합하는 고차원의 영업전략이었으리라.

우리는 프랑스 공화국 의회(下院)를 지나서 나폴레옹의 무덤에 들렀다. 1821년 5월 5일 세인트 헬레나 섬에서 최후를 마친 나폴레옹은

1840년 12월 15일에야 이 곳 '돔 데 엥발리드' (Dome des Invalides)로 옮겨져서 여섯 겹으로 거두어져 안장되었다고 한다. 맞은 편에는 그가 공부하던 사관학교가 자리 잡고 뒤편 세느(Seine)강 언덕에는 에펠(Eiffel)탑이 솟구쳐 있다. 에펠(Alexandre Gustave Eiffel)이 설계한 에펠탑은 높이가 1,050피트(312미터)나 되며 1889년에 열린 만국박람회 때에 철골탑으로 건설된 파리의 상징이라고 한다.

로댕 박물관을 거쳐 나폴레옹 동상, 미술종합전시장, 엘리제궁(大統領公館) 등을 바라보며 몽 마르트르 언덕을 찾았다. 파리 시가지가 한눈에 내려다보이는 이 몽 마르트르 언덕은 '순교자의 산' 을 뜻하며 가장 높은 꼭대기는 예수의 심장을 의미하는 사끄레 꾀르 성당과 잔다르크 동상이 있다. 그리고 조금 낮은 기슭에는 이른바 무명화가촌이 있어서 나무가 듬성듬성한 작은 광장에는 무명화가들이 우산을 받치고 그림을 그린다.

이 화가들은 유명화가 축에는 끼지 못하는 형편인 데다가 배운 것이라곤 그림뿐이어서 호구지책(糊口之策)으로 그림을 그리어 관광객에게

몽마르트르 언덕 무명화가 마을

싸구려로 팔아 넘긴다고 한다. 그들 중에는 유화뿐 아니라 꽁뜨로 그리는 즉석 초상화 작가도 있다. 그림 공부나 예술의 탐구보다는 관광객의 눈요기에 더 힘을 쓰는 그들은 고객을 놓치지 않으려고 신경전을 벌이는 것도 같다. 아무튼 이 몽 마르트르(Mont Martyre) 언덕은 이 무명 화가들 때문에 유명해졌고 밤에는 그들과 하늘을 지붕 삼고 떠도는 군중(cosmopolitan crowd)들로 카페와 나이트 클럽이 붐빈다고 한다. 이 그림 저 그림을 기웃거리고 구경하다가 한 동양인 화가와 이야기를 나누면서 한국인 화가도 있느냐고 물으니 이따금 한 사람씩 보이는 것 같더라고 시원치 않게 대답한다. 당초 1,800년 경에는 가난한 문인들이 모여 살던 문인촌(文人村)이었던 것이 이제는 사오백 명의 화가촌으로 변하였고 한국인도 간혹 끼어 살고 있는 모양이다.

저녁은 교포식당에서 김치와 불고기로 포식하였다. 식당으로 오가는 길엔 '쉬엥 메르드' (개똥)가 여기 저기 널려 있어서 눈살을 찌푸리게 한다. 거의 모든 파리 시민들이 단독주택이 아닌 아파트에 살면서도 개를 기르고 아침마다 끌고 나와 변을 보이기 때문이라고 한다. 개를 끌고 가는 여인을 따라가면 친절한 대접을 받는다는 이야기가 있다. 하지만 이따금 개를 끌고 다니는 여인들을 보면 할머니들뿐이니 별로 호기심을 가질 만한 것은 못되는 듯 싶다.

서구인들의 가족이 핵가족화한 사실은 너무나 잘 알려진 사실이거니와 그들은 거의 부모와 자녀가 따로 살고 있는 데다가 늙어서 홀아비나 과부가 되어도 홀로 사는 것이 일반화하였기 때문에 독신자들이 많다고 한다. 그들은 대가족제도에서 찾아볼 수 없는 고독을 메꾸기 위하여 개를 기르면서 자제들에게 베풀어야 할 사랑을 개에게 베풀고 또한 자손들로부터 받아야 할 위안을 개에게 받으면서 개와 더불어 산책함으로써 '쉬엥 메르드' 문화를 창조하는 것이다.

파리의 교외에는 개의 공동묘지가 있을 만큼 개는 좋은 대우를 받지만 바캉스를 위하여 집을 비우거나 또 데리고 다니기가 귀찮을 때에는 아무 데나 유기해 버리기 때문에 미아(迷兒)가 된 개를 처리하는 문제로 시 당국에서는 골치를 앓아야 한다고 한다. 자동차의 운전석 옆자리는 개가 앉는 자리이기 때문에 모르고 이 자리에 앉다가는 개 대접을 받는다고 한다. 산업화와 핵가족화의 결과에서 마지막으로 남는 것은 개똥뿐이라는 가이드의 해설은 단순한 익살로만 돌릴 수 없는 수준이었다. 언제나 외롭게 살고 있는 노인들은 어쩌다가 외국인이 길을 물어주는 것만 해도 반갑고 1년에 한 두 번쯤 자녀들이 찾아주거나 전화를 걸어주는 것만으로도 커다란 자랑거리로 알고 남에게 선전한다고 한다.

5. 베르사이유 궁전

1월 11일, 화요일. 호텔 문을 나서니 비가 내린다. 비가 내리는 것은 매일 되풀이 되는 예사로운 일이기에 파리장들은 그 때문에 신경을 쓰지는 않는 모양이다. 언제나 으시시하고 비가 뿌리고 우중충한 날씨이니 습관적으로 코트를 입고 모자를 쓰면 되는 것이다.

차를 타고 달리다 보니 바스티유(La Bastille) 광장에 이르렀다. 이곳엔 본디 1369년부터 12년간에 걸쳐 요새(要塞)가 축조되었는데 이것이 후에 정치범을 수용하는 악명 높은 감옥이 되었다. 1789년 7월 14일 7,000명의 시민들은 군주전제 폭정의 상징이었던 이 곳으로 행진하였으며, 32명의 스위스 군대와 82명의 환자를 거느리고 드 로네가 지키고 있던 이 감옥은 순식간에 시민의 손에 함락되어 드 로네는 피살되고 7명의 죄인이 석방되었고 다음 날부터는 감옥이 헐리기 시작하여 이듬해까지는 완전히 헐리어 시민들은 이 곳에서 춤을 추었다고 한다. 지금은 옛 감옥 터의 윤곽을 따라 포석(鋪石)으로 포장되어 있어서 그 규모를 짐작할 수 있을 뿐이고 광장의 중심부에는 7월 혁명 기념탑(July Column)이 우뚝 서 있다.

이 7월 혁명 기념탑은 1831년부터 1841년 사이에 7월 혁명 당시 희생당했던 파리 시민의 죽음을 기념하기 위하여 세워졌는데, 그들의 시신(屍身)은 1848년 2월에 죽은 시민들과 함께 대리석 토대(土臺) 속에

장 프랑소와 밀레의 집

안장되었고 그들의 이름은 기념탑의 주신(柱身)에 아로새겨져 있다고 한다.

버스는 넓은 평원으로 곧게 뻗은 질펀한 도로를 달려 장 프랑소와 밀레(Jean Francois Millet, 1814~1875)의 옛 집을 찾아 들었다. 밀레는 농민으로 태어나 스스로 농사를 지으면서 그림에 정진하였는데, 아카데미즘(academism)에 저항하여 종교적 우수성(憂愁性)에 젖은 그림을 그렸다.

밀레의 마을 앞 왼편으로 교회가 우뚝하고 평화롭게 펼쳐진 바로 그 전원이 지금도 루브르박물관에서 세계의 주목을 끌고 있는 '만종' 이 탄생된 곳이라고 한다. '만종' 은 본디 도고기도(禱告祈禱)를 뜻하는 '앙젤뤼' (Angelus)라는 그림인데, 가브리엘 천사가 성모 마리아에게 아기 예수의 강탄(降誕)을 축하하며 고한 기념으로 울리는 앙젤뤼의 종소리를 따라 기도하는 한 쌍의 농부를 소재로 한 것이다. 마을의 풍경과 '만종' 이 너무나 흡사하다는 사실에 놀라움을 금할 수 없다.

한적한 마을의 길 가에 자리한 밀레의 생가(生家)는 작으나마 아담한

인상을 준다. 뜰에 깔린 풀밭이 시원하고 부귀(富貴)와는 거리가 먼 소탈한 예술가의 고결한 체취를 느끼게 한다. 몽 마르트르 언덕의 무명화가촌과는 달리 이 곳 밀레의 마을은 유명화가들의 마을이고 관광객의 눈을 끌려는 화가는 찾아 볼 수가 없다. 데오도르 루소가 이 곳에 풍경화학교를 창설했다고 하거니와, 자연 속에 묻히어 자연을 벗삼아 자연과 대화를 나누면서 자연의 뜻에 따라 남이 알아주기를 기다리지 않고 순수하고 참된 아름다움을 추구하는 화가들의 마을이라고 느껴진다. 밀레의 증손녀가 이 곳에서 작품활동을 한다고 하며 그의 작품은 미화(美貨)로 최저 800달러 이상의 가격으로 매매된다고 전한다.

아름다운 숲을 지나 쾌주하는 동안에 어느덧 퐁텐느 블로궁(宮)에 도착하였다. 이태리 장인(匠人)이 설계하여 지었다는 이 궁전은 많은 프랑스 왕들이 숲 속에서 샤냥을 즐기기에 알 맞는 곳이었고 화려한 내부장식이 주의를 끌게 한다. 이 궁전에는 나폴레옹 제정시대의 아름다운 가구도 진열되어 있고 마리 앙토와네트의 방에 진열된 가구와 휴게실에 있는 진주박이 책상, 왕비의 침대와 비단 벽걸이, 프란츠 10세가 쓰던 거실의 벽난로 등을 비롯하여 무수한 장식품과 예술품들이 소장되어 있다고 한다. 그러나 마침 내부수리중이어서 이 화려한 궁전의 외부만을 보는 데서 그칠 수밖에 없었다.

이 궁전의 정면에는 쇠로 만든 창살 울타리가 있고 그 안으로는 '백마의 정원'이 펼쳐져 있는데 이 곳은 바로 1814년 4월 나폴레옹이 왕좌에서 물러나 엘바(Elba)섬으로 귀양갈 때 마지막으로 근위병들을 사열한 곳이고 그 때부터 '고별의 정원'(Cour des adieux)이라고 불리게 되었으며 궁전 정면의 계단도 '고별의 계단'이라고 불리게 되었다고 한다.

보나파르트 나폴레옹 1세(1769~1821)! 그는 코르시카섬의 아자시오에서 출생하여 파리의 사관학교를 거쳐 포병연대에서 초급장교로 근무하였고 1789년에는 혁명군에 참가하여 공을 세운 뒤 이태리 국경군 포병사령관에 임명되었다가 1894년에 있었던 테르미도르 쿠데타 직후

한 때 투옥되기도 하였으나, 곧이어 파리의 방드미에르의 왕당(王黨)의 반란을 진압하는 데 성공하여 국내군 사령관이 되었다. 1796년 죠세핀(Josephine 1763~1814)과 결혼하고 이어서 이태리 원정사령관이 되어 오스트리아군과 이태리군을 격파하였다. 그는 1798년 이집트원정에서 단신으로 귀국하여 브뤼메르(霧月)의 쿠데타를 감행하여 집정정부(執政政部)를 수립하고 이어서 집정이 되었으며, 1800년에는 알프스 산맥을 넘어 오스트리아군을 격파하고 1802년에는 종신통령(終身統領)이 되어 이른바 『나폴레옹 법전』을 편찬하기도 하였다.

이어 1804년에는 국민투표로 제위에 오르고 이태리 황제를 겸임하였고 이어서 오스트리아에 출병하여 승리하고 1805년에는 로 · 오군(露 · 墺軍)을 격파하였으며, 1806년에는 프로이센군을 격파하고 이어서 러시아군을 격파하였으며, 그 해 다시 포르투갈과 스페인을 정복하였다. 1809년에는 다시 오스트리아에 원정하여 빈에 입성하였고, 그 해 죠세핀과 이혼하였으며, 1810년에는 오스트리아 황녀 마리 루이스와 결혼하여 나폴레옹 2세를 얻었다. 1812년에는 모스크바에 입성하였으나 결국에는 50만 병력을 잃고 퇴각하였으며, 1813년에는 자유전쟁에서 패전하고 말았다. 1874년 영국군에게 파리가 함락되자 퇴위하여 퐁뗀느블로궁(宮)을 떠나 엘바섬에 유배되었다. 그 후 1815년에는 엘바섬을 탈출하여 다시 황제로 즉위하였으나 워터루(Waterloo) 회전(會戰)에서 패배하고 파리에서 영국군에게 투항하여 세인트 엘레나 섬에 유배되었다가 1821년 5월 5일에는 숨을 거두었으며, 1840년에 이르러서야 오늘의 돔 데 엥발리드에 잠들게 되었다.

그는 한 때 온 유럽을 뒤흔들었을 뿐만 아니라 프랑스의 영광을 온 세계에 떨쳤지만 100만 이상의 대병력을 희생시키는 엄청난 대가를 치루었다. 나폴레옹의 공죄(功罪)는 사가(史家)들에게 맡겨 두기로 하고 이제 베르사이유(Versailles) 궁전으로 눈길을 돌리기로 하자.

1630년대에 지어져 루이 14세, 15세, 16세가 영화를 누린 베르사이유 궁전은 우선 그 규모가 큰 데 놀라지 않을 수 없다. 가이드의 설명에 의하면 2,000개의 방이 있어서 4,000명의 시종과 20,000여명의 군인을 거느릴 수 있는 규모였다고 한다. 루브르궁과 마찬가지로 외부나 내부나 모두가 미술품으로 가득 채워졌다고 말해도 결코 지나치지 않는다. 바닥이나 천정이나 벽이나 기둥이나 모두가 예술품이기 때문이다. 접객실 천정의 그림을 그린 작가는 그림을 완성하고 나서 너무나 피로하였기 때문에 그것이 괴로워서 자살하였다고 한다. 성당(聖堂)을 비롯하여 응접실, 당구실, 음악감상실, 카드놀이실, 대관실(戴冠室), 왕비의 침실과 접객실, 호위병실, 왕비 전용계단 등이 모두 화려하기 그지 없다. 왕의 집무실에는 백합을 수놓은 의상이 진열되어 있고 천정에는 아폴로신(神)이 그려져 있다.

연회장으로 쓰던 거울의 방(The hall of mirrors)도 호화롭기 그지없다. 온 벽이 수 많은 거울로 장식된 이 곳의 높은 벽 위에는 'LE ROY GOVVERNE PAR LUIMEME' 라고 쓰여졌다. 왕은 그 어느 누구에게든 간섭을 받지 않고 스스로 통치한다(The king rules by himself)는 뜻이지만 '짐이 곧 국가이다' 라고 의역되기도 한다. 지상은 물론이고 천상에도 다시 있을 수 없을 만큼 화려하고 황홀하기까지 한 궁전에서 갖은 영화를 누리다 보면 백성이나 의회나 신마저도 두렵지 않은 자아개념이 형성되고 드디어는 자기자신이 원하기만 한다면 하지 못할 일이 없다고 외치기 십상일 것도 같다.

부귀는 교만과 환상의 나락(奈落)으로 사람을 끌어들이는 마력을 가졌나보다. 궁전을 둘러싼 정원도 너무나 넓어 끝이 보이지 않는다. 아폴로신이 전차를 타고 물 속을 달리는 아폴로 천(泉) 뒤로는 해전(海戰)연습까지 할 수 있었다는 인공호수가 길게 뻗어 있고, 용천(龍泉 ; Fountain of Dragon)을 비롯한 수많은 연못에는 안팎으로 무수한 조각품이 널려 있고 1,600개의 분수가 솟아오르고 여러 가지 과일나무 숲과 마로니에 숲이 에워싸고 있어서 신록이 무르익는 계절이라도 맞이하게 되면 그 아름다움이란 극치에 이를 것이다. 이 곳에 왕궁을 짓게 된 이유 중의 하나이기도 하지만 왕은 이 후원의 숲 속에서 말을 달리며 사냥을 즐기었다고 한다. 정문에서 들여다보노라면 오른쪽 건물 높은 곳에 '프랑스의 옛 영광' (A toutes les gloires de la France)이라고 쓰여진 것처럼 궁전의 안팎에 널려 있는 한 조각의 돌이나 풀마저도 자랑스런 그들의 영광이 담겨진 듯도 싶다.

동행한 프랑스 출신 여자 가이드에게 "모든 프랑스 국민들은 이러한 거대하고 호화로운 궁전을 프랑스의 자랑으로 생각하느냐"고 물었더니 주저하지 않고 "물론"이라고 대답한다. 대답이 떨어지자마자 나는 다시 "한 사람의 왕을 위하여 얼마나 많은 국민들이 무거운 세금을 부담하고 중노동을 해야만 했겠느냐"고 되물었다. 그러나 그는 "어디까지나 국민의 자발적인 봉사였다"고 자신 있게 주장하였다. 왕궁뿐만 아니라 파리 시내의 모든 건물과 거리마저도 온통 석재(石材)로만 뒤덮은 대역사의 뒤안길에 숨겨진 애환(哀歡)에 대하여 내 나름대로의 상상의 날개를 펼쳐 보기도 하였다.

에펠탑이 서 있는 곳보다는 하류쪽 세느강에는 이른바 '자유의 여신상'이 서 있다. 이 여신상을 그대로 본따서 미국에도 선사하였다고 하는데 당초의 오리지날은 시내의 룩셈부르크(Luxembourg) 공원에 있는 것이라고 한다.

6. 생 쉴피스 고등학교

1월 12일, 수요일. 10시에 일행과 함께 생 쉴피스 고등학교를 방문하였다. 이 학교의 실바 마리엘 교장은 사립학교 연합회 회장의 직책을 맡고 있으며 우리에게 초대장을 보내 준 분이기도 하다. 한국에서 흔히 볼 수 있는 싸구려 골덴 양복을 입은 그는 우리를 친절히 맞아주었다. 교장이 프랑스어만 쓰기 때문에 영어를 담당하는 교사가 통역을 해주어야만 했다. 여 교사도 교장과 마찬가지로 작업복 차림이어서 검소하게 보였다.

학생수는 1,250명이고 교사는 85명이며 학생의 연령층은 16세로부터 20세라고 한다. 교사의 임명은 교장이 추천하여 국가의 승인을 받아야 하며 사립학교이긴 하지만 교사의 봉급과 학생의 학비는 국가에서 부담한다고 한다. 학생들은 문학분야 · 자연과학분야 · 수학분야로 나누어 공부한다고 한다.

한 교실을 둘러보니 수업을 진행하고 있는데 복장이 비슷하여 누가 학생인지 누가 교사인지 분간하기가 쉽지 않다. 알고 보니 교사는 뒷전에 있고 학생이 앞에 나가서 수학문제를 풀면서 설명을 곁들이고 있었다. 건물과 건물사이에 통행과 채광을 위하여 필요한 만큼의 공간이 있을 뿐, 운동장이나 정원은 전혀 보이지 않는다. 교장과 여 교사의 안내에 따라 실내 탁구장 · 도서관 · 실험실 · 구내식당 등을 둘러보았다. 학생들의 점심은 매일 학교에서 무료로 제공되며 교사들도 대부분이 구내식당에서 점심을 든다고 한다.

마당에는 담배 꽁초가 여러 개 떨어져 있고 쓰레기 통에도 담배 꽁초가 가득 차 있다. 여 교사에게 들으니 학생들의 흡연은 자유롭고 다만 교실에서만 금하고 있을 뿐이라고 한다. 학생들은 한 시간의 수업이 끝나면 마당으로 나와 담배를 한 가치씩 꼬나물고 잡담을 즐기며 긴장을 푸는 모양이다. 담배는 건강을 해치기 쉽다고만 가르칠 뿐 "피우지 말라"고 금하지는 않는다. 학생들은 1주일에 30시간의 수업을 받으며 운동은 주로 공설운동장에서 한다. 한국과는 달리 유럽의 학교들은 운동장이 없는 것이 일반적이다.

생 쉴뻬스 고등학교 인근에 있는 룩셈부르크 공원에서 자유의 여신상을 둘러보다가 학교 체육시간을 즐기는 여학생들을 만나 대화를 나누었다. 이어서 한국식당에서 생 쉴뻬스 고등학교의 실바 마리엘 교장과 함께 점심을 나누고 나서 벨지움의 수도 브룻셀을 향하여 파리를 출발하게 되었다.

파리를 떠나면서 파리를 돌이켜 본다. 파리의 집들은 거의 모두가 비슷하게 보였고 서로서로 조화를 이루어서인지 그 집이 그 집이고 그 골목이 그 골목으로만 보였다. 거의 200년 전에 지은 건물들이라 그런지

이끼도 끼고 물 때가 낀 것이 모두 예스럽기만 하며 게다가 날씨가 찌푸려진 탓인지 우중충하기만 하다. 내부는 몰라도 외부를 수리하거나 손질할 때에는 관계 부처의 장관에게까지 허가를 얻어야 할 만큼 옛 것을 있는 그대로 보존하는 데 정부와 국민이 애쓴다고 한다. 건물마다 얼룩진 물 때가 곧 문화재인가 보다.

프랑스인들은 책을 좋아한다고 한다. 거리에 보면 고본(古本)이나 신간잡지를 파는 작은 서점들이 눈에 자주 뜨일 뿐만 아니라 행인들 가운데도 책을 손에 든 사람이 자주 발견되며, 파리 시내에만 크고 작은 서점들이 일만여 개소나 된다고 한다. 학교에서는 학생들에게 주로 독서과제(reading assignment)를 주어 발표하고 토론하게 하는 토의식, 탐구식 교수 · 학습방법으로 수업을 진행한다고 하며 프랑스인들이 읽는 책 속에는 시집이 중요한 비중을 차지한다고도 한다.

파리에서 10여 년 간이나 생활해 온 교포의 말에 따르면 프랑스 숙녀들이나 신사들은 유행을 모른다. 자신이 직접 장만한 의상은 말할 것도 없고 부모나 형제가 입던 것도 못 입을 정도로 낡은 옷이 아니면 달갑게 여기고 즐겁게 입는다. 외국잡지에 선전되는 뉴 패션은 거의 모두가 문자 그대로 선전용이요 수출용에 지나지 않는다고 한다. 한국에서 엄청나게 비싼 오버코트나 양복을 두고도 기장이 길다 짧다, 칼라가 넓다 좁다, 남들이 입는다 안 입는다 하여 장롱 속에서 좀먹게 하고 이리 저리 내 굴리다가 쥐에게 썰리고 물에 젖어 썩게 하는 꼴을 비교해 보면 실로 천양지차가 아닐 수 없다. 프랑스인들 뿐만 아니라 유럽인들은 함부로 버리는 물건이 없다고 한다. 옷이고 가구고 더는 수선하여 사용하기 어려울 때까지 알뜰히 사용하며 검소하게 산다고 한다. 옷이고 가구고 대대로 이어받아 사용하는 것이 아름다운 전통으로 굳어졌다고 한다.

그들은 엄청난 세금을 부담하는 대신에 자신과 자녀의 교육과 생계에 대한 만족할 만한 보장을 받으며 안정된 사회 보장 속에서 갑작스런 출세나 치부(致富)를 꿈꾸지 않고 불만 없이 착실하게 자기의 할 일을 충실히 해 나갈 뿐이라고 한다. 그들은 자신이 남과 다른 생각을 가질 수 있는 것처럼 남도 나와 다른 생각을 가질 수 있다는 타인존중이 습성화하고 체질화 되어 있어서 남과 다투지 않고 시기(猜忌)하지 않으며, 따라서 남이 잘 되는 것을 배 아파하지 않고 오히려 찬양하며, 자신이 잘못되는 것을 부끄러워할지언정 남의 탓으로 돌리지 않는다고 한다. 이른바 톨레랑스(Tolerance, 관용, 인내, 신앙의 자유)의 윤리가 확립되고 체득된 것이다.

프랑스에서는 이른바 노블레스 오블리쥬(noblesse oblige)라는 말이 고귀하게 회자되고 있다. 지도층이나 지성인이나 부자들의 도덕적 의무를 나타내는 이 말은 한국의 선비정신과 상통하는 말이다. 그들은 옛 것을 좋아하고, 프랑스어와 프랑스 문화를 사랑하며, 책 읽기를 좋아하고, 진정한 권리와 진정한 자유를 행사할 줄 알며 향유할 줄 알고, 정신과 물질의 진정한 값어치를 아는 지성인들이라고 보인다.

(1983. 2)

7. 글을 맺으며

프랑스에 이어 이태리 · 독일 · 벨지움 · 네덜란드 · 스위스 · 영국 등을 여행하면서 교육 · 문화를 시찰하였으나 오늘에 이르도록 기행문을 쓰지 못하고 말았다. 유럽을 여행하면서 보고 느낀 것은 모두 놀라운 것이고 혼자서 삭이고 말기에는 너무나 아까운 것이 많다. 이제 자료를 찾고 기억을 더듬기도 어려운 형편이고 보니 그동안 게을렀던 것이 부끄럽기만 하다.

오늘날 온 국민의 해외여행은 해마다 증가하고 해외 유학생도 놀라우리만큼 증가하여 유럽을 비롯한 온 세계의 문화가 낯설지 않게 되었다. 그러나 한 사람 한 사람이 보고 듣는 데 그치지 말고 그것을 글로 써서 남에게 전달하는 동시에 남의 글을 읽음으로써 각자의 지식을 더욱 넓힐 수 있다고 생각되기에 그동안 붓을 들지 못한 것이 더욱 애석하게 느껴진다.

각답실지(脚踏實地)라는 말이 있고 백문(百聞)이 불여일견(不如一見)이라는 말이 있다. 남의 이야기나 책이나 그밖에 여러 가지 정보매체를 통하여 많은 지식을 쌓을 수가 있지만 자신이 직접 보고 그 본 것을 분석하고 평가하는 것은 어떤 사실을 분명히 알고 깨우치는 데 크게 도움이 된다. 선진국의 시민들이 여행을 많이 하는 것은 단순한 오락이나 휴식이 아니라 매우 효과적인 학습활동이다.

한국의 국민들, 특히 사회적으로 봉사하고 공헌하고 자아를 성취하려는 자는 모름지기 여행을 많이 하여 견문을 넓혀야 우물 안 개구리를 면할 수 있다고 믿는다.

(1996. 3)

동촌 지교헌 수필집 · 6

내가 본 미국
꿈꾸는 지평선

The United States of America
The Horizen of Dreams by Chi, Kyo-heon Ph. D

•

지은이 / 지교헌
펴낸이 / 김재엽
펴낸곳 / 한누리미디어

•

100-845, 서울시 중구 을지로 2가 148-73
신화빌딩 401호
전화 / (02)2278-4513, 2268-4514
팩스 / (02)2268-4524

•

등록 / 제16-467호(1993. 11. 4)

•

초판발행일 / 2004년 8월 30일

•

•

값 10,000원

•

E-mail/hannury2003@hanmail.net

•

※잘못된 책은 바꿔드립니다.
※이 책은 성남시문화예술발전기금의 도움으로 출간되었습니다.

•

ISBN 89-7969-252-8 03810